Gröls Verlage

„Bücher sind wie Fallschirme. Sie nützen uns nichts, wenn wir sie nicht öffnen."

Gröls Verlag

Redaktionelle Hinweise und Impressum

Das vorliegende Werk wurde zugunsten der Authentizität sehr zurückhaltend bearbeitet. So wurden etwa ursprüngliche Rechtschreibfehler *nicht* systematisch behoben, denn kleine Unvollkommenheiten machen das Buch – wie im Übrigen den Menschen – erst authentisch. Mitunter wurden jedoch zum Beispiel Absätze behutsam neu getrennt, um den Lesefluss zu erleichtern.

Um die Texte zu rekonstruieren, werden antiquarische Bücher von Lesegeräten gescannt und dann durch eine Software lesbar gemacht. Der so entstandene Text wird von Menschen gegengelesen und korrigiert – hierbei treten auch Fehler auf. Wenn Sie ebenfalls antiquarische Texte einreichen möchten, finden Sie weitere Informationen auf www.groels.de

Viel Freude bei der Lektüre wünscht Ihnen das Team des Gröls-Verlags.

Adressen

Verleger: Sophia Gröls, Im Borngrund 26, 61440 Oberursel

Externer Dienstleister für Distribution & Herstellung: BoD, In de Tarpen 42, 22848 Norderstedt

Unsere „Edition | Werke der Weltliteratur“ hat den Anspruch, eine der größten und vollständigsten Sammlungen klassischer Literatur in deutscher Sprache zu sein. Nach und nach versammeln wir hier nicht nur die „üblichen Verdächtigen“ von Goethe bis Schiller, sondern auch Kleinode der vergangenen Jahrhunderte, die – zu Unrecht – drohen, in Vergessenheit zu geraten. Wir kultivieren und kuratieren damit einen der wertvollsten Bereiche der abendländischen Kultur. Kleine Auswahl:

Agnes Sapper

Die Familie Pfäffling

Eine deutsche Wintergeschichte

1909

Inhalt

Meiner lieben Mutter
zum Eintritt in das 80.
Lebensjahr.

Die Familie Pfäffling muß *Dir* gewidmet sein, liebe Mutter, denn was ich in diesem Buche zeigen möchte, das ist Deine eigene Lebens-Erfahrung. Du hast uns vor Augen geführt, welcher Segen die Menschen durchs Leben begleitet, die im großen Geschwisterkreis und in einfachen Verhältnissen aufgewachsen sind, unter dem Einfluß von Eltern, die mit Gottvertrauen und fröhlichem Humor zu entbehren verstanden, was ihnen versagt war.

Noch jetzt, wo wir Deinem 80. Geburtstag entgegengehen, steht die Erinnerung an Deine Kinderzeit Dir lebendig vor der Seele, und wenn Du die Beschwerden und Entbehrungen des Alters in geduldiger, anspruchsloser Gesinnung erträgst so ist das nach deinem eigenen Ausspruch noch immer eine Wirkung, die ausgegangen ist aus einer entbehrungsreichen und dennoch glückseligen Jugendzeit.

Nicht eben *Deine* Familie, aber eine von demselben Geist beseelte möchte ich in diesem Buch der deutschen Familie vorführen.

Herbst 1906.

Die Verfasserin.

1. Kapitel

Wir schließen Bekanntschaft

Ihr wollt die Familie Pfäffling kennen lernen? Da muß ich euch weit hinausführen bis ans Ende einer größeren süddeutschen Stadt, hinaus in die äußere Frühlingsstraße. Wir kommen ganz nahe an die Infanteriekaserne, sehen den umzäunten Kasernenhof und Exerzierplatz. Aber vor diesem, etwas zurück von der Straße, steht noch ein letztes Haus und dieses geht uns an. Es gehört dem Schreiner Hartwig, bei dem der Musiklehrer Pfäffling mit seiner großen Familie in Miete wohnt.

Um das Haus herum, bis an den Kasernenhof, erstreckt sich ein Lagerplatz für Balken und Bretter, auf denen Knaben und Mädchen fröhlich herumklettern, turnen und schaukeln. Meistens sind es junge Pfäfflinge, die da ihr Wesen treiben, manchmal sind es auch ihre Kameraden, aber der eine Kleine, den man täglich auf den obersten Brettern sitzen und dabei die Ziehharmonika spielen sieht, das ist sicher kein anderer als Frieder Pfäffling.

Um die Zeit, da unsere Geschichte beginnt, ist übrigens der Hof verlassen und niemand auf dem weiten Platz zu sehen. Heute ist, nach den langen Sommerferien, wieder der erste Schultag. Der Musiklehrer Pfäffling, der schlanke Mann, der noch immer ganz jugendlich aussieht, war schon frühzeitig mit langen Schritten den gewohnten Weg nach der Musikschule gegangen, um dort Unterricht zu geben. Sechs von seinen sieben Kindern hatten zum erstenmal wieder ihre Bücher und Hefte zusammengesucht und sich auf den Schulweg gemacht. Die lange Frühlingsstraße mußten sie alle hinunterwandern, aber dann trennten sich die Wege; die drei ältesten suchten weit drinnen in der Stadt das alte Gymnasiumsgebäude auf, die zwei Schwestern hatten schon etwas näher in die Töchterschule und Frieder, der noch in die Volksschule ging, hätte sein Ziel am schnellsten erreichen können, aber das kleine runde Kerlchen pflegte in Gedanken verloren dahinzugehen und sich mehr Zeit zu lassen als die andern.

Im Hause Pfäffling war nach dem lauten Abgang der sieben Familienmitglieder eine ungewohnte Stille eingetreten. Es blieb nur noch die Mutter zurück, und Elschen, das jüngste niedliche Töchterchen, sowie die treue Walburg, die in der Küche wirtschaftete. Frau Pfäffling atmete auf, die Stille tat ihr wohl. Was war das für ein Sturm gewesen, bis der letzte die Türe hinter sich zugemacht hatte, und was für eine Unruhe all die Ferienwochen hindurch! Während sie ordnend und räumend von einem Zimmer ins andere ging, war ihr ganz festtäglich zu Mute. Sie war von Natur eine stille, nachdenkliche Frau und gern in Gedanken versunken, aber das Leben hatte sie als Mittelpunkt in einen großen Familienkreis gestellt, und es drehten sich lauter lebhafte, plaudernde, fragende, musizierende Menschen um sie herum. Während nun die Mutter sich der Ruhe freute, wußte Elschen gar nicht, wo es ihr fehlte. Allein zu spielen hatte sie ganz verlernt. So ging sie hinunter in den Hof, wo die großen Balken lagen. Oft hatte sie sich in den letzten Wochen geärgert, wenn sie ängstlich auf den glatten Balken kleine Schrittchen machte, daß die Brüder das so flink konnten und sie ihnen immer Platz machen sollte. Jetzt hatte sie alle die Baumstämme allein zu ihrer Verfügung, aber nun machten sie ihr keine Freude. Sie ging weiter zu den Brettern, die übereinander aufgestapelt lagen. Dort oben, wo ein kleines dickes Brett querüberlag, war Frieders Lieblingsplatz, auf dem er immer mit der Ziehharmonika saß. Wenn er gar zu lang spielte und sie nicht beachtete, war sie manchmal ungeduldig geworden und hatte sogar einmal gesagt, die Harmonika sei eine alte Kröte. Aber jetzt, wo es überall ganz still war, hätte sie auch die Harmonika gern gehört. Sie setzte sich auf Frieders Platz und dachte an ihn. Es war so langweilig heute morgen – fast zum weinen!

Da tat sich oben im Haus ein Fenster auf und der Mutter Stimme rief: „Elschen, flink, Essig holen!"

Einen Augenblick später wanderte auch Else die Frühlingsstraße hinunter, zwar nicht mit den Büchern in die Schule, aber mit dem Essigkrug zum nächsten Kaufmann.

Im untern Stock des Hauses wohnte der Schreiner Hartwig mit seiner Frau. Es waren schon ältere Leute und er hatte das Geschäft abgegeben. Sie war eine freundliche Hausfrau, die aber auf Ordnung hielt und auf gute Erhaltung des Besitzes. Als diesen Morgen die Pfäfflinge nacheinander die Treppe hinunter gesprungen waren, hatte sie zu ihrem Mann gesagt: „Hast du schon bemerkt, wie die Treppe abgenutzt ist? Seit dem Jahr, wo Pfäfflings bei uns wohnen, sind die Stufen schon so abgetreten worden, daß mir wirklich bang ist, wie es nach einigen Jahren aussehen wird." „Verwehr's ihnen, daß sie so die Treppen herunterpoltern," sagte der Hausherr.

„Ich will gar nicht behaupten, daß sie poltern, sie sind ja rücksichtsvoll, aber hundertmal springen sie auf und ab und es pressiert ihnen allen so, ein Gehen gibt's bei denen gar nicht, sie müssen immer springen. Ich will sie aber gleich heute aufmerksam machen auf die abgetretenen Stellen."

„Tu's nur, aber das Springen wirst du ihnen nicht abgewöhnen, springt doch der Vater selbst noch wie ein Junger. Wir haben doch nicht gewußt, was es um so eine neunköpfige Musikersfamilie ist, wie wir ihnen voriges Jahr selbst unsere Wohnung angeboten haben in ihrer Wohnungsnot. Und jetzt haben wir sie, und zu kündigen brächtest du doch nicht übers Herz."

„Nein, nie! Aber du auch nicht."

„Dann sprich nur beizeiten mit deinem Schwager, daß er Bretter für neue Böden bereit hält," sagte der Hausherr und die Frau ging hinaus, stand bedenklich und sinnend vor der Treppe, wischte mit einem Tuch über die Stufen, aber sie blieben doch abgetreten.

Die Vormittagsstunden waren endlich vorübergegangen, die kleine vereinsamte Schwester stand am Fenster, sah die Straße hinunter und erkannte schon von weitem den Vater, der mit raschen Schritten auf das Haus zukam. Bald darauf tauchten zwei Mädchengestalten auf, das waren die Zwillingsschwestern, die elfjährigen, Marie und Anna, die der Bequemlichkeit halber oft zusammen Marianne genannt wurden. So rief auch Else jetzt der Mutter zu: „Der Vater ist schon im Haus und Marianne sehe ich auch, aber sie stehen bei andern Mädchen und machen gar nicht voran. Aber jetzt kommt der Frieder und dahinter die drei Großen, jetzt muß ich entgegen laufen."

Die Schwestern hatten sich den Brüdern zugesellt und so kamen sie alle zugleich ins Haus herein, wo ihnen die Kleine laut lachend vor Vergnügen entgegenrief: „Alle sechs auf einmal!" Sie wollte zu Frieder, der zu hinterst war, aber die Schwestern hatten sie schon an beiden Händen gefaßt und alle drängten der Treppe zu, als die Türe der untern Wohnung aufging und Frau Hartwig herbeikam. Flugs zogen die Brüder ihre Mützen, denn die Rücksicht auf die Hausleute war ihnen zur heiligen Pflicht gemacht, und die ganze Schar stand seit dem letzten Umzug in dem Bewußtsein, durchaus keine begehrenswerte Mietspartei zu sein.

So blieben sie auch alle stehen, als Frau Hartwig ihnen zurief: „Wartet ein wenig, Kinder, ich muß euch etwas zeigen. Schaut einmal die Treppe an, seht ihr, wie die Stufen in der Mitte abgetreten sind? Voriges Jahr war davon noch keine Spur, wer hat das wohl getan?"

Eine peinliche Stille, lauter gesenkte Köpfe. „Das habt ihr getan," fuhr die Hausfrau fort, „weil ihr mit euern genagelten Stiefeln hundertmal auf und ab gesprungen seid. Wenn ihr nicht Acht gebt, dann richtet ihr mir in *einem* Jahr meine Treppe ganz zugrunde." Sie standen alle betreten da, die Blicke auf die Treppe gerichtet. So schlimm kam ihnen diese wohl nicht vor, aber die Hausfrau mußte es ja wissen! In diesem kritischen Moment kam Karl, dem großen, der Mutter Hauptregel ins Gedächtnis: nur immer gleich um Entschuldigung bitten! „Es ist mir leid," sagte er, und alle Geschwister wiederholten das erlösende Wort: „Es ist mir leid", und darauf fing Karl, der große, an, langsam und behutsam die Treppe hinaufzugehen, ihm folgte Wilhelm, der zweite und Otto, der dritte. Ihnen nach schlichen unhörbar Marie und Anna mit Elschen. Nur Frieder, der vorhin zuhinterst gestanden war und deshalb den Schaden an der Treppe noch nicht hatte sehen können, der verweilte noch und betrachtete nachdenklich die Stufen. Dann sagte er zutraulich zu der Hausfrau: „Nur in der Mitte sieht man etwas, warum denn nicht an den Seiten?“ „Kleines Dummerle,“ sagte Frau Hartwig, „kannst du dir das nicht denken? In der Mitte geht man wohl am öftesten.“

„So deshalb?“ sagte der Kleine, „dann gehe ich lieber an der Seite,“ und indem er dicht am Geländer hinaufstieg, rief er noch freundlich herunter: „Gelt, so wird deine Treppe schön geschont?“ „Ja, so ist's recht,“ sagte die Hausfrau und indem sie wieder in ihre Wohnung zurückkehrte, sprach sie so für sich hin: den guten Willen haben sie, was kann man mehr verlangen?

Oben an der Treppe hatte Elschen schon auf Frieder gewartet, sie zog ihn ins Zimmer und rief vergnügt: „Jetzt sind sie alle wieder da!“

Den Eßtisch hatte Frau Pfäffling gedeckt, ihr Mann war dabei lebhaft hin und hergelaufen und hatte ihr erzählt, was Neues von der Musikschule zu berichten war. Je mehr aber Kinder hereinkamen, um so öfter lief ihm eines in den Weg, so gab er das Wandeln auf und klatschte mit seinen großen Händen, was immer das Zeichen war, zu Tisch zu gehen. Da gab es schnell ein Schieben und Stuhlrücken und einen Augenblick lautloser Stille, während die Mutter das Tischgebet sprach. Es war nicht alle Tage dasselbe, sie wußte viele. Sie fragte manchmal den Vater, manchmal die Kinder, welches sie gerne hörten und richtete sich darnach. Heute sprach sie den einfachen Vers: „Du schickst uns die Arbeit, du gönnst uns die Ruh, Herr gib uns zu beidem den Segen dazu.“

Das Essen, das die große Walburg aufgetischt hatte, schmeckte allen, aber das Tischgespräch wollte heute den Eltern gar nicht gefallen. Sie kannten es schon, es war immer das gleiche beim Beginn des Wintersemesters.

„Wir müssen jetzt ein Physikbuch haben.“

„Die alte Ausgabe von der Grammatik, die ich von Karl noch habe, darf ich nimmer mitbringen.“

„Zum Nähtuch brauchen wir ein Stück feine neue Leinwand.“

„Bis Donnerstag müssen wir richtige Turnanzüge haben.“

„In diesem Jahr kann ich mich nicht wieder ohne Atlas durchschwindeln.“

„Mein Reißzeug sei ganz ungenügend.“

So ging das eine Weile durcheinander und als das Essen vorbei war, umdrängten die Plaggeister den Vater und die Mutter; nur Frieder, der kleine Volksschüler, hatte keine derartigen Wünsche, er nahm seine Ziehharmonika und verzog sich; Elschen folgte ihm hinunter auf den Balkenplatz, wo eine freundliche Herbstsonne die Kinder umfing, die sich noch sorgenlos in ihren Strahlen sonnen konnten.

Herr Pfäffling suchte sich dem Drängen seiner Großen zu entziehen, indem er hinüberflüchtete in das Eckzimmer, das sein Musik- und Stundenzimmer war. Dort wartete ein Stoß neuer Musikalien auf ihn, die er prüfen sollte. Aber es währte nicht lang, so folgten ihm seine drei Lateinschüler nach, und ein jeder brachte wiederholt sein Anliegen vor und suchte zu beweisen, daß es dringend sei. „Ich glaube es ja," sagte der Vater, „aber alles auf einmal können wir nicht anschaffen, ihr müßt eben warten, bis sich wieder Geld angesammelt hat. Woher sollte denn so viel da sein eben jetzt, nach den langen Ferien? Wenn sich nun wieder Stundenschüler einfinden und Geld ins Haus bringen, dann sollt ihr Atlas, Reißzeug und die neuesten Ausgaben der Schulbücher bekommen, aber jetzt reicht es nur für das dringendste." Herr Pfäffling zog eine kleine Schublade seines Schreibtisches auf, in der Geld verwahrt war, „Schaut selbst herein und rechnet, wie weit es langt," sagte er. Es war nicht viel in der Schublade. Jetzt fingen die Jungen an zu rechnen und miteinander zu beraten, was das Unentbehrlichste sei. „Für Marianne muß auch noch etwas übrig bleiben," bemerkte der eine der Brüder, „bei ihr gibt es sonst gleich wieder Tränen. Leinwand zu einem Nähtuch wollen sie, ob das wohl recht viel kostet?"

So unterhandelten sie miteinander, gaben von ihren Forderungen etwas ab und waren froh, daß das Geld wenigstens zum Allernotwendigsten reichte. Es blieb kein großer Rest mehr in der kleinen Schublade.

Als kurze Zeit darauf die Lateinschüler und die Töchterschülerinnen sich wieder auf den Schulweg gemacht hatten, kam Frau Pfäffling zu ihrem Mann in das Musikzimmer, wo sie gerne nach Tisch ein Weilchen beisammen saßen.

„Sieh nur, Cäcilie," sagte er zu ihr, „die trostlos leere Kasse. Es ist höchste Zeit, daß wieder mehr hineinkommt! Wenn sich nur auch neue Schüler melden, die besten vom Vorjahr sind abgegangen und es sind jetzt so viele Musiklehrer hier; von der Musikschule allein könnten wir nicht leben."

„Es werden gewiß welche kommen," sagte Frau Pfäffling, aber sehr zuversichtlich klang es nicht und eines wußte von dem andern, daß es sorgliche Gedanken im Herzen bewegte.

In die Stille des Eckzimmers drang vom Zimmermannsplatz herauf der wohlbekannte Klang der Harmonika. Frau Pfäffling trat ans offene Fenster und sah die beiden kleinen Geschwister auf den Brettern sitzend. „Es ist doch schon 2 Uhr vorbei," sagte sie, „hat denn Frieder heute nachmittag keine Stunde?" und sie rief dieselbe Frage dem kleinen Schulbuben hinunter. Die Harmonika verstummte, die Kinder antworteten nicht, sie sahen sich nur bestürzt an und die Eile, mit der sie von den Brettern herunterkletterten und durch den Hof rannten, dem Haus zu, sagte genug.

„Er hat wahrhaftig die Schulzeit vergessen," rief Herr Pfäffling, „daran ist wieder nur das verwünschte Harmonikaspielen schuld!" Als Frieder die Treppe heraufkam – ohne jegliche Rücksicht auf abgetretene Stufen – streckte der Vater ihm schon den Arm entgegen und nahm ihm die geliebte Harmonika aus der Hand mit den Worten: „Damit ist's aus und vorbei, wenn du sogar die Schulzeit darüber vergißt!"

Frieder beachtete es kaum, so sehr war er erschrocken. „Sind alle andern schon fort? Ist's schon arg spät?" fragte er, während er ins Zimmer lief, um seine Bücher zu holen. Elschen stand zitternd und strampelnd vor Aufregung dabei, während er seine Hefte zusammenpackte, rief immer verzweifelter: „Schnell, schnell, schnell!" und hielt ihm seine Mütze hin, bis er endlich ohne Gruß davoneilte. Auf halber Treppe blieb er aber noch einmal stehen und rief kläglich herauf: „Mutter, was soll ich denn zum Lehrer sagen?" „Sage nur gleich: es tut mir leid," rief sie ihm nach. So rannte er die Frühlingsstraße hinunter und rief in seiner Angst immer laut vor sich hin: „Es tut mir leid." Die Vorübergehenden sahen ihm mitleidig lächelnd nach – es war leicht zu erraten, was dem kleinen Schulbuben leid tat, denn es schlug schon halb drei Uhr, als er um die Ecke der Frühlingsstraße bog.

Herr Pfäffling nahm die Harmonika und besah sie genauer, ehe er sie in seinen Schrank schloß. „Redlich abgenützt ist sie," sagte er sich, „sie wird bald den Dienst versagen und den kleinen Spieler nimmer in Versuchung führen. Es hat wohl auch keinen Tag gegeben in den letzten zwei Jahren, an dem er sie nicht benützt hat. Er ist ein kleiner Künstler auf dem Instrument, aber er weiß es nicht und das ist gut und von den Geschwistern hört er auch keine Schmeicheleien, sie ärgern sich ja nur über den kleinen Virtuosen. Ich wollte, ich hätte auch nur *einen* Schüler, der so begabt wäre wie Frieder! Aber daß er seine Schule über der Musik versäumt oder ganz vergißt wie heute, das ist doch ein starkes Stück am ersten Schultag, das geht doch nicht an," und nun wurde die Harmonika eingeschlossen.

War Frieder als letzter in die Schule gekommen, so kam er auch als letzter heraus. Die Geschwister daheim hörten von der kleinen Schwester, was vorgefallen war, und berieten, wie es ihm in der Schule ergangen sein mochte. Sie hatten viel Erfahrungen bei allerlei Lehrern gesammelt, und die Wahrscheinlichkeit sprach ihnen dafür, daß es glimpflich abgehen würde. Aber Frieder hatte einen neuen Lehrer, den kannte man noch nicht und die neuen waren oft scharf. Als nun endlich der Jüngste heimkam und ins Zimmer trat, wo sie alle beisammen waren, sahen sie ihn begierig, zum Teil auch ein wenig spöttisch an. Aber das Spöttische verging ihnen bald beim Anblick des kleinen Mannes. Er sah so kläglich verweint aus! Keine Frage, der Lehrer war scharf gewesen. Zuerst wollte Frieder nicht recht herausrücken mit der Sprache, denn der Vater war auch im Zimmer und das war in Erinnerung an sein zürnendes Gesicht und die weggenommene Harmonika nicht aufmunternd für Frieder. Aber Herr Pfäffling ging ans Fenster, trommelte einen Marsch auf den Scheiben und achtete offenbar nicht auf die Kinder. Da hatte Marie bald alles aus dem kleinen Bruder herausgefragt, denn sie hatte immer etwas Mütterliches gegen die Kleinen, auch der Mutter Stimme. So erzählte denn Frieder, daß der Lehrer ihm zuerst nur gewinkt hätte, sich auf seinen Platz zu setzen, aber nach der Schule hatte Frieder vorkommen müssen, ja und dann – dann stockte der Bericht. Aber die Geschwister kannten sich aus, sie nahmen seine Hände in Augenschein, die waren auf der Innenseite rot und dick. „Wieviel?" fragte Marie. „Zwei." „Das geht noch an," meinte Karl, der große. „Es kommt darauf an, ob's gesalzene waren," und nun erzählte Wilhelm, der zweite: „Bei uns hat einer auch einmal die Schule vergessen, dann hat er zum Lehrer gesagt, er habe Nasenbluten bekommen und so ist er ohne alles durchgeschlupft, der war schlau!" Da hörte auf einmal das Trommeln an den Fensterscheiben auf, der Vater wandte sich um und sagte: „Der war ein Lügner und das ist der Frieder nicht. Geh her, du kleines Dummerle du, wenn dir der Lehrer selbst deinen Denkzettel gegeben hat, dann brauchst du von mir keinen, du bekommst deine Harmonika wieder, aber – „

Die gute Lehre, die dem kleinen Schulknaben zugedacht war, unterblieb, denn in diesem Augenblick kam durchs Nebenzimmer Frau Pfäffling und sagte eilfertig: „Kinder, warum macht ihr nicht auf? Ich habe hinten im Bügelzimmer das Klingeln gehört und ihr seid vornen und achtet nicht darauf!“ Schuldbewußt liefen die der Türe am nächsten Stehenden hinaus und riefen bald darauf den Vater ab, in freudiger Erregung verkündend: „Es handelt sich um Stunden! Eine vornehme Dame mit einem Fräulein ist da!“ „Und ihr habt sie zweimal klingeln lassen! Wenn sie nun fortgegangen wären!“ sagte die Mutter vorwurfsvoll.

„Manchmal ist's recht unbequem, daß Walburg taub ist,“ meinte Anne und Else fügte altklug hinzu: „Es gibt Dienstmädchen, die hören ganz gut, die hören sogar das Klingeln, wenn wir so eine hätten!“ „Seid ihr ganz zufrieden, daß wir unsere Walburg haben,“ entgegnete Frau Pfäffling, „wenn sie nicht bei uns bleiben wollte, könnten wir gar keine nehmen, sie tut's um den halben Lohn. Und *wieviel* tut sie uns! Es ist traurig, zu denken: weil sie ein solches Gebrechen hat, muß sie sich mit halbem Lohn begnügen. Wenn ich könnte, würde ich ihr den doppelten geben.“ Unvermutet ging die Türe auf und die, von der man gesprochen hatte, trat ein. Unwillkürlich sahen alle Kinder sie aufmerksamer an als sonst, sie bemerkte es aber nicht, denn sie blickte auf das große Brett voll geputzter Bestecke und Tassen, das sie aus der Küche hereintrug. Walburg war eine ungewöhnlich große, kräftige Gestalt und ihr Gesicht hatte einen guten, vertrauenerweckenden Ausdruck. Vor ein paar Jahren war sie aus einem Dienst entlassen worden wegen ihrer zunehmenden Schwerhörigkeit, die nun fast Taubheit zu nennen war. Als niemand sie dingen wollte, war sie froh, bei kleinem Lohn in der Familie Pfäffling ein Unterkommen zu finden. Seitdem sie nicht mehr das Reden der Menschen hörte, hatte sie selbst sich das Sprechen fast abgewöhnt. So tat sie stumm, aber gewissenhaft ihre Arbeit, und niemand wußte viel von dem, was in ihr vorging und ob sie schwer trug an ihrem Gebrechen. Durch der Mutter Worte war aber die Teilnahme der jungen Pfäfflinge wach geworden und mit dem Wunsch, freundlich gegen sie zu sein, griff Marie nach den Bestecken, um sie einzuräumen; die andern bekamen auch Lust zu helfen, und im Nu war das Brett leer und Walburg sehr erstaunt über die ungewohnte Hilfsbereitschaft. „Freundlichkeit ist auch ein Lohn,“ sagte Frau Pfäffling, „wenn ihr den alle sieben an Walburg bezahlt, dann – „ „Dann wird sie kolossal reich,“ vollendete Karl.

Unser Musiklehrer kam vergnügt aus seinem Eckzimmer hervor: „Ein guter Anfang des Schuljahrs,“ sagte er. „Die Dame hat mir ihre Tochter als Schülerin angetragen. Zwei Stunden wöchentlich in unserem Haus. Das Fräulein mag etwa 17 Jahre alt sein und kommt mir allerdings vor, als sei es noch ein dummes Gänschen, aber ein freundliches, es lacht immer, wenn nichts zu lachen ist, und kam in Verlegenheit, als die Frau Mama nach dem Preis fragte mit der Bemerkung, sie zahle immer voraus. Sie zog auch gleich ein hochfeines Portemonnaie und zählte das Geld auf den Tisch. „Wenn es auch nur eine Bagatelle ist," sagte die Dame, „so bringt man doch die Sache gerne gleich in Ordnung." Darauf empfahl sie sich, das Fräulein knixte und lachte und morgen wird die erste Stunde sein. Da ist das Geld, wirst's nötig haben," schloß Herr Pfäffling seinen Bericht und reichte seiner Frau das Geld hin. Die Kinder drückten sich an die Fenster, sahen hinunter und bewunderten die Dame, die mit ihrem seidenen Kleid durch die Frühlingsstraße rauschte, begleitet von der Tochter, die mehr noch ein Kind als ein Fräulein zu sein schien. „Hat je eines von euch schon diesen Namen gehört?" fragte Herr Pfäffling und hielt ihnen die Visitenkarte der Dame hin. Sie schüttelten alle verneinend, der Name war ganz schwierig herauszubuchstabieren, er lautete: *Frau Privatiere Vernagelding*.

2. Kapitel

Herr Direktor?

November! Du düsterer, nebeliger, naßkalter Monat, wer kann dich leiden? Ich glaube, unter allen zwölfen hast du die wenigsten Freunde. Du machst den Herbstfreuden ein Ende und bringst doch die Winterfreuden noch nicht. Aber zu etwas bist du doch gut, zur ernsten, regelmäßigen Arbeit.

Was wurde allein in der Familie Pfäffling gearbeitet an dem großen Tisch unter der Hängelampe, die schon um 5 Uhr brannte! Von den vier Brüdern schrieb der eine griechisch, der andere lateinisch, der dritte französisch, der vierte deutsch. Der eine stierte in die Luft und suchte nach geistreichen Gedanken für den Aufsatz, der andere blätterte im Lexikon, der dritte murmelte Reihen von Zeitwörtern, der vierte kritzelte Rechnungen auf seine Tafel. Dazwischen wurde auch einmal geplaudert und gefragt, gestoßen und aufbegehrt, auch gehustet und gepustet, wie's der November mit sich bringt. Die Mutter saß mit dem Flickkorb oben am Tisch, neben sich Elschen, die sich still beschäftigen sollte, was aber nicht immer gelang.

Marie und Anne, die Zwillingsschwestern, saßen selten dabei. Sie hatten ein Schlafzimmer für sich, und in diesem ihrem kleinen Reich konnten sie ungestört ihre Aufgaben machen. Zwar war es ein kaltes Reich, denn der Ofen, der darin stand, wurde nie geheizt, aber die Schwestern wußten sich zu helfen. Sie lernten am liebsten aus einem Buch, dabei rückten sie ihre Stühle dicht zusammen, wickelten einen großen alten Schal um sich und wärmten sich aneinander. Nur mit der Beleuchtung hatte es seine Schwierigkeit. Eine eigene Lampe wurde nicht gestattet, es wäre ihnen auch nicht in den Sinn gekommen, einen solchen Anspruch zu machen. Aber im Vorplatz auf dem Schränkchen stand eine Ganglampe. Sie mußte immer brennen wegen der Stundenschüler, die den langen Gang hinunter gehen mußten bis zu dem Eckzimmer, in dem Herr Pfäffling seine Stunden gab. Hatte aber ein Schüler den Weg gefunden und hinter sich die Türe des Musikzimmers geschlossen, so konnten die Mädchen wohl auf eine Stunde die Ganglampe rauben. Dann war es freilich stockfinster im Vorplatz und manchmal stolperte eines der Geschwister, wenn es über den Gang ging und begehrte ein wenig auf, aber das nahmen die Schwestern kühl. Schlimmer war's, wenn sie etwa überhörten, daß die Musikstunde vorbei war und die Schüler im Finstern tappen mußten. Dann erschraken sie sehr, stürzten eilig hinaus, um zum Schluß noch zu leuchten, entschuldigten sich und waren froh, wenn der Vater es nicht bemerkt hatte.

Am 1. November ging die Sache nicht so gut ab. Fräulein Vernagelding hatte Stunde, die Ganglampe war weg. Aus der Ferne hörten die Mädchen das Spiel. Jetzt wurde es still, rasch gingen sie hinaus mit der Lampe. Aber die Stunde war noch nicht aus, sie lauschten und hörten den Vater noch sprechen: „das ist doch nicht e, wie heißt denn diese Note?“

„Sie sind noch nicht fertig,“ sagten sich die Schwestern und gingen wieder an ihre Arbeit. Aber Herr Pfäffling sagte nur noch etwas rasch zu seiner Schülerin: „Ich glaube, es ist genug für heute, besinnen Sie sich daheim, wie diese Note heißt,“ und gleich darauf kam Fräulein Vernagelding heraus und stand in dem stockfinsteren Gang. Jede andere hätte ihren Rückweg im Dunkeln gesucht, aber das Fräulein gehörte nicht zu den tapfersten, sie kehrte um, klopfte noch einmal am Eckzimmer an und sagte mit ihrem gewohnten Lachen: „Ach bitte, Herr Pfäffling, mir graut so vor dem langen dunkeln Gang, würden Sie nicht Licht machen?“

Da entschuldigte sich der Musiklehrer und leuchtete seiner ängstlichen Schülerin, aber gleichzeitig rief er gewaltig: „Marianne!“ und die Schwestern mit der Lampe kamen erschrocken herbei. Sie wurden noch in Gegenwart von Fräulein Vernagelding gezankt, so daß dieser ganz das Lachen verging und sie so schnell wie möglich durch die Treppentüre verschwand. Das Arbeiten im eigenen Zimmer mußte also mit mancher Aufregung erkauft werden, aber sie mochten doch nicht davon lassen.

So lernten denn die jungen Pfäfflinge an den langen Winterabenden, der eine mehr, der andere weniger, im ganzen hielten sie sich alle wacker in der Schule, machten ihre Aufgaben ohne Nachhilfe und brachten nicht eben schlechte Zeugnisse nach Hause.

An einem solchen Novemberabend war es, daß Herr Pfäffling in das Zimmer trat und seiner Frau zurief: „Cäcilie, komme doch einen Augenblick zu mir herüber, aber bitte gleich!" und er hatte kaum hinter ihr die Türe zugemacht, als er ihr leise sagte: „Ein hochinteressanter Brief!" Sie folgte ihm über den Gang, dieser war wieder stockfinster, aber sie beachteten es nicht. Im Musikzimmer, wo die Klavierlampe brannte, lag auf den Tasten ein Brief. Lebhaft reichte er ihn seiner Frau: „Lies, lies nur!" und als er sah, daß sie mit der fremden Handschrift für seine Ungeduld nicht schnell genug vorwärts kam, sprach er: „Die erste Seite ist nebensächlich, die Hauptsache ist eben: Kraußold aus Marstadt schreibt, es solle dort eine Musikschule gegründet werden, und er wolle mich, wenn ich Lust hätte, als Direktor vorschlagen. Ob ich Lust hätte, Cäcilie, wie kann man nur so fragen! Ob ich Lust hätte, in einer größeren aufblühenden Stadt eine Musikschule zu gründen, alles nach meinen Ideen einzurichten, ein mit festem Gehalt angestellter Direktor zu werden, anstatt mich mit Vernagelding und ähnlichen zu plagen; Cäcilie, hast du Lust, Frau Direktor zu werden?" Da wiederholte sie mit fröhlichem Lachen seine eigenen Worte: „Ob ich Lust hätte? Wie kann man nur so fragen!"

Und nun setzten sie sich zusammen auf das kleine altmodische Kanapee und besprachen die Zukunftsaussicht, die sich so ganz unvermutet eröffnete. Und sprachen so lang, bis Elschen herübergesprungen kam und rief: „Walburg hat das Abendessen hereingebracht und nun werden die Kartoffeln kalt!"

„Eine ganz pflichtvergessene Hausfrau," sagte Herr Pfäffling neckend, folgte Mutter und Töchterchen und war den ganzen Abend voll Fröhlichkeit, ging singend oder pfeifend im Familienzimmer hin und her, und die glückliche Stimmung teilte sich allen mit, obwohl nach stiller Übereinkunft die Eltern zunächst vor den Kindern noch nichts von dem unsicheren Zukunftsplan erwähnten.

Herr Kraußold aus Marstadt, der durch seinen Brief so freudige Aufregung hervorgebracht hatte, war Herrn Pfäffling aus früheren Jahren gut bekannt, doch hatte er die Familie Pfäffling noch nie besucht. Bei diesem Anlaß nun kündigte er sich zur Vorbesprechung der Angelegenheit auf den nächsten Mittwoch an. Zeitig am Nachmittag wollte er eintreffen und mit dem fünf Uhr Zug wieder abreisen. Herr Pfäffling war in einiger Aufregung wegen des Gastes. „Er ist ein etwas verwöhnter Herr," sagte er zu seiner Frau, „ein Junggeselle, der nicht viel Sinn für Kinder hat, am wenigsten für sieben auf einmal. Sie sollten ganz in den Hintergrund treten."

„Du wirst ihn wohl im Musikzimmer empfangen, dann stören die Kinder nicht," sagte Frau Pfäffling.

„Aber zum Tee möchte ich ihn herüber ins Eßzimmer bringen. Die Kinder können ja irgendwo anders sein, dann richtest du für uns drei einen gemütlichen Teetisch."

Am Mittwoch wurde bei Tisch den Kindern mitgeteilt, daß sie an diesem Nachmittag möglichst unhörbar und unsichtbar sein sollten wegen des erwarteten Gastes. Um der Sache mehr Nachdruck zu geben, sagte der Vater zu den Kleinen: „Laßt euch nur nicht blicken, wer weiß, wie es euch sonst geht, wenn der Kinderfeind kommt!"

Zunächst mußten alle zusammen helfen, die schönste Ordnung herzustellen, bis der Vater mit dem Fremden vom Bahnhof herein käme. Das Wetter war leidlich, sie wollten sich unten im Hof aufhalten.

Am Fenster stand immer einer der Brüder als Posten und als nun der Vater in der Frühlingsstraße in Begleitung eines kurzen, dicken Herrn auftauchte, rannte die ganze junge Gesellschaft die Treppe hinunter und verschwand hinter dem Haus. Dort war der Boden tief durchweicht und mit dem zäh an den Fußsohlen haftenden Lehm ließ sich nicht gut auf den Balken klettern. Elschen fiel gleich beim ersten Versuch herunter und weinte kläglich, denn sie sah übel aus. Die Schwestern bemühten sich, mit Wischen und Reiben ihr Kleid wieder zu säubern. Da tat sich ein Fenster auf im unteren Stock und die Hausfrau rief: „Kinder, ihr macht das ja immer schlimmer, das kann ich gar nicht mit ansehen, kommt nur herein, ich will euch helfen. Es ist doch auch so kalt, geht lieber hinauf!"

„Es ist ja der Kinderfeind droben!" rief Elschen kläglich.

„O weh!" sagte die Hausfrau mit freundlicher Teilnahme, „was tut auch ein Kinderfeind bei euch! Dann kommt nur zu mir, aber streift die Füße gut ab."

Die Mädchen ließen sich's nicht zweimal sagen. Aber Frieder wußte nicht recht, ob er auch mit der Einladung gemeint sei. Er sah sich nach den Brüdern um, die waren hinter den Balken verschwunden. So wollte er doch lieber mit hinein zu der Hausfrau. Inzwischen waren aber auch die Schwestern weg und bis er ihnen nach ins Haus ging, hatten sie eben die Türe hinter sich geschlossen. Anklingeln wollte er nicht extra für seine kleine Person. So hielt er sich wieder an seine treueste Freundin, die Ziehharmonika, und bestieg mit ihr den Thron, hoch oben auf den Brettern. Im neuen Schuljahr wurden neue Choräle eingeübt, die wollte er auf seiner Harmonika herausbringen. Darein vertiefte er sich nun und hatte kein Verlangen mehr nach den Brüdern, obwohl er sie von seinem hohen Sitz ans gleich entdeckt hatte. Die drei standen an dem Zaun, der den Balkenplatz von dem Kasernenhof und Exerzierplatz trennte. Im Oktober waren neue Rekruten eingerückt, die nun täglich ihre Turnübungen ganz nahe dem Zaune machten. Unter diesen Soldaten war ein guter Bekannter, ein früherer Lehrling des Schreiners Hartwig, der zugleich ein Verwandter der Hausfrau war und bei ihr gewohnt hatte. Diesen nun in Uniform zu sehen, ihm beim Turnen und Exerzieren zuzuschauen, war von großem Interesse. Er kam auch manchmal an den Zaun und plauderte freundschaftlich mit Karl.

Aufmerksam sahen die jungen Pfäfflinge nach dem Turnplatz hinüber. Unter den Rekruten, die jetzt eben am Turnen waren und den Sprung über ein gespanntes Seil üben sollten, waren drei, die sich gar ungeschickt dazu anstellten. Der eine zeigte wenigstens Eifer, er nahm immer wieder einen Anlauf, um über die Schnur zu kommen und wenn es ihm fünfmal mißlungen war, so kam er doch das sechste mal darüber und der Schweiß redlicher Anstrengung stand ihm auf der Stirne. Die beiden anderen Ungeschickten machten gleichgültige, störrische Gesichter und träge Bewegungen. Als die Abteilung zur Kaserne zurück kommandiert wurde, mußten sie nachexerzieren. Das war nun kein schöner Anblick. Dazu fing es an zu regnen, große wässerige Schneeflocken mischten sich darunter, und die kleinen Zuschauer entfernten sich im lebhaften Gespräch über die unbeholfenen Turner. So wollten sie sich einmal nicht anstellen. Sie wollten all diese Übungen schon vorher machen, gleich morgen sollte da, zwischen den Balken, ein Sprungseil gespannt werden. Sie kamen an Frieder vorbei; der hatte auch bemerkt, daß Schnee und Regen herunter fielen und kletterte von seinem Brettersitze. Nun besprachen sich die Brüder über ihn. Er würde vielleicht auch einmal so ein Ungeschickter. Welche Schande, wenn ein Pfäffling so schlecht auf dem Turnplatz bestünde. Es durfte nicht sein, daß er immer nur Harmonika spielte, sie wollten ihn auch springen lehren, er mußte mittun, gleich morgen. Er sagte auch ja dazu, aber es war ihm ein wenig bedenklich und mit Recht: drei eifrige Unteroffiziere gegen *einen* ungeschickten Rekruten!

Als sie ans Haus kamen, fiel ihnen erst wieder der Gast ein, der droben die Gegend unsicher machte. War er vielleicht schon fort? Die Mädchen, die noch bei der Hausfrau waren, wurden gerufen und beschlossen, daß sie erkundigen sollten, wie es oben stünde. Marie wagte sich hinauf, erschien bald wieder an der Treppe und winkte den anderen, leise nachzukommen. Elschen folgte nur zaghaft den Geschwistern, sie stellte sich den Kinderfeind als eine Art Menschenfresser vor.

„Er ist im Wohnzimmer,“ flüsterte Marie, „wir gehen in das Musikzimmer, da hört man uns nicht.“

Auf den Zehen schlich sich die ganze Kindergesellschaft in das Eckzimmer. Dort fühlten sie sich in Sicherheit. Nur war von allem, was sie gerne gehabt hätten, von Büchern und Heften oder Spielen hier nichts zu haben. So standen sie alle sieben herum, warteten und fingen an, in dem kühlen Zimmer zu frieren, denn sie waren naß und durchkältet. „Wir wollen miteinander ringen, daß es uns warm wird,“ schlug Wilhelm vor und Otto ging darauf ein. Karl war auch dabei: „Ich nehme es mit der ganzen Marianne auf,“ rief er, „kommt, du Marie gegen meine rechte Hand, du Anne gegen meine linke, Frieder, Elschen, stellt die Stühle aus dem Weg.“ Sie taten es und dann machten sie es den großen Geschwistern nach. Das gab ein Gelächter und Gekreisch und aber auch einen großen Plumps, weil Otto und Wilhelm zu Boden fielen.

In diesem Augenblick ging die Türe auf; Herr Pfäffling hatte ahnungslos seinen Besuch aufgefordert, das Klavier zu probieren und so traten sie miteinander ins Musikzimmer. Nein, auch für einen Kinderfreund wäre dieser Knäuel sich balgender Knaben und ringender Mädchen kein schöner Anblick gewesen, und nun erst für den Kinder*feind*!

Er prallte ordentlich zurück. Elschen schrie beim Anblick des gefürchteten Fremden laut auf und ergriff eiligst durch den anderen Ausgang die Flucht, alle Geschwister ihr nach. Aber noch unter der Türe besann sich Karl, kehrte zurück, grüßte und sagte: „Entschuldige, Vater, wir wollten drüben nicht stören, deshalb sind wir alle hier gewesen," dann stellte er rasch die Stühle an ihren Platz und rettete dadurch noch einigermaßen die Ehre der Pfäfflinge, die sich wohl noch nie so ungünstig präsentiert hatten, wie eben diesem Fremden gegenüber.

Eine kleine Weile darnach reiste der Gast ab, von Herrn Pfäffling zur Bahn geleitet. Die Kinder nahmen wieder Besitz von dem großen Tisch im Wohnzimmer und saßen bald in der gewohnten Weise an ihren Aufgaben, doch war ihnen allen bang, wie der Vater wohl die Sache aufgenommen habe und was er sagen würde bei seiner Rückkehr von der Bahn; die Mutter war ja nicht dabei gewesen, sie konnte es nicht wissen.

Nun kam der Vater heim. Eine merkwürdige Stille herrschte im Zimmer, als er über die Schwelle trat. Er blieb einen Augenblick stehen und betrachtete das friedliche Familienbild. Dann sagte er: „Da sitzen sie nun wie Musterkinder ganz brav bei der Mutter, sanft wie unschuldige Lämmlein, nicht wieder zu erkennen die wilde Horde von drüben!" Bei diesem Scherzenden Ton wurde ihnen allen leicht ums Herz, sie lachten, sprangen dem Vater entgegen und Elschen fragte: „Ist der Herr weit weggereist, Vater, und bleibt der jetzt schön da, wo er hin gehört?"

„Jawohl, du kannst beruhigt sein, er kommt nicht mehr. Und wenn er käme oder wenn ein anderer kommt," setzte Herr Pfäffling hinzu, indem er sich an seine Frau wandte, „dann geben wir uns gar keine Mühe mehr, unser Hauswesen in stiller Vornehmheit zu zeigen und in künstliches Licht zu stellen, denn so ein künstliches Licht verlöscht doch plötzlich und dann ist die Dunkelheit um so größer."

Ein paar Stunden später, als Elschen längst schlief, die Schwestern Gute Nacht gesagt hatten und Frieder mit Wilhelm und Otto im sogenannten Bubenzimmer ihre Betten aufsuchten, saß Karl noch allein mit den Eltern am Tisch. Seit seinem fünfzehnten Geburtstag hatte er dies Vorrecht. Es wurde allmählich still im Haus. Auch Walburg hatte Gute Nacht gewünscht; manchmal lag kein anderes Wort zwischen ihrem „Guten Morgen" und „Gute Nacht".

Die drei, die nun noch am Tische saßen, waren ganz schweigsam und bewegten doch ungefähr denselben Gedanken.

Herr Pfäffling dachte: Wenn nur Karl auch zu Bett ginge, daß ich mit meiner Frau von Marstadt reden könnte. Die Kinder sollen ja noch nichts davon wissen.

Er zog seine Taschenuhr – es war noch nicht spät. Dann ging er auf und ab, sah wieder nach der Uhr und wurde immer ruheloser.

Frau Pfäffling dachte: Meinem Mann ist es lästig, daß wir nicht allein sind, aber er möchte Karl doch nicht so früh zu Bett schicken. Nein, diese Unruhe! Und dagegen die Ruhe, mit der Karl in sein Buch schaut und nicht ahnt, daß er stört.

Darin täuschte sich aber Frau Pfäffling, denn Karl dachte: Der Vater schweigt und die Mutter schweigt. Wenn ich zur Türe hinausginge, würden sie reden, über Herrn Kraußold aus Marstadt, denn mit diesem hat es eine besondere Bewandtnis. Nun zieht der Vater zum drittenmal in fünf Minuten seine Uhr. Er möchte mich fort haben und doch nicht fortschicken. Und die Mutter auch. Da ist's wohl angezeigt, daß ich freiwillig gehe. Er klappte das Buch zu, stand auf und sagte: „Gute Nacht, Vater, gute Nacht, Mutter, ich will jetzt auch gehen."

„Gute Nacht, Karl."

Sie waren überrascht, daß er so bald aufbrach. „Es ist Zufall," sagte Herr Pfäffling. „Oder hat er gemerkt, daß er uns stört," meinte die Mutter. „Woran sollte er das gemerkt haben? Wir haben nichts gesagt und er hat gelesen."

„Dir kann man so etwas schon anmerken," erwiderte Frau Pfäffling lächelnd.

„Das muß ich noch erfahren," sagte Herr Pfäffling lebhaft und rief seinen Jungen noch einmal zurück: „Sage offen, warum du so bald zu Bett gehst?" Einen Augenblick zögerte Karl, dann erwiderte er schelmisch: „Weil du dreimal auf deine Uhr gesehen hast, Vater."

„Also doch? So geh du immerhin zu Bett, Karl, es ist nett von dir, daß du Takt hast – übrigens, wenn du Takt hast, dann kannst du ebensogut hier bleiben, dann wirst du auch nicht taktlos ausplaudern, was wir besprechen." „Das meine ich auch," sagte Frau Pfäffling, „er wird nun bald sechzehn Jahre. Komm, Großer, setze dich noch einmal zu uns."

Dem Sohn wurde ganz eigen zumute. Mit einemmal fühlte er sich wie ein Freund zu Vater und Mutter herbeigezogen, und in dieser Abendstunde erfuhr er, was seine Eltern gegenwärtig freudig bewegte.

Als er sich aber eine Stunde später leise neben seine Brüder zu Bette legte, da besann er sich, ob irgend etwas auf der Welt ihn bewegen könnte, das Vertrauen der Eltern zu täuschen, und er fühlte, daß keine Lockung noch Drohung stark genug wäre, ihm das anvertraute Geheimnis zu entreißen.

In aller Stille reiste am folgenden Sonntag unser Musiklehrer nach Marstadt, um sich dort den Herren vorzustellen, die über die Ernennung des Direktors für die neu zu gründende Musikschule zu entscheiden hatten. Es kam noch ein anderer, jüngerer Mann aus Marstadt für die Stelle in Betracht, und nun mußte sich's zeigen, ob Herr Pfäffling wirklich, wie sein Freund Kraußold meinte, die besseren Aussichten habe. Unterwegs nach der ihm unbekannten Stadt wurde Herr Pfäffling immer kleinmütiger. Warum sollten sie denn ihn, den Fremdling, wählen, statt dem Einheimischen? Sie konnten ja gar nicht wissen, wie eifrig er sich seinem neuen Beruf widmen wollte und wie ihm dabei all seine seitherigen Erfahrungen an der Musikschule zustatten kommen würden!

In Marstadt angekommen, machte er Besuche bei den Herren, die sein Freund Kraußold ihm nannte. War er bei dem ersten noch verzagt, so wuchs seine Zuversicht bei jedem weiteren Besuch, denn wie aus *einem* Munde lautete das Urteil über seinen Mitbewerber: „Zu jung, viel zu jung zum Direktor“ Und einmal, als er in Begleitung seines Freundes über die Straße ging, sah er selbst den Jüngling, der sein Mitbewerber war, und von da an war er beruhigt; das war noch kein Mann für solch eine Stelle, der sollte nur noch zehn Jahre warten!

In froher Zuversicht konnte unser Musiklehrer die Heimreise antreten. Am Bahnhof von Marstadt bot ein Mädchen Blumen an. In seiner hoffnungsfreudigen Stimmung gestattete er sich einen bei ihm ganz unerhörten Luxus: Er kaufte eine Rose. Sein Freund Kraußold sah ihn groß an: „Zu was brauchst *du* so etwas?“

„Für die zukünftige Frau Direktor,“ antwortete Herr Pfäffling fröhlich, und als sein Freund noch immer verwundert schien, setzte er ernst hinzu: „Weißt du, sie hat es schon manchmal recht schwer gehabt in unseren knappen Verhältnissen.“

Sie verabschiedeten sich und Kraußold versprach, am nächsten Donnerstag gleich nach Schluß der Sitzung ihm den Entscheid über die Besetzung der Stelle zu telegraphieren. Als bei seiner Heimkehr Herr Pfäffling seiner Frau die Rose reichte, wußte sie alles, auch ohne Worte: seine glückselige siegesgewisse Stimmung, seine Freude, daß er auch ihr ein schöneres Los bieten konnte, das alles erkannte sie an der unerhört verschwenderischen Gabe einer Rose im November!

Die Sache blieb nicht länger Geheimnis. Herr Pfäffling besprach sie mit seinem Direktor, in der Zeitung kam eine Notiz aus Marstadt über die geplante Musikschule und die zwei Bewerber um die Direktorstelle. Auch die Kinder hörten nun davon, die Hausleute erfuhren es und Walburg wurde es ins Ohr gerufen.

Je näher der Donnerstag kam, um so mehr wuchs die Spannung auf den Entscheid. Am Vorabend lief noch ein Brief von Kraußold ein, der keinen Zweifel mehr darüber ließ, daß Pfäffling einstimmig gewählt würde.

Gegen Mittag konnte das Telegramm einlaufen. Es war noch nicht da, als Herr Pfäffling aus der Musikschule heimkam. So setzten sie sich alle zu Tisch wie gewöhnlich, aber die Kinder stritten sich darum, wer aufmachen dürfte, wenn der Telegraphenbote klingeln würde. Die Mutter hatte das aufmerksame Ohr einer Hausfrau, sie legte den Löffel aus der Hand und sagte: „Er kommt." Einen Augenblick später klingelte es, und von den dreien, die hinaus gerannt waren, brachte Wilhelm das Telegramm dem Vater, der rasch den Umschlag zerriß. Es war ein langes, ein bedenklich langes Telegramm. Es besagte, daß noch in der letzten Stunde der Beschluß, im nächsten Jahre schon eine Musikschule zu gründen, umgestoßen worden sei und man eines günstigen Bauplatzes wegen noch ein paar Jahre warten wolle!

Herrn Pfäffling war zumute, wie wenn man ihm den Boden unter den Füßen weggezogen hätte, als er las, daß die ganze Musikschule, die er dirigieren wollte, wie ein Luftschloß zusammenbrach.

O, diese traurige Tischgesellschaft! Wie bestürzt sahen die Eltern aus, wie starrten die Buben das unheilvolle Telegramm an, wie flossen den Mädchen die Tränen aus den Augen, wie schaute Elschen so ratlos von einem zum andern, weil sie gar nichts von dem allen verstand!

Frieder, der neben der Mutter saß, wandte sich halblaut an sie: „Es wäre viel freundlicher gewesen, wenn sie das mit der Musikschule schon vorher ausgemacht hätten, und das mit dem Vater erst nachher."

„O Frieder," rief der Vater und fuhr so lebhaft vom Stuhl auf, daß alle erschraken, „wenn die Marstadter nur so klug wären wie du, aber die sind so – ich will gar nicht sagen wie, das *kann* man überhaupt gar nicht sagen, dafür gibt es keinen Ausdruck!"

Frau Pfäffling nahm das Telegramm noch einmal zur Hand: „Ein paar Jahre wollen sie warten," sagte sie, „vielleicht nur zwei Jahre, dann wäre es ja nicht so sehr ferne gerückt!"

„Es können auch fünf daraus werden und zehn," entgegnete Herr Pfäffling, „inzwischen kommen die, die jetzt noch zu jung waren, ins richtige Alter und ich komme darüber hinaus. Nein, nein, da ist nichts mehr zu hoffen, Direktor bin ich *gewesen*."

Mit diesen Worten verließ er das Zimmer, und man hörte ihn über den Gang in das Musikzimmer gehen. Die Kinder aßen, was auf ihren Tellern fast erkaltet war. „Ich wollte, Herr Kraußold wäre gar nie in unser Haus gekommen!" sagte Anne. Da stimmten alle ein und der ganze Zorn entlud sich über ihn, bis die Mutter wehrte: „Herr Kraußold hat es nur gut gemeint. Ihr Kinder habt überdies allen Grund, froh zu sein, daß wir hier bleiben. Ihr bekommt es nirgends mehr so gut wie hier außen in der Frühlingsstraße. Für euch wäre es kein Gewinn gewesen."

„Aber für den Vater und für dich," sagte Karl, und er dachte an den schönen Abend, an dem die Eltern ihm die frohe Zukunftsaussicht anvertraut hatten. „Ja," sagte die Mutter, „aber der Vater und ich kommen darüber weg. In der ersten Viertelstunde ist man wohl betroffen, aber dann stemmt man sich gegen das Ungemach und sagt sich: dies gehört auch zu den Dingen, die uns zum besten dienen müssen, wie alles, was Gott schickt, und dann besinnt man sich: wie muß ich's anpacken, damit es mir zum besten dient?" Die Mutter versank in Gedanken.

„Seid ihr satt, Kinder?" fragte sie nach einer kleinen Weile. „Dann deckt den Tisch ab, ich will ein wenig zum Vater hinübergehen. Nehmt auch die Rose mit hinaus, die Blätter fallen ab."

Im Eckzimmer wanderte Herr Pfäffling auf und ab und wartete auf seine Frau, denn er wußte ganz gewiß, daß sie zu ihm kommen würde. Sie hatten schon manches Schwere miteinander getragen, und nun mußte auch diese Enttäuschung gemeinsam durchgekämpft werden.

Als Frau Pfäffling eintrat, hatte ihr Mann ein Blatt Papier in der Hand und reichte es ihr mit schmerzlichem Lächeln: „Da sieh, gestern abend war ich so zuversichtlich, da habe ich für dich ein kleines Lied komponiert, das wollte ich dir heute abend mit der Guitarre singen. Die Kinder hätten im Chor den Schlußreim mitsingen dürfen, auf den jeder Vers ausgeht:

> „Drum rufen wir mit frohem Sinn:
> Es lebe die Direktorin!'

„Nun muß es heißen:

„Schlag dir die Ehre aus dem Sinn
Du wirst niemals Direktorin.“

„Nein, nein,“ wehrte Frau Pfäffling, „du mußt es anders umändern, es muß ausgedrückt sein, daß wir trotz allem einen frohen Sinn behalten.“

„Für den Gedanken finde ich jetzt noch keinen Reim,“ sagte er trübselig, „ich brauche auch keinen, mit dem Lied kannst du Feuer machen.“

Sie sprachen noch lange von der großen Enttäuschung, und dann kamen sie auf den beginnenden Winter zu sprechen, für den noch nicht so viel Stunden angesagt waren als nötig erschien, um gut durchzukommen. So erschien ihnen die Zukunft grau wie der heutige Novemberhimmel.

Inzwischen war wohl eine halbe Stunde vergangen. Da fragte vor der Türe eine Kinderstimme: „Dürfen wir herein?“

„Was wollt ihr denn?“ rief dagegen, wenig ermutigend, der Vater. Unter der Türe erschienen die drei Schwestern; voran die Kleine mit strahlendem Ausdruck, dann Marie und Anne. Sie trugen zwei Tassen, Kaffee- und Milchkanne und stellten das alles vorsichtig auf den Tisch. Die zwei Großen sahen zaghaft aus, wußten nicht recht, wie die Überraschung wohl aufgenommen würde. „Was fällt euch denn ein, Kinder?“ fragte die Mutter. Marie antwortete, aber ihre Stimme zitterte und die Tränen wollten kommen: „Wir haben auf heute einen Kaffee gemacht, weil ihr fast nichts gegessen habt!“ und Anne flüsterte der Mutter zu: „Von unserem Geld, du darfst nicht zanken.“ Schnell gingen sie wieder hinaus und hörten eben unter der Türe, wie die Mutter freundlich sagte: „Dann kann ich freilich nicht zanken,“ so war also die Überraschung gut aufgenommen worden.

Solch ein Kaffee nach Tisch war eine Liebhaberei von Herrn Pfäffling, die er sich nur an Festtagen gestattete. So kam es ihm auch wunderlich vor, sich gerade heute mit seiner Frau an den Kaffeetisch zu setzen, er war sich keiner festtäglichen Stimmung bewußt! Aber man mußte es doch schon den Kindern zuliebe tun, sicher würde Marie, das Hausmütterchen, gleich nachher visitieren, ob auch die Kannen geleert seien. Diesem festtäglichen Kaffee gegenüber wich die graue Novemberstimmung unwillkürlich, und bei der zweiten Tasse sagte unser Musiklehrer zu seiner Frau: „Man müßte eben den Schlußreim so verändern:

„Direktor her, Direktor hin,
Wir haben dennoch frohen Sinn.“

Der letzte Schluck Kaffee war noch nicht genommen, da klingelte es. Frau Pfäffling horchte und rief erschrocken: „Kann das Fräulein Vernagelding sein?“

„Donnerstag? Freilich, das ist ihr Tag. O, die unglückselige Stunde, die hatte ich total vergessen, muß die auch gerade heute sein! Wenn ich die jetzt vertrage, Cäcilie, dann bewundere ich mich selber. Du glaubst nicht, wie unmusikalisch das Fräulein ist!“ Frau Pfäffling hatte das Kaffeegeschirr rasch auf das Brett gestellt und war längst damit verschwunden, bis Fräulein Vernagelding im Vorplatz am Kleiderhalter und Spiegel Toilette gemacht und ihre niedlichen Löckchen zurechtgesteckt hatte. Herr Pfäffling nahm sich gewaltig zusammen, als diese unbegabteste aller Schülerinnen sich neben ihn ans Klavier setzte und mit holdem Lächeln sagte: „Heute dürfen Sie es nicht so streng mit mir nehmen, Herr Pfäffling, ich konnte nicht so viel üben, denken Sie, ich war gestern auf meinem ersten Ball. Es war ganz reizend. Ich war in Rosa.“

„Freut mich, freut mich,“ sagte Herr Pfäffling und trippelte bereits etwas nervös mit seinem rechten Fuß. „Aber jetzt wollen wir gar nicht mehr an den Ball denken, sondern bloß an unsere Tonleiter. G-dur. Nicht immer wieder f nehmen statt fis, das lautet greulich für mich. Schon wieder f! Wieder f! Aber Sie nehmen ja jedesmal f, Sie denken wieder an den gestrigen Ball!“ „Nein, Herr Pfäffling,“ entgegnete sie und sah ihn strahlend an, „ich denke ja an den morgigen Ball, was sagen Sie dazu, daß ich morgen schon wieder tanze! Diesmal in Meergrün. Ist das nicht süß?“ Herr Pfäffling sprang vom Stuhl auf. „Süß, ja süß!“ wiederholte er, „aber zwischen zwei Bällen Sie mit der G-dur Tonleiter zu plagen, das wäre grausam, vielleicht auch gegen mich. Da gehen Sie lieber heim für heute.“

„Ja, darf ich?“ sagte sie aufstehend, und die hoffnungsvolle Schülerin empfahl sich mit dankbarem Lächeln und Knix.

Als Frau Pfäffling durch den Vorplatz ging, sah sie mit Staunen, daß Fräulein Vernagelding schon wieder am Spiegel stand. Sie hatte diesmal entschieden mehr Zeit am Spiegel als am Klavier verbracht.

Herr Pfäffling erzählte, daß ihm die Geduld ausgegangen sei, er glaube aber nicht, daß es das Fräulein übelgenommen habe.

„Aber Frau Privatiere Vernagelding wird um so mehr gekränkt sein," sagte Frau Pfäffling besorgt.

Unnötige Sorge! Als das tanzlustige Fräulein daheim von der abgekürzten Stunde berichtete, sagte die Mutter: „Dies ist ein einsichtsvoller Herr. Er gönnt doch auch der Jugend ihr unschuldiges Vergnügen. Wir müssen ihm gelegentlich ein Präsent machen, Agathe."

3. Kapitel

Der Leonidenschwarm

Samstag nachmittag war's und eifrige Tätigkeit in Haus und Hof. Frau Pfäffling und Walburg hatten viel zu putzen und zu ordnen und auf die Hilfe von Marie und Anne wurde dabei schon ganz ernstlich gerechnet. Ob sie gerne das Geschirr in der Küche abtrockneten und mit Vorliebe den Staub wischten, ob sie mit Lust die Leuchter putzten und mit Freuden die Lampen, das wußte niemand, aber das wußten alle, daß diese Arbeiten geschehen mußten und Walburg nicht mit allem allein fertig werden konnte.

Die Brüder hatten auch für etwas einzustehen im Haus: Sie mußten sorgen, daß in der Holzkammer stets fein gespaltenes Holz vorrätig war. Das hatten sie aber heute schon besorgt und nun waren sie in fröhlicher Tätigkeit auf dem Balkenplatz. Der Schreinersgeselle, Remboldt, der als Soldat diente und durch den Zaun die Freundschaft mit den jungen Pfäfflings pflegte, hatte gesehen, wie sie sich mühsam ein Sprungseil zu spannen versuchten und nicht zurecht damit kamen. Darauf hatte er ihnen versprochen, ihnen zu helfen, sobald er frei habe, und nun war er herübergekommen. Mit seiner Hilfe ging die Sache anders vonstatten. Zwei Pfähle wurden eingerammelt, an denen sich das Seil in verschiedener Höhe spannen ließ, ganz wie drüben auf dem Militärturnplatz, nur daß auf kleinere Turner gerechnet werden mußte. Frieder wurde herbeigeholt. Er war für einen Achtjährigen noch ein kleiner Kerl und nicht so gewandt wie seine leichtfüßigen Brüder. Es zeigte sich, daß man das Seil noch viel näher am Boden spannen mußte, und als er seine ersten Sprungversuche machte und fest auf das Seil, anstatt darüber sprang, lachten sie alle und nannten ihn, wie in seinen früheren Kinderjahren, das kleine Dummerle. Er nahm das aber nicht übel, um so weniger als Remboldt, der inzwischen Frieders Harmonika genommen und umsonst probiert hatte, etwas Wohlklingendes herauszulocken, bewundernd sagte: „Wie der Kleine nur so umgehen kann mit dem großen Instrument, gestern haben ihm viele Soldaten zugehört, da hat's geklungen wie das Lied: „Wachet auf, ruft uns die Stimme"." „Ja, das war's," sagte Frieder, „das lernen wir jetzt in der Schule."

„Was sagt denn dein Lehrer dazu, wenn du die Lieder so spielen kannst?"

„Ich nehme doch die Harmonika nicht mit in die Schule!" sagte Frieder ganz erstaunt. „Nimm sie doch einmal mit," entgegnete Remboldt, „da wirst du sehen, wie der Lehrer Respekt vor dir bekommt und alle deine Mitschüler." Frieder machte große Augen. Daheim war eigentlich immer nur eine Stimme des Ärgers über sein Spiel, und nun meinte Remboldt, er sollte seine Harmonika absichtlich dahin mitnehmen, wo recht viele sie hören würden? Zweifelnd sah er auf seine alte, treue Begleiterin. Bisher hatten sie sich immer möglichst miteinander entfernt von allen Menschen, und nun sollten sie sich vordrängen? Ihm kam es unbescheiden vor, aber doch auch lockend, und so ging er nachdenklich davon, während seine Brüder sich noch mit Remboldt unterhielten. Dieser erzählte gern von seinem Soldatenleben, bei dem er mit Leib und Seele war. Und heute hatte er Neues zu berichten: „Heute nacht war ich auf der Wache," sagte er, „vor dem Kasernentor. Da bläst einem der Wind eisig um die Ohren und die Füße werden steif, wenn man nicht immerzu hin und her läuft. Man hört auch gern seinen eigenen Tritt, weil's so totenstill ist, man meint, man sei ganz allein auf der Welt. Es war so eine finstere Nacht, kein Mondschein am Himmel und im Westen eine schwarze Wand, nur im Osten war's hell und ein paar Sterne am Himmel. Vor mir war der weite, leere Kasernenhof, hinter mir die lange, schwarze Kasernenmauer, ganz unheimlich, sage ich euch. Da, nach Mitternacht, hat sich der Wind gelegt und der Himmel ist klarer geworden. Wie ich nun so hinaufschaue, wie immer mehr Sterne herauskommen, da fliegt einer in großem Bogen über den halben Himmel, und wie ich dem nachschaue, kommt wieder einer und zwei auf einmal und so ging's fort und mir war's gerade, wie wenn mir zuliebe so ein himmlisches Feuerwerk veranstaltet wäre, denn, dachte ich, es sieht's ja sonst niemand als du. Mir war's ganz feierlich zumute. Ich nahm mir aber vor: den Kameraden erzählst du das nicht, sie meinen sonst, du flunkerst. Aber da kam morgens eine Abteilung von einer nächtlichen Felddienstübung heim und die hatten es auch beobachtet und fingen gleich davon an zu erzählen.

Ihnen hat ihr Hauptmann erklärt, daß alle Jahre in den Nächten um den 12. bis 15. November herum so ein Sternschnuppenschwarm sei, der heiße der Leonidenschwarm. In manchen Jahren sei er besonders reich und so in diesem. Aber erst nach Mitternacht und man sehe es nur selten so schön wie in der vergangenen Nacht, weil die Novembernächte meistens trüb seien. Wenn's heute nacht hell wäre, ich wollte gleich wieder auf die Wache ziehen um den Preis."

Karl, der große, Wilhelm, der zweite, Otto, der dritte, sie kamen alle mit *einem* Gedanken vom Hof herauf: den Leonidenschwarm mußten sie sehen! Heute oder morgen wollten sie nach Mitternacht hinuntergehen und von dem Balken aus die Sternschnuppen beobachten. Wenn nur die Erlaubnis der Eltern zu bekommen war. Oder konnte man's ungefragt unternehmen? Es war ja nichts Schlimmes. Sie berieten miteinander. Die Schwestern kamen dazu und wurden eingeweiht in den Plan. Da entschied Marie, das praktische Hausmütterchen: „Ohne Erlaubnis geht das nicht, weil es nicht ohne Hausschlüssel geht, die Haustüre wird nachts geschlossen." Also mußte man bittend an die Eltern kommen. Der Vater wollte nicht gern der Jugend den Hausschlüssel anvertrauen und die Mutter meinte, so vom Bett in die Novembernacht hinaus würden sie sich erkälten. Und alle beide fürchteten sie, die Hausleute möchten bei Nacht gestört werden. Dagegen sagte der Vater, seine Buben dürften nicht so zimperlich sein, daß sie nicht eine Stunde draußen in der Winternacht aushalten könnten, und die Mutter erzählte, daß sie schon von ihrer Jugend an den Wunsch gehabt hätte, so einen Sternschnuppenschwarm zu sehen, die drei Brüder versicherten, daß sie lautlos die Treppe hinunterschleichen würden. Da machte die kleine Else, die gespannt zugehört hatte, ob die Brüder mit ihrer Bitte wohl durchdringen würden, den Schluß, indem sie erklärte: „Also dann dürft ihr!" Da lachten sie alle und niemand widersprach. Aber doch war es nur so eine halbe Erlaubnis, und die Brüder hielten es für klug, nimmer auf das Gespräch zurückzukommen. Überdies fing es am Abend an zu regnen, ja es regnete auch noch den ganzen Sonntag und niemand dachte mehr an die Sternschnuppen. Als aber am Sonntag abend Karl zu Bett ging, bemerkte er, daß am Himmel ein paar Sterne sichtbar waren. Wenn es nun doch möglich würde? Er richtete seine Weckuhr auf 1 Uhr und konnte vor Erwartung kaum einschlafen. Während nun Stille im ganzen Haus wurde und die Nacht weiter vorrückte, lösten und verteilten sich am Himmel immer mehr die schweren Wolken, ein Stern nach dem andern leuchtete hervor und als, vom Wecker aufgeschreckt, Karl ans

Fenster huschte um zu sehen, ob etwas zu hoffen wäre, strahlte ihm der klarste Himmel entgegen, ja, er meinte sogar ein kurzes Leuchten wie von einer fliegenden Kugel gesehen zu haben.

Es war nun keine kleine Aufgabe, Wilhelm und Otto zu wecken, ohne dabei das ganze Haus aufzumuntern. Zum Glück lag das Bubenzimmer nicht neben dem Schlafzimmer der Eltern. Die verschlafenen Brüder hatten nicht einmal mehr Lust zu dem nächtlichen Unternehmen, aber die stellte sich wieder ein, sobald sie ganz wach waren, und nun richteten sich die Drei in aller Stille. Nebenan schliefen die Schwestern. Plötzlich ging die Türe leise auf, ein Arm streckte sich herein und ein geheimnisvolles: „Gelt ihr geht? Da habt ihr unsern Schal!“ wurde geflüstert; das große warme Tuch flog herein, die Türe ging leise wieder zu. Mit klopfendem Herzen nahm Karl den Hausschlüssel vom Nagel, in Strümpfen, die Stiefel in der Hand, schlichen sie alle Drei über den Gang, und die Treppe hinunter. Aber ehe sie hinaustraten in den nassen Hof, mußten doch die Stiefel angezogen werden und das ging nicht so ganz ohne jegliches Geräusch, nicht ohne Geflüster. Auch der Schlüssel bewegte sich nicht ohne metallenen Klang im Schloß und die Türe nicht ohne Knarren in den Angeln. Hingegen ging sich's lautlos auf dem bodenlosen Weg nach dem Balken, und als die Drei erst hinter den Brettern, nahe dem Kasernenzaun waren, schien ihnen das Unternehmen gelungen.

Das wachsame Ohr von Frau Hartwig, der Hausfrau, hatte aber etwas gehört. Sie wußte zunächst selbst nicht, an was sie erwacht war, aber sie hatte das Gefühl: Irgend etwas ist nicht in Ordnung. Sie setzte sich im Bett auf, horchte, vernahm ganz deutlich den ihr wohlbekannten Ton der sich schließenden Haustüre und dann ein Flüstern außerhalb derselben. „Es ist jemand hinausgegangen,“ sagte sie sich, „wer hat nachts um 1 Uhr hinauszugehen?“ Sie besann sich, es war ihr unerklärlich. „Es ist ungehörig,“ sagte sie sich, „wer solch nächtliche Spaziergänge macht, der soll nur draußen bleiben,“ und rasch entschlossen ging sie hinaus und schob den Nachtriegel an der Haustüre vor. Dann legte sie sich beruhigt wieder, nun konnte niemand ins Haus herein, ohne anzuklingeln; auf diese Weise wollte sie schon herausbringen, wer hinausgeschlüpft war. War es jemand mit gutem Gewissen, der mochte klingeln.

Auf Frieders hohem Brettersitz saßen die drei Brüder in der Stille der Nacht und sahen erwartungsvoll hinauf nach dem Sternenhimmel. In wunderbarer Klarheit wölbte er sich über ihnen. Das war ein Schimmern und Leuchten aus unendlichen Fernen! Keiner von ihnen hatte es je so schön gesehen. „Wenn auch weiter gar nichts zu sehen wäre," sagte Karl, „so würde mich's doch nicht reuen, daß ich aufgestanden bin." „Mich reut's auch nicht," sagte Wilhelm, „obwohl ich's gar nicht glaube, daß einer von den Sternen auf einmal anfängt zu fliegen. Die stehen da droben alle so fest!"

„Seht, seht da!" rief in diesem Augenblick Otto und deutete nach Osten. Ein heller, weißglänzender Stern schoß am Firmament in weitem Bogen dahin und war dann plötzlich verschwunden. In einem Nu hatte er die riesige Bahn durchflogen, wie weit wohl? Ja, das mochte wohl eine Strecke gewesen sein, größer als das ganze Deutsche Reich. Staunend sahen die Kinder hinauf: da – schon wieder eine Sternschnuppe, größer als die vorige, in gelbem Licht strahlend, und nach wenigen Minuten wieder eine. Die meisten kamen aus derselben Himmelsgegend und flogen in gleicher Richtung. Die Kinder fingen an zu zählen, aber als die Zeit vorrückte und es auf den Turmuhren 2 Uhr geschlagen hatte, wurden die Sternschnuppen immer häufiger, oft waren zwei oder drei zugleich sichtbar, es war über alles Erwarten schön. Allmählich schoben sich aber von Westen herauf immer größere Wolkenmassen und fingen an, die Sterne zu verdunkeln. Endlich kam das Gewölk bis an die Himmelsgegend, von der die meisten Sternschnuppen ausgingen, und wie wenn den staunenden Blicken nicht länger das schöne Schauspiel vergönnt sein sollte, zog sich eine dichte Decke über die ganze Herrlichkeit.

Noch standen die Kinder auf ihrem Posten und hofften, die Wolken würden sich wieder verteilen. Da und dort schimmerte zwischendurch ein einzelner Stern. „Sie sind alle noch da und fliegen herum," sagte Otto, „nur die Wolken sind davor." Nun wurde es vollständig Nacht, und die Brüder empfanden auf einmal, daß es kalt war und sie selbst müd und schläfrig. Jetzt ins warme Bett zu schlüpfen, mußte köstlich sein! Also kletterten sie herunter und gingen in der Stockfinsternis dem Haus zu.

„Hast du doch den Schlüssel, Karl?" „Jawohl, da ist er."

„Das wäre kein Spaß, wenn du den verloren hättest und wir müßten da draußen bleiben in der Kälte!"

Sie kamen nun nahe an das Haus, schlichen sich leise und schweigend an die Türe. Karl schloß auf und klinkte an der Schnalle, aber die von innen verriegelte Türe ging nicht auf. „Was ist denn das?" flüsterte Karl, drehte den Schlüssel noch einmal im Schloß auf und zu und klinkte und drückte gegen die Türe, aber die gab nicht nach.

„Laß doch mich probieren," sagte Wilhelm leise, „du hast wohl falsch herumgedreht," er brachte ebensowenig zustande und Otto nicht mehr.

„Laßt doch, ihr verdreht das Schloß noch," sagte Karl, „ihr seht doch, es geht nicht. Was kann denn aber schuld sein? Das Schloß ist doch in Ordnung, was hält die Türe zu?"

In leisem Flüsterton gingen nun die Vermutungen hin und her. „Jemand hat etwas vor die Türe gestellt, damit wir nicht hereinkönnen." „Oder den Riegel vorgeschoben."

„Ja, ja, den Riegel. Natürlich, der Riegel ist vorgeschoben! Wer hat das getan? Wer hat uns hinausgeriegelt?" Da meldete sich das Gewissen: „Vielleicht der Vater, weil wir nichts gesagt haben!"

„Aber er hat es doch erlaubt!"

„Ich weiß nicht mehr so recht, hat er's wirklich erlaubt?"

„Wir hätten vielleicht um den Hausschlüssel bitten sollen."

„So wird's sein: Der Vater hat den Wecker gehört, hat gemerkt, daß wir ungefragt fortgehen und hat hinter uns zugeriegelt. Es muß ja so sein, wer hätte es sonst tun sollen?"

Nach einigem Nachdenken über diese traurige Lage sagte Karl: „Klingeln dürfen wir nicht, gehen wir wieder hinter auf den Platz, wickeln uns in den warmen Schal und legen uns auf ein Brett, da kann man schon schlafen."

So schlichen sie noch einmal wie drei kleine Sünder ums Haus herum und suchten sich ein Lager zu machen auf den Brettern. Wenn es nur nicht so stockfinster gewesen wäre und die Bretter so naß und so hart und so unbequem und wenn es nur vor allem nicht so bitter kalt gewesen wäre! Karl blieb nur einen Augenblick liegen, dann sprang er auf: „Der Schal reicht doch nicht für drei, ihr könnt ihn haben und ich laufe lieber hin und her, wie wenn ich Wache hätte. Wer weiß, in drei Jahren muß ich's ganz im Ernst tun." Er wickelte die Brüder in das Tuch, wanderte stramm hin und her, war ganz wohlgemut und dachte an das Soldatenleben. Aber nach einer kleinen Weile hörte er einen seltsamen Ton. Was war denn das? Er kam näher zu den Brüdern her – wahrhaftig, Otto schluchzte und weinte ganz laut. Er hatte ein wenig geschlafen und war nun aufgewacht und klagte, es tue ihm alles weh. Auch Wilhelm erhob sich wieder aus seiner unbequemen Lage und schien ebenso nahe am Weinen. Da fühlte sich Karl als Ältester verantwortlich: „Die müssen ins Bett," sagte er sich, „sonst werden sie krank. Kommt, wir wollen sehen, ob wir nicht die Marianne wach rufen können, damit sie uns ausriegelt." Da waren die Verschlafenen gleich wieder munter. Sie gingen nach der Seite des Hauses, wo das Schlafzimmer der Mädchen lag, und nun galt es so laut zu rufen, daß diese aufwachten, und zugleich so leise, daß Hartwigs, die unter ihnen schliefen, nichts hörten. „Marianne, Marianne," klang es zuerst leise und allmählich lauter. Es ging aber umgekehrt, als es hätte gehen sollen, die Schwestern hörten nichts und die Hausleute wachten auf.

Die Hausfrau lächelte ganz befriedigt. „Aha," sagte sie sich, „nun möchte man wieder herein." Sie erzählte ihrem Mann von der verriegelten Türe. Er machte das Fenster auf: „Wer ist da?" rief er. Die Brüder erschraken, als sie des Hausherrn Stimme hörten. Keiner rührte sich, keiner antwortete. Der Hausherr starrte in die Dunkelheit hinaus, lauschte – sah nichts, hörte nichts und schloß das Fenster. Eine gute Weile blieben unsere drei Ausgestoßenen wie angewurzelt stehen. „Wir wollen etwas an das Fenster hinaufwerfen," schlug Karl vor, und sie tasteten nach Steinchen und warfen. Aber sie trafen ganz schlecht in der Dunkelheit, fingen wieder an „Marianne" zu rufen und fanden es unbegreiflich, daß die Schwestern so fest schliefen.

„Ich habe ganz deutlich die Stimme von einem Pfäffling erkannt," sagte die Hausfrau zu ihrem Mann, „es wird doch keines von den Kindern draußen sein in der kalten Nacht? Laß mich mal rufen, mich kennen sie besser!" und leise öffnete sie das Fenster und rief freundlich: „Seid Ihr es, Kinder?" Auf diesen Lockton gingen sie. „Ja wir sind's," riefen sie dreistimmig, näherten sich dem Fenster und sagten: „Wir wollten nur Marianne rufen, damit sie uns hereinläßt." Die Hausfrau erschrak. So hatte sie die Kinder hinausgeschlossen. An die Bösen hatte sie gedacht, denen es recht geschah, an die Guten, die klingeln würden, aber nicht an die Bescheidenen, die nicht klingeln mochten.

„Ich mache euch gleich auf, Kinder," sagte sie, „wie kommt ihr nur hinaus?"

„Wir haben den Leonidenschwarm angesehen." „Aber Kinder!" rief sie vorwurfsvoll und schloß das Fenster.

„Was haben sie angesehen? Den Leonidenschwarm?" fragte der Hausherr, „was ist denn das wieder? Eine Studentenverbindung? Ein Verein? Und da schwärmen die Buben hinaus ohne ihren Vater und bleiben bis gegen Morgen?"

Herr Hartwig war sehr aufgebracht. „Bleibe du nur da," sagte er zu seiner Frau, „ich will selbst hinaus, und ihnen sagen, was nötig ist. Wenn man nicht mehr seine Nachtruhe hat, nicht weiß, ob das Haus nachts geschlossen bleibt, dann hört ja alles auf. Für solche Mietsleute bedanke ich mich!“

Mittlerweile hatte der Hausherr sich angekleidet, kam heraus und schob den Riegel der Haustüre zurück. Die drei frierenden, übernächtigen Kameraden sahen nicht erfreulich aus und Schreiner Hartwig maß sie mit so verächtlichem Blick, daß ihnen sogar die gewohnte Entschuldigung entfiel, sie standen vor ihm wie das böse Gewissen. Er schob sie von der Türe weg und den Riegel mit Gewalt wieder vor und dann sprach er ruhig und deutlich den *einen* Satz: „Sagt eurem Vater, auf ersten Januar sei ihm die Wohnung gekündigt.“

Ach, auf den nassen, harten Brettern draußen in der Winterkälte war es den drei Brüdern nicht so elend zumute gewesen als in den eigenen Betten, in die sie ganz vernichtet sanken. Sie waren ja noch immer der Meinung, der eigene Vater habe den Riegel vorgeschoben; hatte er ihr Fortgehen schon so schlimm aufgenommen, wie mußte er erst zürnen, wenn er erfuhr, was daraus entstanden war! Und wie deutlich erinnerten sie sich der Wohnungsnot vor zwei Jahren, wo der Vater von einem Haus zum andern gegangen und von jedem Hausherrn abgewiesen war, weswegen? Wegen der sieben Kinder! Und nun war durch sie die Kündigung heraufbeschworen, in ihren Augen das größte Familienunglück!

Wilhelm und Otto schliefen trotz allem bald ein, denn sie fühlten sich ein wenig gedeckt dadurch, daß Karl, der große, der Anführer gewesen war. Um so schwerer lag diesem die Sache auf, und er konnte sich nicht vorstellen, wie er am Morgen den Eltern unter die Augen treten sollte. Er fand nur einen kurzen, unruhigen Schlaf.

Frieder hatte von allem, was seine Schlafkameraden erlebt hatten, keine Ahnung. Er wunderte sich aber am Morgen, daß sie alle schwer aus dem Bett kamen, bedrückt und einsilbig waren, und wunderte sich noch mehr, als die Schwestern durch die Türspalte hereinriefen: „War's recht schön heute nacht?“ Als er aber gern erfahren hätte, von was die Rede sei, bekam er ungeduldige Antwort: „Sei nur still, du wirst noch genug davon hören.“ Sie waren sonst alle flinker als Frieder, heute aber kam dieser zuerst ins Wohnzimmer, wo die Eltern schon mit den Schwestern beim Frühstück waren und von Marie und Anne wußten, daß die Brüder in der Nacht fort gewesen waren. Diese zögerten aber immer noch, zu kommen. Endlich sagte Karl: „Es hilft uns ja doch nichts, einmal muß es gesagt werden, kommt!“

Er ging tapfer voran, Wilhelm und Otto hinter ihm. So traten sie in das Wohnzimmer, wo Herr Pfäffling sich gleich lebhaft nach ihnen umwandte. „Nun," fragte er, „ist eure Expedition geglückt? Heute nacht um 11 Uhr hat sich der Himmel so schön aufgeklärt, da dachte ich an euch, war aber der Meinung, ihr würdet die Zeit verschlafen. War's denn nun schön?"

Die drei waren so betroffen über die unerwartet freundliche Anrede, daß sie zunächst gar keiner Antwort fähig waren. Frau Pfäffling ahnte gleich Böses. „Ihr seht alle so schlecht aus," sagte sie, „ist's euch nicht gut? Oder habt ihr den Hausschlüssel verloren?"

„Das nicht."

„Also, was sonst, redet doch!" rief der Vater. Da trat Karl näher und sagte: „Ich will es ganz erzählen wie es war. Um ein Uhr sind wir hinunter gegangen, ganz leise, ohne Stiefel. Sind auf den Balken gewesen – wie schön es da war, sage ich später. Um halb drei Uhr etwa wollen wir wieder ins Haus, da ist die Türe von innen zugeriegelt."

„Aber wie abscheulich! wer hat das getan!" riefen die Schwestern wie aus einem Mund.

„Klingeln mochten wir nicht, so gingen wir wieder zurück, wollten auf den Brettern schlafen, aber es war zu kalt. So schlichen wir unter Mariannens Fenster und wollten sie wecken. Wir riefen ihr leise, das hörte die Hausfrau und fragte durch's Fenster, ob wir's seien. Wir sagten, wo wir herkämen und daß wir nicht hereinkönnten. Da riegelte Herr Hartwig die Haustüre auf und ließ uns herein." Karl hielt inne.

„So habt ihr richtig die Hausleute gestört!" sagte Frau Pfäffling. „Hättet ihr mir doch gesagt, daß ihr in dieser Nacht fort wollt, ich würde euch vorher hinunter geschickt haben, damit sie davon wissen. So aber waren sie wohl ängstlich, als sie etwas hörten und haben deshalb geriegelt. Habt ihr euch recht entschuldigt?"

„Er hat uns dazu gar keine Zeit gelassen." Sie senkten die Köpfe. Herr Pfäffling sah seine Söhne aufmerksam an. „Kinder, ihr habt noch nicht alles gesagt."

„Nein." Da trat eine bange Stille ein, bis Karl sich ermannte und die schlimme Botschaft aussprach: „Der Hausherr läßt dir sagen, auf 1. Januar sei gekündigt."

Ein Ausruf des Schreckens entfuhr der Mutter, und den Schwestern der Jammerschrei: „O hätten wir doch das Rufen gehört, wären wir doch aufgewacht!" Herr Pfäffling aber sträubte sich, die Nachricht zu glauben. „Es ist doch gar nicht möglich, daß das sein Ernst ist, glaubst du das, Cäcilie? Kann das wirklich sein? Kündigt man, weil man einmal im Schlaf gestört wird? Täten wir das? Mich dürfte man zehnmal wecken und ich dächte noch gar nicht an so etwas. War er denn im Zorn, was hat er denn sonst noch gesagt?"

„Kein Wort weiter, aber das so langsam und deutlich, wie wenn er sich's schon vorher ausgedacht hätte."

„Und ihr habt euch nicht entschuldigt, habt kein Wort gesagt, um ihn zu begütigen? Ihr Stöpsel! Und warum habt ihr denn nicht lieber geklingelt? Ist unsere Hausglocke zum Schmuck da oder zum Läuten? Die Marianne rufen! Der Einfall! Die schlafen doch wie Murmeltiere!"

Frau Pfäffling unterbrach die immer lebhafteren Ausrufe ihres Mannes: „Es ist gleich Schulzeit und ich meine, wenn es die Buben auch nicht verdient haben, sollten sie doch einen warmen Schluck trinken, ehe sie in die Schule gehen, sieh, wie sie aussehen."

„Wie die Leintücher," sagte der Vater, „schnell, setzt euch, frühstückt!"

So waren die drei doch wieder zu Gnaden am Tisch angenommen und konnten wirklich ihr Frühstück brauchen, nach dieser Nacht! Wilhelm und Otto verschlangen ihr Teil mit wahrem Heißhunger, und als sie damit fertig waren, griffen sie noch über zu dem Teil ihres Frieders, der vor Horchen und Staunen noch gar nicht ans Essen gekommen war und sich auch nicht wehrte gegen den Übergriff; so etwas kam hie und da vor und heute fühlte er, daß es so sein müsse.

Herr Pfäffling umkreiste noch eine Weile den Tisch in heftiger Erregung, so daß es seiner Frau schier schwindelte, endlich atmete er tief auf, seufzte: „O Marstadt, Marstadt!" und verließ das Zimmer, um sich zum täglichen Gang nach der Musikschule zu richten. Rascher noch als sonst eilte er durch den untern Hausflur, er hatte keine Lust, den Hausherrn zu begegnen. Aber da wäre gar keine Gefahr gewesen, auch der Schreiner wünschte keine Begegnung und wartete ab, bis alle Glieder der Familie Pfäffling auf dem Schulweg waren, ehe auch er das Haus verließ.

So gab es zwei Männer im Haus, die sich mieden, aber es gab auch zwei Frauen, die sich suchten. Frau Hartwig tat das Herz weh bei dem Gedanken an die Sorge, die der Familie Pfäffling auferlegt wurde, jetzt bei Beginn des Winters und nach der eben erlebten Enttäuschung durch die Direktorsstelle. Und es kränkte sie, daß ihr Mann mit Recht von der leichtsinnigen Gesellschaft da droben sprechen konnte. Sie hatte so viel von der Familie gehalten, ja, sie spürte es erst jetzt recht deutlich, eine wahre Liebe hatte sie für sie alle empfunden, ganz anders als je für frühere Mietsleute. Sie mußte das alles mit Frau Pfäffling besprechen. Aber ihr Mann war dagegen, daß sie hinaufging.

Frau Pfäffling ihrerseits war ganz irre geworden an den Hausleuten. Sie hatte so viel Vertrauen in sie gehabt und sie hochgeachtet wegen des echten christlichen Sinnes, den sie jederzeit bewährt hatten. Wie stimmte dazu die Lieblosigkeit, die Kinder in die kalte Nacht hinauszuschließen und dann noch zu kündigen, und das alles bloß wegen einer gestörten Nachtruhe! Sie mußte sich das erklären lassen von Frau Hartwig, aber mit ihr *allein* wollte sie sprechen. So strebten die beiden Frauen zusammen, und wo ein Wille ist, findet sich bald ein Weg.

Im obersten Stock des Hauses war ein Revier, das beide Familien benützten. Das war der große Bodenraum, wo die Seile gezogen waren zum Wäschetrocknen und die Mange stand, zum Mangen und Rollen des Weißzeugs. Die Hausfrau war mit einem kleinen Korb Wäsche hinaufgegangen, fing an, das Rad zu drehen und zu mangen.

Frau Pfäffling konnte das unten gut hören. Nicht lange, so stieg auch sie hinauf. Vom Drehen des Rades war bald nichts mehr zu hören.

Nach einer guten Weile kamen die beiden Frauen fröhlichen Sinnes miteinander herunter, zwischen ihnen gab es kein Mißverständnis mehr und sie waren der guten Zuversicht, daß sich auch die beiden Männer miteinander verständigen würden.

Frau Hartwig sagte an diesem Mittag zu ihrem Mann: „Hat dir nicht gestern Remboldt erzählt von den vielen Sternschnuppen, die er auf der Wache gesehen hat?“

„Ja, du warst ja dabei.“

„Weißt du, wie man diese Sternschnuppen heißt? Ich habe es heute zum erstenmal gehört, die heißt man „den Leonidenschwarm“.“ Weiter sagte Frau Hartwig gar nichts. Aber sie beobachtete, wie dieses Wort ihrem Mann zu denken gab. Sie wußte ja, daß mit dem richtigen Verständnis des Wortes sein ganzer Zorn gegen die Familie Pfäffling schwinden mußte. Sie wollte ihm gar nicht zureden, sein eigenes Gefühl würde ihn treiben, zu tun, was recht war.

Am Nachmittag faßte er die drei Lateinschüler ab, als sie heimkamen. Er ließ sich von ihnen genau erzählen, wie herrlich der Sternenhimmel gewesen sei, und wollte auch wissen, warum die Sternschnuppen der Leonidenschwarm hießen. Das wußte Karl: weil diese Sternschnuppen, die da im November so massenhaft fielen, aus dem Sternbild des Löwen ausgingen.

Während sie zusammen sprachen, bemerkten die Kinder wohl, daß der Hausherr sie wieder ganz anders ansah, als in der vergangenen Nacht, und fingen an, auf seine Verzeihung zu hoffen, und wirklich sagte er nun mit all seiner früheren Freundlichkeit: „Seht, ich weiß eben gar nichts von der Sternkunde, ich habe den Leonidenschwarm für einen Verein oder dergleichen gehalten, mit dem ihr euch nachts herumtreibt. Und so etwas dulde ich nicht in meinem Haus. Aber ich werde euch doch nicht bös sein, wenn ihr nach dem Himmel schaut? Nein, wir sind nun wieder gute Freunde. Sagt nur eurem Vater: die Kündigung gilt nicht!“

Nach dieser offenen Aussprache herrschte wieder Friede und Eintracht, Freundschaft und Fröhlichkeit im ganzen Haus.

Als gegen Abend die Kinder von ihren Turnübungen zurückkehrten, trafen sie an der Treppe mit Frau Hartwig zusammen, die eben aus dem Keller einen Vorrat Äpfel herausgeholt hatte. „Ihr kommt mir gerade recht,“ sagte sie und gab jedem einen Apfel.

„Hausfrau,“ sagte Frieder, „wir haben miteinander etwas ausgemacht, damit deine Treppe geschont wird, sieh einmal her. Die Schwestern gehen jetzt immer ganz nahe am Geländer und wir Buben müssen ganz dicht an der Wand gehen, dann werden deine Stufen in der Mitte geschont. Sieh, so hinauf und so wieder herunter.“ Um recht dicht an der Mauer zu gehen, setzte er einen Fuß vor den andern, verlor das Gleichgewicht und kollerte den ganzen Rest der Treppe hinunter, gerade vor die Füße der erschrockenen Hausfrau.

Geschadet hat es ihm nichts. Aber als Frau Hartwig in ihre Wohnung zurückkehrte, sagte sie zu sich: „Da ist gar nichts zu machen. Je besser sie's meinen, um so ärger poltert's.“

4. Kapitel

Adventszeit

„Wer darf den letzten Novemberzettel vom Block reißen, das dünne Blättchen, das allein noch den Weihnachtsmonat verhüllt?“ Die jungen Pfäfflinge standen alle in die eine Ecke gedrängt, wo der Kalender hing, und stritten sich, halb im Spaß, halb im Ernst darum, wer den Dezember aufdecken dürfe. Die Eltern, am Frühstückstisch, sahen auf. „Buben, galant sein!“ rief der Vater. Da traten die vier Brüder vom Kampfplatz zurück. Elschen konnte den Kalender noch gar nicht erreichen, so kam das Vorrecht an die Zwillingsschwestern. „Wir machen es miteinander,“ sagten sie. Da kam denn der erste Dezember zum Vorschein, und zwar rot, denn es war Sonntag, und kein gewöhnlicher Sonntag, sondern der erste Advent. Die schönste Weihnachtsstimmung stieg auf mit diesem Tag und nicht nur bei den Kindern. Herr Pfäffling stimmte unvermutet und ohne Begleitung an: „Wie soll ich dich empfangen und wie begegnen dir, O aller Welt Verlangen, o meiner Seele Zier!“ Alle Kinder sangen mit, erste Stimme, zweite Stimme, je nach Begabung, auch die Mutter, aber sie recht leise, denn sie allein von der ganzen Familie war vollständig unmusikalisch und sang, wie Frieder einmal gesagt hatte etwas anderes als die Melodie.

Bald darauf war es für diejenigen, die zur Kirche gehen wollten, Zeit sich zu richten. Ein Teil pflegte vormittags zu gehen, einige nachmittags oder in den Kindergottesdienst. Frau Pfäffling wollte heute mit ihrem Mann gehen, unter den Kindern gab es ein Beraten und Flüstern. Als nach einer Weile die Eltern, zum Ausgang gerichtet, an der Treppe standen und sich von den Zurückbleibenden verabschieden wollten, fand sich's, daß es heute gar keine solchen gab, daß alle sieben bereit standen, mitzugehen. Das war noch nie so gewesen. „Wer soll dann aufmachen, wenn geklingelt wird?“ fragte Frau Pfäffling bedenklich.

„Es klingelt fast nie während der Kirchenzeit,“ versicherte der Kinderchor.

„Aber wir können doch nicht zu neunt aufziehen, das ist ja eine ganze Prozession!“ wandte Herr Pfäffling ein.

„Wir gehen drüben, auf der anderen Seite der Straße,“ sagten die Buben.

„Aber Walburg muß wenigstens wissen, daß sie ganz allein zu Hause ist, hole sie schnell, Elschen,“ rief Frau Pfäffling. Als das Mädchen die ganze Familie im

Begriff sah, auszugehen, wußte sie schon, was man von ihr wollte, und sagte in ihrer ernsthaften Weise: „Ich wünsche gesegnete Andacht".

Draußen schien die Wintersonne auf bereifte Dächer, Sonntagsruhe herrschte in der Vorstadt und die Familie, die hier den Weg zur Kirche einschlug, hatte die Adventsstimmung schon im Herzen. Die vier Buben ließen aber, ihrem Versprechen gemäß, die ganze Breite der Frühlingsstraße zwischen sich und den Eltern und Schwestern, bis nach einer Weile Elschen dem Frieder immer dringlicher winkte. Da konnte er nicht länger widerstehen und gesellte sich der kleinen Schwester zu.

Adventsstimmung, Weihnachtsahnung wehten heute den ganzen Tag durchs Haus. Wenn im November eines der Kinder vom nahen Weihnachtsfest sprechen wollte, hatte die Mutter immer abgewehrt und gesagt: „Das dauert noch lange, lange, davon reden wir noch gar nicht, sonst werden die Kleinen ungeduldig." So hätte sie auch gestern noch gesagt, aber heute war das etwas ganz anderes, man feierte Advent, Weihnachten war über Nacht ganz nahe gerückt. Im Dämmerstündchen zog Frau Pfäffling Elschen zu sich heran und fragte selbst: „Weißt du denn noch, wie schön der Christbaum war?"

Sie wußte es wohl noch, und als nun die Geschwister über Weihnachten plauderten, da konnte sie mittun, ja in der Freude auf Weihnachten stand sie nicht hinter den Großen zurück, im Gegenteil, wenn sie mit leuchtenden Augen vom Christkindlein sprach, so war sie die kleine Hauptperson, die allen die Freude erhöhte.

Bald taten sich in einer Ecke die Geschwister zusammen und berieten flüsternd, was sie den Eltern zu Weihnachten schenken könnten. Es durfte kein Geld kosten, denn Geld hatten sie nicht. Von Geschenken, die Geld kosteten, sprachen sie ganz verächtlich. „Es ist keine Kunst, in einen Laden zu gehen und etwas zu kaufen, aber ohne Geld etwas recht Eigenartiges, Schönes und Nützliches zu bescheren, das ist eine Kunst!" Ja, eine so schwere Kunst ist das, daß sich die Beratung sehr in die Länge zog. Frieder nahm nicht lange daran teil, ihm klang heute immer der Adventschoral im Ohr: „Wie soll ich dich empfangen," er mußte ihn ausstudieren. Er fing an zu spielen, und als er merkte, daß ungnädige Blicke auf seine Ziehharmonika fielen, zog er sich hinaus in die Küche, wo Walburg saß und in ihrem Gesangbuch las. Sie hörte diese Töne, und da sie sich in ihrer Taubheit über alles freute, was bis an ihr Ohr drang, schob sie ihm den Schemel hin, zum Zeichen, daß er sich bei ihr niederlassen sollte. So kam die Adventsstimmung bis in die Küche.

Am nächsten Tag mußten freilich die Weihnachtsgedanken wieder in den Hintergrund treten, denn in die Schule paßten sie nicht. Nur Frieder wollte sie auch dorthin bringen; was Remboldt ihm einmal gesagt, hatte er nicht vergessen, er wollte seine Harmonika mit in die Schule nehmen und dort den Adventschoral vorspielen. Die Mutter hörte es und wunderte sich: Er hatte sich noch nie zeigen oder vordrängen wollen mit seiner Kunst, nun kam ihm doch die Lust, sich hören zu lassen. Sie mochte es ihm nicht verbieten, aber es war ihr fremd an ihrem kleinen, bescheidenen Frieder. So zog er mit seiner großen Harmonika in der Hand, den Schulranzen auf dem Rücken, durch die Frühlingsstraße.

Freilich, als er sah, welches Aufsehen es bei den Schulkameraden machte, bereute er es fast. Er hatte sein Instrument verbergen wollen bis zu der großen Pause um 10 Uhr, wo die Lehrer ihre Klassenzimmer verließen und die Schüler sich in dem weiten Schulhof zerstreuten. Aber es ging nicht so.

Der Lehrer war kaum in das Schulzimmer getreten, so riefen ihm auch schon ein paar kecke Bürschchen zu: „Der Pfäffling hat seine Ziehharmonika mitgebracht." Da verlangte er sie zu sehen und fragte, ob Frieder denn mit dem großen Instrument zurechtkäme. Nun stießen ihn die Kameraden von allen Seiten: „Spiel doch, gelt, du kannst es nicht? Spiel doch etwas vor!" Darauf spielte Frieder seinen Adventschoral, vergaß seine vielen Zuhörer, vergaß die Schulzeit und sagte, nachdem er fertig war: „Jetzt kommt: Wachet auf, ruft uns die Stimme."

Der Lehrer ließ ihn gewähren, denn er sah, wie gern ihm alle zuhörten und wie der kleine Musiker ganz und gar bei seinen Liedern war. „Hast du das bei deinem Vater gelernt?" fragte er ihn jetzt. „Nein," sagte Frieder, „Harmonika muß man nicht lernen, das geht von selbst."

„Das geht vielleicht bei euch Pfäfflingen von selbst, aber bei anderen nicht. Was meinst du," sagte er zu dem, der am nächsten stand, „könntest du das auch?" „O ja," sagte der, „da darf man nur auf- und zuziehen." „Du wirst dich wundern, wenn du es probierst!" entgegnete der Lehrer, „aber jetzt: auf eure Plätze."

Um 10 Uhr, in einer Ecke des Schulhofs, wurde Frieder umringt und mußte spielen. Es kamen auch größere Schüler von anderen Klassen herbei und die wollten nicht nur hören, die wollten es auch probieren. Die Harmonika ging von Hand zu Hand. Sie zogen daran mit Unverstand, einer riß sie dem andern mit Gewalt weg und der sie nun hatte, der sagte: „Sie geht ja gar nicht, ich glaube, sie ist zerplatzt." Da bekam sie Frieder zurück und als er sie ansah, wurde er blaß und als er sie zog, gab sie keinen einzigen Ton mehr. Da wurden sie alle still und sahen betroffen auf den kleinen Musikanten.

„Wer hat's getan?" hieß es nun. Die Frage ging von einem zum andern und wurde zum Streit, aber Frieder kümmerte sich nicht darum, er verwandte keinen Blick von seiner Harmonika, er strich mit der Hand über sie, er drückte sie zärtlich an sich, er probierte noch einmal einen Zug, aber er wußte es ja schon vorher, daß ihre Stimme erloschen war und nimmer zum Leben zu erwecken.

Nach der Schule lief er all seinen Kameraden, die ihn teilnehmend oder neugierig umgaben, davon, er mochte nichts hören und nichts sehen von ihnen. Er trug seine Harmonika im Arm, lief durch die lange Frühlingsstraße nach Hause, rief die Mutter und drückte sich bitterlich weinend an sie mit dem lauten Ausruf: „Sie ist tot!"

Eine ganze Woche schlich Frieder ruhelos im Hause umher wie ein Heimatloser. Immer fehlte ihm etwas, oft sah er auf seine leeren Hände, bewegte sie wie zum Ziehen der Harmonika und ließ sie dann ganz enttäuscht sinken. Das bitterste an seinem Schmerz war aber die Reue. Er selbst hatte ja seine Freundin den bösen Buben ausgeliefert. Hätte er sie in der Stille für sich behalten und nicht mit ihr Ruhm ernten wollen, so wäre sie noch lange am Leben geblieben. Dagegen half kein Trost, nicht einmal die Vermutung der Geschwister, daß er vielleicht eine neue Harmonika zu Weihnachten bekommen würde.

Aber etwas anderes half ganz unvermutet.

Es war wieder Sonntag, der *zweite* Advent, und wieder standen die Kinder beisammen, noch immer ratlos wegen eines Weihnachtsgeschenks für die Eltern. Diesmal lief aber Frieder nicht weg, wie er vor acht Tagen getan hatte, er konnte ja kein Adventlied mehr üben, so zog ihn nichts ab. Er hatte still zugehört, wie allerlei Vorschläge gemacht und wieder verworfen wurden, nun mischte er sich auch ein: „Unten," sagte er, „auf den Balken, da kann man sich alles ausdenken, aber da oben nicht."

„So geh du hinunter und denke dir etwas für mich aus," sagte eines der Geschwister. „Für mich auch!" „Und für mich," hieß es nun von allen Seiten. Er war gleich bereit dazu. Die Schwestern gaben ihm ihren großen Schal mit hinunter. Er ging auf das Plätzchen, das er so gern mit seiner Harmonika aufgesucht hatte. Es war kalt heute und er wickelte sich ganz in das große Tuch, saß da allein, war vollständig erfüllt von seiner Aufgabe, zweifelte auch gar nicht daran, daß er sie lösen würde. Auf der Harmonika war ihm hier unten auch alles gelungen, was er versucht hatte. Der kleine Kopf war fest an der Arbeit.

Als Frieder wieder heraufkam, sammelten sich begierig alle Geschwister um ihn, und er, der in ihrem Rat noch nie das große Wort geführt hatte, streckte nun seine kleine Hand aus und sagte so bestimmt, wie wenn da nun gar kein Zweifel mehr sein könnte: „Du, Karl, mußt ein Gedicht erdichten und du, Wilhelm, auf einen so großen Bogen Papier schöne Sachen abzeichnen und Otto muß so laut, wie es der Rudolf Meier beim Maifest getan hat, vom Bismarck deklamieren und Marianne soll das schönste Lied vom Liederbuch zweistimmig vorsingen. Aber wir zwei können nichts," sagte er, indem er sich an Elschen wandte, „darum müssen wir solche Sachen sammeln zum Feuer machen, wie es manchmal Walburg sagt, Nußschalen und Fadenrollen, Zwetschgensteine und alte Zündhölzer, einen rechten Sack voll."

Jedes der Kinder dachte nach über den Befehl, den es erhalten hatte, und fand ihn ausführbar. „Ich weiß, was ich zeichne!" rief Wilhelm, „dich zeichne ich ab, Frieder, wie du mit deiner Harmonika immer da gestanden bist."

„Und ich mache ein Gedicht über unsern Krieg in Afrika, wenn der Morenga darin vorkommt, dann gefällt es dem Vater." Sie waren alle vergnügt. „Frieder," sagte Karl, „es tut mir ja leid für dich, daß du deine Harmonika nimmer hast, aber mir bist du lieber ohne sie." Die andern stimmten ein und Frieder machte nimmer das trostlose Gesicht, das man die ganze Woche an ihm gesehen hatte, zum erstenmal fühlte er sich glücklich auch ohne Harmonika.

Zwischen den Adventssonntagen lag ernste Lernzeit, denn da galt es, viele Probearbeiten anzufertigen, von denen das Weihnachtszeugnis abhing. Die Fest- und Ferienzeit wollte verdient sein.

Unter den jungen Pfäfflingen war Otto der beste Schüler, und er galt viel in seiner Klasse. Nun saß hinter ihm ein gewisser Rudolf Meier, der machte sich sehr an Otto heran, obwohl dieser ihn nicht eben lieb hatte. Er war der Sohn von dem Besitzer des vornehmen Zentralhotels und machte sich als solcher gern ein wenig wichtig. Alle Kameraden mußten es erfahren, wenn hohe Persönlichkeiten im Hotel abgestiegen waren, und wenn gar Fürstlichkeiten erwartet wurden, fühlte er sich so stolz, daß sich's die andern zur Ehre rechnen mußten, wenn er sich an solchen Tagen von ihnen die Aufgaben machen ließ. Er war älter und größer als alle andern, weil er schon zweimal eine Klasse repetiert hatte; dessen schämte er sich aber keineswegs, sondern sagte gelegentlich von oben herab: „In solch einem Welthotel müsse selbstverständlich die gewöhnliche Schularbeit manchmal hinter wichtigerem zurückstehen."

Dieser Rudolf Meier hatte seine guten Gründe, warum er heute ein ganzes Stück Weges mit Otto ging, obwohl das Zentralhotel der Frühlingsstraße entgegengesetzt lag.

Sie sahen gar nicht wie Schulkameraden aus, diese beiden. Otto in kurzem, schlichtem, etwas ausgewaschenem Schulbubenanzug, Rudolf Meier ein feines junges Herrchen, mit tadellos gestärkten Manschetten und Kragen nach neuester Fasson. Und doch wandte sich nun der um einen Kopf Größere bittend zu dem Kleinen und sagte: „Ich bin etwas in Verlegenheit, Pfäffling, wegen der griechischen Arbeit, die wir morgen abliefern sollen. Es ist gegenwärtig keine Möglichkeit bei uns, all dies Zeug zu machen, ich habe wahrhaftig wichtigeres zu tun. Würdest du mir nicht heute nachmittag dein Heft mitbringen, daß ich einige Stellen vergleichen könnte?" „Von mir aus," sagte Otto, „nur wenn du mir wieder einen Klex hineinmachst, wie schon einmal, dann sei so gut und setze deine Unterschrift unter den Klex."

Rudolf Meier wollte auch die Mathematikaufgabe ein wenig vergleichen. „Was tust du eigentlich den ganzen Tag, wenn du gar nichts arbeitest?" sagte Otto ärgerlich, „mir ist's einerlei, wenn du auch alles abschreibst, aber ich kann dich gar nicht begreifen, daß du das magst."

„Weil du nicht weißt, wie es bei uns zugeht, Pfäffling, anders als bei euch und das kannst du mir glauben, ich habe oft mehr zu leisten als ihr. Da ist zum Beispiel vorige Woche eine russische Familie angekommen, Familie ersten Rangs, offenbar steinreiche Leute, gehören zur feinsten Aristokratie. Haben fünf Zimmer im ersten Stock vorn heraus gemietet. Sie beabsichtigen offenbar lange zu bleiben, sieben riesige Koffer. Werden wohl die Revolution fürchten, haben ihr Geld glücklich noch aus Rußland herausgebracht und warten nun in Deutschland ab, wie sich die Dinge in Rußland gestalten. Gegen solche Gäste ist man artig, das begreifst du. Da sagt nun gestern die Dame zu meinem Vater, sie möchte ihren beiden Söhnen Unterricht geben lassen von einem Professor, welchen er wohl empfehlen könnte? Mein Vater verspricht ihr sofort Auskunft, kommt natürlich an mich. Ich sitze an meiner Arbeit. Nun heißt es: „Rudolf, mach deine Aufwartung droben. Besprich die Unterrichtsfächer, gib guten Rat, nenne feine Professoren mit liebenswürdigen Umgangsformen. Erbiete dich, die Herrn Professoren aufzufordern und den Unterricht in Gang zu bringen."

„Ich mache feinste Toilette, mache meine Aufwartung. So etwas ist keine Kleinigkeit, besonders bei solchen Leuten. Du spürst gleich, daß du mit wirklich Adeligen zu tun hast, und der große Herr mit seiner militärischen Haltung und strengem Blick, die Dame in kostbarem Seidenkostüm imponieren dir, du mußt dich schon zusammennehmen. Die zwei jungen Herrn sehen dich auch so an, als wollten sie sagen: Ist das ein Mensch, mit dem man sich herablassen kann zu reden oder nicht?

„Nun, ich kenne ja das von Kind auf und lasse mich nicht verblüffen. Es hat ihnen denn doch imponiert, wie ich von meinem Gymnasium und meinen Professoren gesprochen habe. Aber du kannst dir denken, daß ich genug zu laufen hatte, bis ich die Sache in Gang brachte, und nun bin ich wohl noch nicht fertig, denn sie haben gestern ein Pianino gekauft, eine Violine haben sie auch, da wird sich's um Musikunterricht handeln."

Bei diesem Wort horchte Otto; Musikunterricht – wenn das ein Pfäffling hört, so klingt es ihm wie Butter aufs Brot. „Wer soll den Musikunterricht geben?" fragte er.

„Weiß ich nicht."

„Meier, da könntest du meinen Vater empfehlen."

„Warum nicht, das kann man schon machen. Das heißt, für solche Herrschaften muß man immer das feinste wählen."

„Du kannst dich darauf verlassen, mein Vater gibt feinen Unterricht."

„Wohl, wohl, aber so ein *Titel* fehlt, Professor oder Direktor oder so etwas, das hören sie gern."

„Jetzt will ich dir etwas anvertrauen, Meier. Mein Vater kommt als Direktor nach Marstadt, sobald es mit der Musikschule dort im Reinen ist. Er hat schon seine Aufwartung dort gemacht und alle Stimmen waren für ihn. Nur ist es noch nichts geworden, weil erst gebaut werden muß."

„Dann kann ich wohl etwas für ihn tun," sagte Rudolf Meier herablassend, „vorausgesetzt, daß sie sich bei mir nach dem Musiklehrer erkundigen und nicht bei den Professoren."

„Dem mußt du eben zuvorkommen, gleich jetzt, wenn du heimkommst, mußt du mit den Russen sprechen."

„Meinst du, da könnte ich so aus- und eingehen, wann ich wollte? Du hast keinen Begriff von Umgangsformen."

„Nein," sagte Otto, „wie man das machen muß, weiß ich freilich nicht, aber wenn *du das* nicht zustande bringst, dann möchte ich wohl wissen, was du kannst: dein Griechisch ist nichts, deine Mathematik ist gar nichts und dein Latein ist am allerwenigsten, wenn du also nicht einmal in deinem Zentralhotel etwas vermagst, dann ist deine ganze Sache ein Schwindel."

„Ich vermag viel im Hotel."

„So beweise es!"

„Werde ich auch. Vergiß nicht, daß du mir deine Hefte versprochen hast."

So trennten sich die Beiden. Otto aber rannte vergnügt heim, rief die Geschwister zusammen und erzählte von der schönen Möglichkeit, die sich für den Vater auftat, die reichen Russen aus dem Zentralhotel zum Unterricht zu bekommen. Sie trauten aber diesem Rudolf Meier nicht viel zu und kamen überein, daß sie den Eltern zunächst kein Wort sagen wollten, es sollte nicht wieder eine Enttäuschung geben.

Am Nachmittag empfing Rudolf Meier die beiden Hefte. Am nächsten Tag, in einer Unterrichtspause sagte er leise zu Otto: „Wenn ich deinen Vater empfehle, gibst du mir dann deinen Aufsatz abzuschreiben?"

„ *Zehn* Aufsätze," sagte Otto, „mach aber, daß es *bald* so weit kommt."

Einen Augenblick später traf Otto im Schulhof seinen Bruder Karl und erzählte ihm das. Da wurde Karl nachdenklich, und noch ehe die Pause vorüber war, faßte er Otto ab, nahm ihn beiseite und sagte: „Du solltest das zurücknehmen, so eine Handelsschaft gefiele dem Vater nicht. So möchte er die Stunden gar nicht annehmen. Sag du dem Rudolf Meier, er soll seine Aufsätze selbst machen, zu solch einem Handel sei unser Vater viel zu vornehm."

Das sagte Otto und noch etwas dazu, was ihm nicht der Bruder, sondern der Ärger eingegeben hatte: „Du bist nichts als ein rechter Schwindler." So ging die

Sache aus und die Kinder waren nur froh, daß sie darüber geschwiegen hatten. Sie dachten längst nicht mehr daran, als eines Nachmittags Wilhelm meldete: „Vater, der Diener vom Zentralhotel hat diesen Brief für dich abgegeben, er soll auf Antwort warten."

Frau Pfäffling begriff nicht die Blicke glücklichen Einverständnisses, die die Kinder wechselten, während ihr Mann die Karte las, auf der höflich angefragt wurde, ob er sich im Zentralhotel wegen Violin- und Klavierstunden vorstellen möchte. Die Karte war an Herrn Direktor Pfäffling adressiert, und als die Brüder diese Aufschrift bemerkten, flüsterten sie lachend einander zu: Ein Schwindler ist er trotzdem, der Rudolf Meier!

Der Diener des Zentralhotels bekam für die Überbringung einer so erwünschten Botschaft ein so schönes Trinkgeld, wie er es von dem schlichten Musiklehrer nie erwartet hätte, und als er Herrn Meier senior ausrichtete, daß Herr Direktor Pfäffling noch diesen Nachmittag erscheinen werde, fügte er hinzu: „Es ist ein sehr feiner Herr."

Bei Pfäfflings war große Freude. Otto erzählte alles, was Rudolf Meier von dem Fremden berichtet hatte, die Eltern und Geschwister hörten ihm zu, er war stolz und glücklich und konnte gar nicht erwarten, bis der Vater sich auf den Weg nach dem Zentralhotel machte. Aber so schnell ging das nicht, im Hausgewand konnte man dort nicht erscheinen. Herr Pfäffling suchte hervor, was er sich neulich zu seiner Vorstellung in Marstadt angeschafft hatte. „Wenn es nur nicht wieder eine Enttäuschung gibt," sagte er, während er sich eine seine Krawatte knüpfte, „wer weiß, wie die hohen Aristokraten sich in der Nähe ausnehmen, mit denen dieser Rudolf Meier prahlt!" Frau Pfäffling hatte aber gute Zuversicht: „Das erste Hotel hier ist es immerhin," sagte sie, „und die Russen gelten für ein sehr musikalisches Volk, da wirst du hoffentlich bessere Schüler bekommen als Fräulein Vernagelding."

„Ach, die Unglückselige kommt ja heute nachmittag," seufzte Herr Pfäffling, „ich werde aber zu rechter Zeit wieder zurück sein, für meine Marterstunde."

Er ging, und sie sahen ihm voll Teilnahme nach, Otto noch mehr als die andern, er fühlte sich doch als der Anstifter des ganzen.

Unser Musiklehrer blieb lange aus. Der kurze Dezembernachmittag war schon der Abenddämmerung gewichen, die Lampe brannte im Zimmer, auch die Ganglampe war schon angezündet und von Marie und Anne in ihr Stübchen geholt worden. Um fünf Uhr war Fräulein Vernageldings Zeit. Frau Pfäffling wurde unruhig. So gewissenhaft ihr Mann sonst war, heute schien er sich doch zu verspäten. Nun schlug es fünf Uhr, es klingelte, Marie und Anne eilten mit der geraubten Lampe herbei.

Zwischen Fräulein Vernagelding und den Zwillingen hatte sich allmählich eine kleine Freundschaft angesponnen. Wenn die Schwestern so eilfertig herbeikamen mit der Lampe und gefällig Hilfe leisteten bei dem Anziehen der Gummischuhe, dem Zuknöpfen der Handschuhe und dem Aufstecken des Schleiers, so freute dies das Fräulein und es plauderte mit den viel jüngern Mädchen wie mit ihresgleichen. Als sie nun heute hörte, daß Herr Pfäffling noch nicht da sei, schien sie ganz vergnügt darüber, lachte und spaßte mit den Schwestern.

„Herr Pfäffling ruft immer „Marianne“," sagte sie, „welche von Ihnen heißt so?“

„So heißen wir bloß miteinander," antworteten sie, „wir können es eigentlich nicht leiden, jede möchte lieber ihren eigenen Namen, Marie und Anne, aber so ist's eben bei uns.“

Das fand nun Fräulein Vernagelding so komisch, daß ihr etwas albernes Lachen über den ganzen Gang tönte. Sie hatte inzwischen abgelegt.

„Mutter sagte, Sie möchten nur einstweilen anfangen, Klavier zu spielen,“ richtete Marie aus.

„Ach nein,“ entgegnete das Fräulein, „ich möchte viel lieber mit Ihnen plaudern. Klavierspielen ist so langweilig. Aber es muß doch sein. Es lautet nicht fein, wenn man gefragt wird: Gnädiges Fräulein spielen Klavier? und man muß antworten: nein. So ungebildet lautet das, meint Mama. Mein voriger Klavierlehrer war so unfreundlich, er sagte immer, ich sei unmusikalisch. Herr Pfäffling ist schon mein vierter Lehrer. Die Herrn wollen immer nur musikalische Schülerinnen, es kann aber doch nicht jedermann musikalisch sein, nicht wahr? Man muß es doch auch den Unmusikalischen lehren, finden Sie nicht?“

„Bei uns ist das anders,“ sagte Anne, „wir sind sieben, da wäre es doch zuviel für den Vater, wenn wir alle Musik treiben wollten; er nimmt bloß die, die recht musikalisch sind.“

Die drei Mädchen, an der Türe stehend, fuhren ordentlich zusammen, so plötzlich stand Herr Pfäffling bei ihnen. Im Bewußtsein seiner Verspätung war er mit wenigen großen Sätzen die Treppe heraufgekommen. Fräulein

Vernagelding tat einen kleinen Schrei und rief: „Wie haben Sie mich erschreckt, Herr Pfäffling, aber wie fein sehen Sie heute aus, so elegant." Herr Pfäffling unterbrach sie: „Wir wollen nun keine Zeit mehr verlieren, bitte um Entschuldigung, daß ich Sie warten ließ."

„O, es war ein so reizendes Viertelstündchen," hörte man sie noch sagen, ehe sie mit ihrem Lehrer im Musikzimmer verschwand und einen Augenblick nachher wurde G-dur gespielt ohne jegliches Fis, was immer ein sicheres Zeichen war, daß Fräulein Vernagelding am Klavier saß.

„Habt ihr dem Vater nichts angemerkt, ob er befriedigt heimgekommen ist?" wurden Marie und Anne von den Brüdern gefragt. Sie wußten nichts zu sagen, man mußte sich noch eine Stunde gedulden. Das fiel Otto am schwersten, und er paßte und spannte auf das Ende der Klavierstunde, und im selben Augenblick, wo Fräulein Vernagelding durch die eine Türe das Zimmer verließ, schlüpfte er schon durch den andern Eingang hinein und fragte: „Vater, wird etwas aus den Russenstunden?" Herr Pfäffling lachte vergnügt. „Wo ist die Mutter," sagte er, „komm, ich erzähle es euch im Wohnzimmer," und schon unter der Tür rief er: „Cäcilie, Cäcilie," und seine Frau konnte nicht schnell genug aus der Küche herbeigeholt werden. Sie kannte aber schon seinen Ton und sagte: „Wenn ich kaum meine Tassen abstellen darf, dann muß es auch im Zentralhotel gut ausgefallen sein!"

„Über alles Erwarten," rief Herr Pfäffling, „eine durch und durch musikalische Familie, die beiden Söhne feine Violinspieler, ich glaube kaum, daß wir *einen* solchen Schüler in der Musikschule haben, und ihre Mutter spielt Klavier mit einer Gewandtheit, daß es ein Hochgenuß sein wird, mit ihr zusammen vierhändig zu spielen. Aber nun will ich euch erzählen. Im Vorplatz des Zentralhotels hat mich ein junges Herrchen empfangen, den ich nach deiner Beschreibung, Otto, gleich als Rudolf Meier erkannt habe. Der führt mich nun in einen kleinen Salon, spricht mit mir wie ein Herr, das versteht er wirklich, der Schlingel, kein Mensch denkt, daß man einen Schuljungen vor sich hat, der von so einem Knirps, wie du daneben bist, seine Aufgaben abschreibt. Der sagte mir nun, er habe es für besser gehalten, mich als Herr Direktor einzuführen, und ich möchte nur auch meine Honoraransprüche darnach richten, die Familie würde sonst nicht an den Wert meiner Stunden glauben, solchen Leuten gegenüber müsse man hohe Preise machen. Dann geleitete er mich die breite, mit dicken Teppichen belegte Treppe hinauf. Rudolf Meier fühlte sich ganz als mein Führer, klopfte für mich an und stellte mich dem russischen General als Herrn Direktor

Pfäffling vor. Eine Weile blieb er noch im Zimmer, als aber niemand von ihm Notiz nahm, empfahl er sich.

„Der General ist schon ein älterer Herr mit grauem Bart und ist nicht mehr im Dienst, aber er hat eine imponierende Haltung und einen durchdringenden Blick. Er stellte mich seiner Frau und seinen zwei jungen Söhnen vor und bot mir einen Platz an. Aber sie waren alle ziemlich zurückhaltend, vielleicht hatten sie nicht viel Vertrauen in die Empfehlung von Rudolf Meier. Sie sprachen nur ganz unbestimmt davon, daß die Söhne später vielleicht einige Violinstunden nehmen sollten, und ich hatte das Gefühl: es wird nichts daraus werden. Die Unterhaltung war auch ein wenig schwierig, sie sprechen nicht geläufig Deutsch, versuchten es mit Französisch, als sie aber mein Französisch hörten, da meinte die Dame, es gehe eher noch Deutsch.

„Mir wurde die Sache ungemütlich, es beengten mich auch die ungewohnten Glacéhandschuhe, dazu mußte ich in einem weich gepolsterten, niedrigen Lehnsessel ruhig sitzen und wußte gar nicht, wohin mit meinen langen Beinen, dabei war es mir immer, als müßten sie mir ansehen, daß ich kein Direktor bin. Endlich hielt ich es nimmer aus, sprang auf, worüber allerdings die Dame ein wenig erschrak, zog meine Handschuhe herunter und sagte: „Ich denke, es ist besser, wir machen ein wenig Musik, dabei lernt man sich viel schneller kennen," und ich fragte die Dame, für welchen deutschen Komponisten sie sich interessiere? Sie schien etwas überrascht, nannte aber gleich Wagner, was mir recht war. Da ging ich ohne weiteres an das Instrument, machte es auf und fragte, aus welcher Oper sie etwas hören wollte? „Bitte, etwas aus den Nibelungen, Herr Direktor," antwortete sie, da drehte ich mich rasch noch einmal nach ihr um und sagte: „Nennen Sie mich nur mit meinem Namen Pfäffling; ich wäre allerdings fast Direktor geworden, werde es auch vielleicht einmal, aber zur Zeit habe ich noch kein Recht auf diesen Titel." Dann spielte ich.

„Es war ein prächtiges Instrument; die beiden jungen Herren kamen immer näher heran und hörten mit sichtlichem Interesse zu, ich merkte, daß wir uns verstanden, und bald war alles gewonnen. Sie spielten dann Violine, und die Dame versicherte mich, daß vierhändiges Klavierspiel ihre größte Passion sei und endlich wurde ich aufgefordert, jeden Tag ein bis zwei Stunden zu kommen. Zuletzt fragte der General noch nach dem Preis, der war ihnen auch recht, eine unbescheidene Forderung mochte ich nicht machen; das kann Herr Rudolf Meier tun, wenn er seine Hotelrechnung stellt, aber ich kann das nicht so. Als ich fortging, begleiteten die Herren mich ganz freundlich an die Türe, alle Steifheit war vorbei und die Dame reichte mir noch die Handschuhe, die ich vergessen hatte.

„Hinter einem Pfeiler im Treppenhaus kam Rudolf Meier zum Vorschein. Er hat offenbar die Verhandlungen von außen beobachtet und wird morgen in der Klasse wieder versichern, zum Arbeiten habe er keine Zeit gehabt. Er ist aber, wie mir scheint, nebenbei ein gutmütiger Mensch, schien sich wirklich zu freuen, daß die Sache gut abgelaufen war, und flüsterte mir zu: „Sie sind von allen drei Herren zur Türe begleitet worden, diese Ehre ist keinem der Professoren zuteil geworden." Ich habe ihm auch gedankt für seine Vermittlung, und wenn ich ihn öfter sehe, werde ich ihm einmal sagen: Sei doch froh, daß du noch ein junger Bursch bist, gib dich wie ein solcher und wolle nicht mehr vorstellen, als du bist! Er macht sich ja nur lächerlich; wer verlangt von ihm das Auftreten eines Geschäftsmannes? Der General hat ihn natürlich längst durchschaut."

„Ja, ja," stimmte Frau Pfäffling zu, „er soll von dir lernen, daß man sich sogar klein macht, wenn andere einen zum Direktor erhöht haben."

„Ja," sagte Pfäffling vergnügt, „und daß man trotz allem Stunden bekommt. Kinder, kommt mit herüber, jetzt muß noch ein gehöriges Jubellied gesungen werden!"

Während im Haus Pfäffling in fröhlichem Chor gesungen wurde, sagte der General im Zentralhotel zu seiner Familie: „Der Mann ist ein ehrlicher Deutscher."

Rudolf Meier sagte zu sich selbst: „Der Pfäffling wird mir morgen meinen Aufsatz machen."

Und Fräulein Vernagelding sprach an diesem Abend zu ihrer Mama: „Die Marianne ist süß, ich möchte ihr etwas schenken." Da überlegte Frau Privatiere Vernagelding und entschied: „Das beste sind immer Glacéhandschuhe."

5. Kapitel

Schnee am unrechten Platz

Der Dezember war schon zur Hälfte vorüber, bis endlich, endlich der erste Schnee fiel. Der richtige Schnee, der in feinen, dichten Flöckchen stundenlang gleichmäßig zur Erde fällt und in einem einzigen Tag das ganze Land überzieht mit seiner weichen, weißen Decke; der alles verhüllt, was vorher braun und häßlich war, der alles rundet und glättet, was rauh und eckig aussah. Immer ist sie schön, die Schneelandschaft, aber am allerschönsten doch, wenn das lautlose Fallen des Schnees sich verbindet mit dem geheimnisvollen Reiz der deutschen Weihnacht.

Dezember – Schnee – Tannenbaum – Weihnacht, ihr gehört zusammen bei uns in Deutschland. In manchen Ländern hat man versucht, unsere Feier nachzumachen, und wir wollen ihnen auch die Freude gönnen, aber solch eine Sitte muß aus dem Boden gewachsen sein. Wenn man sie künstlich verpflanzt, wird etwas ganz anderes daraus.

Es wurde einmal eine junge Deutsche in die Fremde verschlagen, um die Weihnachtszeit. „Wir kennen auch den Christbaum," sagten die fremden Kinder zu ihr, „wir bekommen einen." Die Deutsche freute sich. Aber wie wurde es? Viele Kinder waren eingeladen worden und fuhren an in hellen Kleidern. Sie versammelten sich, und als der Baum hineingetragen wurde, klatschten sie Beifall wie im Theater. Sie nahmen die kleinen Geschenke herunter, die man für sie hinaufgehängt hatte. Dann wurden die Lichter ausgeblasen, damit kein Ästchen anbrenne und der Diener gerufen, daß er sogleich den Baum, der in einem Kübel voll Erde steckte, zurücktrage zu dem Gärtner, von dem er gemietet war. Keine Stunde war der Christbaum im Haus gewesen, keinen Duft hatte er verbreitet.

„Bei uns bleibt der Christbaum bis nach Neujahr," sagte die junge Deutsche und sah ihm wehmütig nach. Es wurde ihr entgegnet, das sei doch unpraktisch, er nehme ja so viel Platz weg.

Ja, das tut er allerdings, aber welche deutsche Familie gönnt dem Christbaum nicht den Platz?

Im Dunkel des frühen Dezembermorgens waren die jungen Pfäfflinge durch den frischgefallenen Schnee in ihre Schulen gegangen und mit dickbeschneiten Mänteln und Mützen angekommen. Im Schulhof flogen die Schneeballen hin und her, und bis zu der großen Pause um 10 Uhr waren die zahllosen Spuren der Kinderfüße schon wieder von frischem Schnee bedeckt und die größten Schneeballenschlachten konnten ausgeführt werden.

Daheim hatte Elschen sich einen Stuhl ans Fenster gerückt, kniete da und sah vom Eckzimmer aus hinunter nach den Brettern und Balken, die wie ein großer weißer Wall vor dem Kasernenzaun aufgetürmt lagen. Und von diesem Zaun hatte jeder Stecken sein Käppchen, jeder Pfosten seine hohe Mütze auf.

Frau Pfäffling suchte die Kleine. „Elschen, komm, du darfst etwas sehen," und schnell führte sie das Kind mit sich in das Wohnzimmer und öffnete das Fenster. Eine frische Winterluft strich herein. Am Haus vorbei, nach der Stadt zu, fuhr eine ganze Reihe von Leiterwagen, alle beladen mit Christbäumen.

„Christbäume, Christbäume," jubelte Elschen so laut, daß einer der Fuhrleute, der selbst wie ein Schneemann aussah, herausschaute, und als er das glückselige Kindergesicht bemerkte, rief: „Für dich ist auch einer dabei!" Die Kleine erglühte vor Freude und winkte dem Schneemann nach.

Aber alles auf der Welt ist nur dann schön und gut, wenn es an seinem richtigen Platz ist, das gilt auch von dem Schnee. Eine einzige Hand voll von diesem schönen Dezemberschnee kam an den unrichtigen Platz und richtete dadurch Unheil an.

Das ging so zu: Im Heimweg von der Schule an einer Straßenecke, wo einige Lateinschüler mit Realschülern zusammentrafen, gab es ein hitziges Schneeballengefecht. Wilhelm Pfäffling war auch dabei. Einer der Realschüler hatte ihn und seine Kameraden schon mehrfach getroffen, indem er sich hinter der Straßenecke verbarg, dann rasch hervortrat, seinen Wurf tat und wieder hinter dem Eckhaus verschwand, ehe die anderen ihm heimgeben konnten. Nun aber wollten sie ihn aufs Korn nehmen. Es waren ihm einige tüchtige Schneeballen zugedacht, wurfbereit warteten sie gespannt, bis er sich wieder blicken ließe. Jetzt wurde eine Gestalt sichtbar, die Ballen sausten auf sie zu. Aber es war nicht der Realschüler gewesen, sondern ein gesetzter Herr. Zwei Schneeballen flogen dicht an seinem Kopf vorüber, zwei trafen ihn ganz gleichmäßig auf die rechte und linke Achsel. Und das war nicht der richtige Platz für den Schnee!

Herr Sekretär Floßmann, der so ahnungslos um die Ecke gebogen war und so schlecht empfangen wurde, stand still, warf böse Blicke und kräftige Worte nach den Jungen. Daß sie ihn getroffen hatten, war ja nur aus Ungeschick geschehen, daß nun aber einige laut darüber lachten und dicht an ihm vorbei weiter warfen, das war Frechheit.

Zu den ungeschickten hatte auch Wilhelm gehört, zu den frechen nicht. Nach Pfäfflingscher Art ging er zu dem Herrn, entschuldigte sich und erklärte das Versehen, half auch noch die Spuren des Schnees abschütteln. Der Herr schien die Entschuldigung gelten zu lassen und Wilhelm ging nun seines Wegs nach Hause. Er sah nicht mehr, daß Herr Sekretär Floßmann, als er ein paar Häuser weit gegangen war, einem Schutzmann begegnete, sich bei ihm beschwerte und verlangte, er solle die Burschen aufschreiben und bei der Polizei anzeigen. Das war nun freilich nicht so leicht zu machen, denn alle, die den Schutzmann kommen sahen, liefen auf und davon.

Aber einen von Wilhelms Kameraden faßte er doch noch ab und fragte nach seinem Namen. Der zögerte mit der Antwort und sah sich um, keiner der Kameraden war noch so nahe, um seine Antwort zu hören.

„Also, dein Name," drängte der Schutzmann. „Wilhelm Pfäffling," lautete die Antwort, die vom Schutzmann aufgeschrieben wurde.

„Die Wohnung?"

„Frühlingsstraße."

„Jetzt rate ich dir, heim zu gehen, wenn du nicht lieber gleich mit mir auf die Polizei willst." Er ließ sich's nicht zweimal sagen. Ein „Wilhelm" war er allerdings auch, aber kein Pfäffling. Baumann war sein Name.

„Das hast du klug gemacht," sagte er bei sich selbst. „Dem Pfäffling schadet das nichts, der ist überall gut angeschrieben, aber bei mir ist das anders, wenn ich noch eine Rektoratsstrafe bekomme, dann heißt's: fort mit dir. Ich sehe auch gar nicht ein, warum gerade ich aufgeschrieben werden sollte, der Pfäffling hat ebensogut geworfen wie ich."

Ahnungslos und mit dem besten Gewissen saß am nächsten Abend unser Wilhelm an seiner lateinischen Aufgabe. Vielleicht war er ein wenig zerstreuter als sonst, denn er hatte sich heute bemüht, seinen Frieder, mit der Harmonika in der Hand, abzuzeichnen, und da war Frieders Gesicht so ausgefallen, daß allen davor graute. Nun mußte er unwillkürlich auf seinem Fließblatt Studien machen über des kleinen Bruders gutmütiges Gesichtchen, das sich über die biblische Geschichte beugte, die vor ihm lag. Dazu kam, daß die Mutter und Elschen nicht am Stricken und Flicken saßen, wie sonst, sondern Zwetschgen und Birnenschnitze zurichteten zu dem Schnitzbrot, das alle Jahre vor Weihnachten gebacken wurde. So waren Wilhelms Gedanken heute zwischen Weihnachten und Latein geteilt; er achtete gar nicht darauf, daß Herr Pfäffling eintrat und gerade hinter seinen Stuhl kam.

„Du, Wilhelm, sieh mich einmal an!" sagte er. Der wandte sich, sah überrascht auf und begegnete einem scharfen, durchdringenden Blick. „Was ist's, Vater?" fragte er.

„Das frage ich dich," sagte Herr Pfäffling, „ein Polizeidiener war da und hat dich vorgeladen, für morgen, auf die Polizei. Was hast du angestellt?"

„Gar nichts," rief Wilhelm und dann, nach einem Augenblick: „es kann doch nicht sein, weil wir gestern beim Schneeballen einen Herrn getroffen haben, der gerade so ungeschickt daher gekommen ist?"

„Der Herr wird wohl nicht ungeschickt gekommen sein, sondern ihr werdet ungeschickt geworfen haben. Könnt ihr nicht aufpassen?" rief Herr Pfäffling, und bei dieser Frage kam Wilhelms Kopf auch so ungeschickt an des Vaters Hand, daß es klatschte.

„Aber, Wilhelm," rief die Mutter und schob ihr Weihnachtsgeschäft beiseite, „warum hast du dich denn wieder nicht entschuldigt?" Aber auf diesen Vorwurf versicherte Wilhelm so eifrig, er habe darin sein Möglichstes getan, daß man ihm glauben mußte. Die ganze Geschwisterschar fing nun an, aufzubegehren über den unguten Mann, der trotzdem auf der Polizei geklagt habe, bis die Mutter sie zur Ruhe wies; sie wollte noch genau hören, wie die Sache sich zugetragen, und woher man seinen Namen gewußt habe. Das letztere konnte aber Wilhelm nicht erklären. „Muß ich denn wirklich auf die Polizei?" fragte er, „um welche Zeit?"

„Um 11 Uhr."

„Aber da kann ich doch nicht, da haben wir Griechisch. So muß ich es dem Professor sagen, dann erfährt es der Rektor und schließlich kommt die Sache noch ins Zeugnis!"

„Natürlich erfährt das der Rektor," sagte Herr Pfäffling, „die anderen sind jedenfalls auch vorgeladen. Warum machst du so dumme Streiche!"

Es war eine Weile still, jedes dachte über den Fall nach. „Könntest du nicht etwa mit ihm auf die Polizei gehen," sagte Frau Pfäffling zu ihrem Mann, „und ein gutes Wort für ihn einlegen?"

Herr Pfäffling überlegte. „Morgen, Freitag? Da ist Probe in der Musikschule, da kann ich unmöglich fort. Das muß er schon allein ausfechten. Es kann ihm auch nicht viel geschehen, wenn es sich nur um einen Schneeballen an die Schulter handelt; war auch gewiß sonst gar nichts dabei, Wilhelm, ich kann es kaum glauben!"

„Gar nichts, als daß die andern gelacht und ungeniert weitergeworfen haben, dicht um den Herrn herum, das hat ihn am meisten geärgert. Besonders der Baumann war so frech, du kennst ihn ja, Karl."

„Warum treibst du dich auch mit solchen herum? Da heißt es mitgefangen, mitgehangen." Elschen drückte sich an die Mutter und sagte kläglich: „Jetzt wird Weihnachten gar nicht schön." Und es widersprach ihr niemand, für diesen Abend wenigstens war die ganze Weihnachts-Vorfreude aus dem Hause gewichen.

Noch spät abends, im Bett, flüsterten die beiden Schwestern zusammen, berieten, ob Wilhelm bei Wasser und Brot in den Arrest gesperrt würde, und als Anne eben im Einschlafen war, rief Marie sie noch einmal an und sagte: „Das ärgste ist mir erst eingefallen! Wenn Herr Hartwig von der Polizei hört, dann kündigt er uns!"

Da war es denn schon wieder in der Familie Pfäffling, das Schreckgespenst, die Kündigung!

So bangen Herzens, wie am nächsten Morgen, hatte sich Wilhelm noch nie auf den Schulweg gemacht. Zwar hatte der Vater ihm an den Professor ein Briefchen mitgegeben, und die Mutter hatte ihm gesagt: „Habe nur keine Angst, ein Unrecht ist's nicht, was du getan hast," aber er hatte ihr doch angemerkt, wie unbehaglich es ihr selbst zumute war, und hatte zufällig gehört, wie der Vater zu ihr gesagt hatte: „Eine Mutter von vier Buben muß sich auf allerlei gefaßt machen."

In der Schule war es sein erstes, sich nach den anderen Übeltätern zu erkundigen. „Müßt ihr auch auf die Polizei?" fragte er Baumann und die übrigen Kameraden, die mitgetan hatten. Kein einziger war vorgeladen!

„Du wirst wohl auch noch vorgeladen werden," sagte ein dritter zu Baumann, „dich hat der Schutzmann aufgeschrieben."

„Es ist nicht wahr."

„Freilich ist's wahr, ich war doch noch ganz in der Nähe und habe es deutlich gesehen."

Baumann leugnete und wurde grob, und es war ein erbitterter Streit, als der Professor in die Klasse trat. Er bemerkte gleich die Erregung seiner Schüler und hatte keine Freude daran. Als ihm Wilhelm nun Herrn Pfäfflings Brief reichte und er las, um was es sich handelte, erkundigte er sich gleich, ob noch mehrere vorgeladen seien, und als er hörte, daß Pfäffling der einzige sei, sagte er: „Dann möchte ich mir auch ausbitten, daß die anderen sich nicht darum kümmern. Es ist schon störend genug, daß einer vor Schluß der Stunde fort muß, gerade heute, wo die letzte griechische Arbeit vor Weihnachten gemacht wird. Wer sich sein Zeugnis nicht noch verderben will, der nehme seine Gedanken zusammen!"

So wurde äußerlich die Ruhe in der Klasse hergestellt, und es war nicht zu bemerken, wie dem einen Schüler das Herz klopfte vor innerer Entrüstung, daß er allein zur Strafe gezogen werden sollte, dem anderen vor Angst darüber, daß sein Betrug an den Tag kommen würde.

Kurz vor elf Uhr verließ Wilhelm auf einen leisen Wink des Professors das Zimmer. Unheimlich still kam es ihm vor auf den sonst so belebten Gängen und auf der breiten Treppe, die nicht für so ein einzelnes Bürschlein berechnet war, sondern für einen Trupp fröhlicher Kameraden. Heute begleitete ihn keiner, den sauern Gang auf die Polizei mußte er ganz allein tun. Und nun betrat er das große Gebäude, in dem er ganz fremd war, hielt sein Vorladungsformular in der Hand und las: Erster Stock, Zimmer Nr. 12. Leute gingen hin und her, keiner kümmerte sich um ihn; vor mancher Zimmertüre standen Männer und Frauen und warteten. Nun war er bei Nr. 10, die übernächste Türe mußte die richtige sein, Nr. l2. Vor diesem Zimmer stand ein Mann – und das war Herr Pfäffling.

„Vater!" rief Wilhelm, „o Vater!" und in diesem Ausruf klang die ganze Qual, die Angst und die ganze Wonne der Erlösung. Herr Pfäffling faßte ihn bei Hand. „Ich habe mich doch auf eine Viertelstunde los gemacht," sagte er, „jetzt komm nur schnell herein, daß wir bald fertig werden!"

Im Zimmer Nr. 12 saß ein Polizeiamtmann.

Nach einigen Fragen und Antworten kam die Hauptsache zur Sprache: Wilhelm war angezeigt worden, weil er Herrn Sekretär Floßmann mit Schneeballen getroffen, darnach in frecher Weise gelacht und das Schneeballenwerfen in unmittelbarer Nähe fortgesetzt habe.

„So hat sich's verhalten, nicht wahr?“ fragte der Amtmann.

„Getroffen habe ich einen Herrn aus Versehen,“ sagte Wilhelm, „aber weiter nichts.“ Nun mischte sich Herr Pfäffling ins Gespräch: „Du hast mir erzählt, daß du dich ausdrücklich entschuldigt habest und sofort heimgegangen seiest.“ Da lächelte der Amtmann und sagte: „Damit sollte wohl der Vater besänftigt werden, in Wahrheit verhielt sich's aber, nach der Aussage des Herrn Sekretärs und des Schutzmanns ganz anders, und Sie werden begreifen, daß ich diesen mehr Glauben schenke als dem Angeklagten; es liegt auch gar nicht in der Art des Herrn Sekretär Floßmann, einen Jungen zur Anzeige zu bringen, der sich wegen eines Vergehens entschuldigt hat.“

„Ich darf wohl behaupten,“ sagte Herr Pfäffling, „daß sowohl Frechheit als Lüge auch nicht im Wesen dieses Kindes liegen. Ich wäre sonst nicht mit ihm gekommen, sondern hätte mich seiner geschämt. Wäre es nicht möglich, den Herrn Sekretär oder den Schutzmann zu sprechen?“

„Gewiß,“ sagte der Amtmann, „Herr Sekretär hat seine Kanzlei oben und der Schutzmann Schmidt war eben erst bei mir.“ Er rief einen Polizeidiener. „Bitten Sie Herrn Sekretär Floßmann, einen Augenblick zu kommen und rufen Sie den Schutzmann Schmidt herein.“

„Wir machen zwar gewöhnlich nicht so viel Umstände, wenn es sich um solch eine Bubengeschichte handelt,“ sagte der Amtmann, „aber wenn Sie es wünschen, können Sie von den beiden selbst hören, wie der Verlauf der Sache war.“

Ein paar Minuten später trat der Sekretär Floßmann und gleich darnach der Schutzmann ein. „Da ist der Junge,“ sagte der Amtmann, „der wegen der Schneeballengeschichte aufgeschrieben wurde,“ aber ehe der Beamte noch weiter sprechen konnte, fiel ihm Herr Sekretär Floßmann ins Wort, indem er sich an den Schutzmann wandte: „Aber warum haben Sie denn gerade *diesen* Jungen aufgeschrieben, den einzigen, der sofort aufgehört hat zu werfen, und der sich in aller Form entschuldigt hat, der mir selbst noch den Schnee abgeschüttelt hat?“ und indem er auf Wilhelm zuging, sagte er ganz vertraulich zu ihm: „Wir zwei sind in aller Freundschaft auseinandergegangen, nicht wahr, dich wollte ich nicht anzeigen." Da wandte sich der Amtmann ärgerlich an den Schutzmann: „Haben Sie Ihre Sache wieder einmal so dumm wie möglich gemacht?" Der rechtfertigte sich: „Das ist nicht der Wilhelm Pfäffling, den ich aufgeschrieben habe. Der meinige hat einen dicken Kopf und ein rotes Gesicht. Sag' selbst, habe ich dich aufgeschrieben?"

„Nein, aber es heißt keiner Wilhelm Pfäffling außer mir."

„Oho," sagte der Amtmann, „da kommt es auf eine falsche Namensangabe hinaus, das muß ein frecher Kamerad sein. Kannst du dir denken, wer dir den Streich gespielt hat?" fragte er Wilhelm. Der besann sich nicht lange. „Jawohl," sagte er, „es ist nur ein solcher Gauner in unserer Klasse."

„Wie heißt er?" Da sah Wilhelm seinen Vater an und sagte zögernd: „Ich kann ihn doch nicht angeben?"

„Nein," sagte Herr Pfäffling, „du weißt es ja doch nicht gewiß, und deine Menschenkenntnis ist nicht groß."

„Den Schlingel finde ich schon selbst heraus, den erkenne ich wieder," sagte der Schutzmann, „ich fasse ihn ab um 12 Uhr, wenn die Schule aus ist."

Nun wandte sich der Amtmann an Herrn Pfäffling: „Ich bedaure das Versehen," sagte er, und Wilhelm entließ er mit den Worten: „Du kannst nun gehen, aber halte dich an bessere Kameraden und paß auf mit dem Schneeballenwerfen, in den Straßen ist das verboten, dazu habt ihr euren Schulhof!"

Vater und Sohn verließen miteinander das Polizeigebäude. „O Vater," rief Wilhelm, sobald sie allein waren, „wie bin ich so froh, daß du gekommen bist! Mir allein hätte der Polizeiamtmann nicht geglaubt."

„Du hast dich auch nicht ordentlich verteidigt, hast ja nicht einmal erzählt, wie der Verlauf war. Bei uns zu Hause hast du deine Sache viel besser vorgebracht."

„Mir geht das oft so, Vater, wenn ich spüre, daß man mir doch nicht glauben wird, dann mag ich gar nichts zu meiner Verteidigung sagen. Oft möchte ich etwas erzählen oder erklären, wie es gemeint war, dann denke ich: ihr haltet das doch nur für Schwindel und Ausreden, und dann schweige ich lieber."

„Ich kenne das, Wilhelm, es kommt daher, weil es so wenig Menschen genau mit der Wahrheit nehmen, dann trauen sie auch den andern keine strenge

Wahrhaftigkeit zu. Aber da darf man sich nicht einschüchtern lassen. Wer recht wahrhaftig ist, darf alles sagen und Glauben dafür fordern. Halte du es so, und wird dir etwas angezweifelt, so sage du ruhig zu demjenigen: „Habe ich dich schon einmal angelogen?“ Aber freilich mußt du sicher sein, daß er darauf „nein“ sagt.“

Die Beiden waren inzwischen dem Marktplatz nahe gekommen, wo ihre Wege auseinandergingen.

„War es dir recht ungeschickt, Vater, aus der Probe wegzukommen?“ fragte Wilhelm. „Höllisch ungeschickt!“ sagte Herr Pfäffling, „ich mochte den Grund nicht angeben, ich sagte nur schnell den Nächstsitzenden etwas von Familienverhältnissen und lief davon; wer weiß, was sie sich gedacht haben. Der junge Lehrer wird mich inzwischen vertreten haben, so gut er es eben versteht.“

„Ich danke dir, Vater,“ sagte Wilhelm, als er sich trennte, und ganz gegen die Gewohnheit der Familie Pfäffling griff er rasch nach des Vaters Hand, küßte sie und lief davon.

Als Herr Pfäffling zu der musikalischen Jugend zurückkam, sah er viele freundlich lächelnde Gesichter und dachte sich: Die haben es doch schon erfahren, daß du mit deinem Wilhelm auf der Polizei warst, es bleibt nichts verborgen. „Darf man gratulieren?“ fragte ihn leise eine Bekannte, als er nahe an ihr vorbeiging. „Jawohl,“ sagte er, „es ist gut vorübergegangen.“ Nach ein paar Minuten war er mit vollem Eifer bei der Musik, und Wilhelm in gehobener Stimmung bei seinem griechischen Schriftsteller.

„Dir ist es offenbar gnädig gegangen auf der Polizei,“ sagte der Professor nach der Stunde zu Wilhelm.

„Ja, Herr Professor, es war eine Verwechslung, ich war gar nicht aufgeschrieben worden, ein anderer hat meinen Namen statt seinem angegeben.“

„Wer? Einer aus meiner Klasse?“

„Wer das war, will der Schutzmann erst herausbringen,“ antwortete Wilhelm.

Der Professor hatte kaum das Schulzimmer verlassen, als alle Kameraden sich um Wilhelm drängten und näheres erfahren wollten, auch Baumann war unter ihnen. Der eine, der schon am Morgen behauptet hatte, daß Baumann aufgeschrieben worden sei, sagte ihm frei ins Gesicht: „Du hast den falschen Namen angegeben.“ Da versuchte er nimmer zu leugnen, sondern fing an, sich zu entschuldigen: „Dem Pfäffling hat das doch nichts geschadet, für mich wäre es viel schlimmer gewesen. Du mußt mir's nicht übelnehmen, Pfäffling, ich habe ja vorher gewußt, daß dir das nichts macht."

„So? frage einmal meinen Vater, ob ihm so etwas nichts macht?" rief Wilhelm, „du bist ein Tropf, ein Lügner, das sage ich dir; aber dem Polizeiamtmann habe ich dich nicht verraten. Wenn dich der Schutzmann nicht wieder erkennt, dann kann es ja wohl sein, daß du dich durchgeschwindelt hast." Nun sprang einer der Kameraden die Treppe hinunter, um zu sehen, ob ein Polizeidiener unten stehe. Richtig war es so. Da wurde verabredet, Baumann in die Mitte zu nehmen, einige Größere um ihn herum und dann in einem dichten Trupp die Treppe hinunter und bis um die nächste Straßenecke zu rennen. So geschah es. Die meisten Klassen des Gymnasiums hatten sich schon entleert; der Schutzmann stand lauernd am Tor. Da, plötzlich tauchte ein Trupp von Knaben auf und schoß an ihm vorbei, in solcher Geschwindigkeit, daß er auch nicht *ein* Gesicht erkannt hatte. Ärgerlich ging er seiner Wege, aber hatte er den Übeltäter auch noch nicht fassen können, das war ihm jetzt sicher, daß er zu dieser Klasse gehörte, und er sollte ihm nicht entgehen.

Wie war für Frau Pfäffling dieser Vormittag daheim so lang und so peinlich! Immer mußte sie an Wilhelm denken. „Er hat gewiß nichts getan, was strafwürdig ist," sagte sie sich und dann fragte sie sich wieder: „warum ist er dann vorgeladen?" Gestern hatte sie in fröhlicher Stimmung alles vorbereitet für das Weihnachtsgebäck, heute hätte sie es am liebsten ganz beiseite gestellt, alle Lust dazu war weg. Sie mühte sich sonst so gern den ganzen Vormittag im Haushalt und dachte dabei: „Wenn Mann und Kinder heimkommen von fleißiger Arbeit, sollen sie es zu Hause gemütlich finden." Aber wenn die Kinder nicht ihre Schuldigkeit taten, wenn sie draußen Unfug trieben, sollte man dann daheim Zeit und Geld für sie verwenden?

In dieser Stimmung sah Frau Pfäffling diesen Morgen manches, was ihr nicht gefiel. Im Bubenzimmer lagen Hausschuhe, nur so leichthin unter das Bett geschleudert; häßlich niedergetreten waren sie auch, wie oft hatte sie das schon verboten! Im Wohnzimmer lag ein Brief, den hätten die Kinder mit zum Schalter nehmen sollen, alle sechs hatten sie ihn sehen müssen, alle sechs hatten ihn liegen lassen, sogar Marianne, die doch als Mädchen allmählich ein wenig selbst daran denken sollten, ob nichts zu besorgen wäre! Das waren lauter Pflichtversäumnisse, und wer daheim die Hausgesetze nicht beachtete, der konnte leicht auch draußen gegen die Ordnung verstoßen. Aber freilich müßte die Mutter ihre Kinder fester dazu anhalten, strenger erziehen, als sie es tat! Sie selbst war schuld.

Elschen, die nicht wußte oder nimmer daran dachte, was die Mutter heute bedrückte, kam in der fröhlichsten Weihnachtsstimmung herbeigesprungen. Walburg hatte ihr die Teigschüssel ausscharren lassen. „Mutter," rief die Kleine, „die Backröhre ist schon geheizt!" Aber die Mutter hatte heute einen unglückseligen Blick. An dem ganzen kleinen Liebling sah sie nichts als drei Streifen, Spuren von Teig an der Schürze.

„Else, dahin hast du deine Finger gewischt," sagte sie mit ungewohnter Strenge, „gestern erst habe ich dir gesagt, du sollst deine Hände waschen, und nicht an die Schürze wischen," und sie patschte fest auf die kleinen Hände. Das Kind zog leise weinend ab, und die Mutter sagte sich vorwurfsvoll: „Deine Kinder sind alle unfolgsam!" Darnach ging sie aber doch zum Backen in die Küche, das angefangene mußte trotz allem vollendet werden. Sie wollte den Schlüssel zum Küchenschrank mit hinausnehmen, fand ihn nicht gleich und dachte bekümmert: „Wo die Hausfrau selbst ihre Ordnung nicht einhält, muß freilich die ganze Wirtschaft herunterkommen!" In dieser schwarzsichtigen Stimmung vergingen ihr langsam die Stunden, und gegen Mittag sah sie in ängstlicher Spannung nach den Kindern aus. Diese hatten sich alle auf dem Heimweg zusammengefunden und in der Frühlingsstraße holte auch Herr Pfäffling sie ein. Die Losung war nun: „Nur schnell heim zur Mutter, sie allein ist noch in Angst, hat keine Ahnung, wie gut sich alles gelöst hat. Wie wird sie sorgen und warten, wie wird sie sich freuen!"

Aber nicht nur Frau Pfäffling paßte auf die eilig Heimkehrenden, auch Frau Hartwig sah heute Mittag nach ihnen aus, freilich aus einem ganz andern Grund. Sie hatte diesen Morgen an die Haustüre einen großen Bogen Papier genagelt, auf dem mit handgroßen roten Buchstaben geschrieben stand:

Man bittet die Türe zu schließen!

Darüber lachte ihr Mann sie aus und versicherte, es würde gar nichts helfen, die Pfäfflinge würden die Türe offen stehen lassen.

Die Hausfrau nahm ihre Mietsleute in Schutz. „Sie sind viel ordentlicher, als du denkst. Wilhelm und Otto sind ja ein wenig flüchtig, aber Karl ist immer aufmerksam und auch die Mädchen sind manierlich; der kleine Frieder sogar wird zumachen, wenn er hört, daß es mich sonst friert. Du wirst sehen, die Haustüre wird geschlossen."

Um das zu beobachten stand nun die Hausfrau am Fenster, sah wie die Familie Pfäffling sieben Mann hoch heim kam – eifriger sprechend als sonst, hörte sie die Treppe hinauf gehen – noch flinker als gewöhnlich, ging dann hinaus, um nachzusehen und fand die Haustüre offen stehend, so weit sie nur aufging.

Kopfschüttelnd schloß sie selbst die Türe. Aber sie verlor nicht den guten Glauben an ihre Mietsleute. Sie hatte ihnen ja wohl angemerkt, daß heute etwas besonderes los war.

Im Zimmer fragte Herr Hartwig: „Nun, wer hat denn zugemacht?" Etwas kleinlaut erwiderte sie: „Zugemacht habe ich."

Droben herrschte nach überstandener Angst große Freude; auch Frau Pfäffling war es wieder leicht ums Herz, glücklich und dankbar saß die ganze Familie am Essen. Aber doch – zwischen Suppe und Fleisch – sagte die Mutter: „Marianne, warum habt ihr den Brief nicht in den Schalter geworfen?"

„Vergessen!"

„So geht jetzt und besorgt ihn."

„Aber doch *nach* dem Essen?" fragte fast einstimmig der Kinderchor.

„Nein, nein, eben zwischen hinein, damit ihr es merkt. Ich kann euch nicht helfen, ich hätte gar kein gutes Gewissen, wenn ich es nicht verlangte." Da widersprach niemand mehr, die Mutter konnte man sich nicht mit schlechtem Gewissen vorstellen. Die Mädchen gingen mit dem Brief, Herr Pfäffling sah seine Frau verwundert an.

Sie ging nach Tisch mit ihm in sein Zimmer. Da sagte sie ihm, wie schwer es ihr den ganzen Vormittag zumute gewesen sei, und es kamen ihr fast jetzt noch die Tränen. Sie sprachen lange miteinander, dann kehrte Herr Pfäffling in das Wohnzimmer zurück, wo die Großen noch beisammen waren.

„Hört, ich möchte euch dreierlei sagen: Erstens: sorgt jetzt, daß vor Weihnachten nichts mehr vorkommt, gar nichts mehr, denn bis man weiß, wie die Sachen hinausgehen, sind sie doch recht unangenehm, besonders für die Mutter. Zweitens: Sagt dem Baumann: er solle sich bei Herrn Sekretär Floßmann entschuldigen, sonst werde es schlimm für ihn ausgehen. Drittens: Walburg soll eine Tasse Kaffee für die Mutter machen, es wird ihr gut tun, oder zwei Tassen."

Einer von Herrn Pfäfflings guten Ratschlägen konnte nicht ausgeführt werden, denn Wilhelm Baumann wurde noch an diesem Nachmittag aus der Schule weg und auf die Polizei geholt und war von da an aus dem Gymnasium ausgewiesen.

Am Abend überbrachte ein Dienstmädchen einen schönen Blumenstock – eine Musikschülerin ließ Frau Pfäffling gratulieren.

„Ich werde morgen hinkommen und mich bedanken," ließ Herr Pfäffling sagen.

Ja, es gibt allerlei Freuden, zu denen man gratulieren kann! Warum nicht auch, wenn ein unschuldig Verklagter freigesprochen wird? Oder war etwas anderes gemeint?

6. Kapitel

Am kürzesten Tag

Es war der 21. Dezember, der kürzeste Tag des Jahres. Um dieselbe Tageszeit, wo im Hochsommer die Sonne schon seit fünf Stunden am Himmel steht, saß man heute noch bei der Lampe am Frühstückstisch, und als diese endlich ausgeblasen wurde, war es noch trüb und dämmerig in den Häusern. Allmählich aber hellte es sich auf und die Sonne, wenn sie gleich tief unten am Horizont stand, sandte doch ihre schrägen Strahlen den Menschenkindern, die heute so besonders geschäftig durcheinander wimmelten. Es war ja der letzte Samstag vor Weihnachten, zugleich der Thomastag, ein Feiertag für die Schuljugend. Jedermann wollte die wenigen hellen Stunden benützen, um Einkäufe zu machen. Wieviel Gänse und Hasen wurden da als Festbraten heimgeholt und wieviel Christbäume! Auf den Plätzen der Stadt standen sie ausgestellt, die Fichten und Tannen, von den kleinsten bis zu den großen stattlichen, die bestimmt waren, Kirchen oder Säle zu beleuchten.

Mitten zwischen diesen Bäumen, von ihrem weihnächtlichen Duft und Anblick ganz hingenommen und im Anschauen versunken, stand unser kleiner Frieder. Er hatte für den Vater etwas in der Musikalienhandlung besorgt, kam nun heimwärts über den Christbaummarkt und konnte sich nicht trennen. Nun stand er vor einem Bäumchen, nicht größer als er selbst, saftig grün und buschig. Sie mochten vielleicht gleich alt sein, dieser Bub und dies Bäumchen und sahen beide so rundlich und kindlich aus. Sie standen da, vom selben Sonnenstrahl beleuchtet und wie wenn sie zusammen gehörten, so dicht hielt sich Frieder zum Baum.

„Du! dich meine ich, hörst du denn gar nichts; *so* wirst du nicht viel verdienen!“ sagte plötzlich eine rauhe Stimme, und eine schwere Hand legte sich von hinten auf seine Schulter. Frieder erwachte wie aus einem Traum, wandte sich und sah sich zwei Frauen gegenüber. Die ihn angerufen hatte, war eine große, derbe Person, eine Verkäuferin. Die andere eine Dame mit Pelz und Schleier. „Pack an, Kleiner, du sollst der Dame den Baum heimtragen, du weißt doch die Luisenstraße?“ sagte die Frau und legte ihm den Baum über die Schulter.

„Ist der Junge nicht zu klein, um den Baum so weit zu tragen?“ fragte die Dame.

„O bewahre,“ meinte die Händlerin, „der hat schon ganz andere Bäume geschleppt, sagen Sie ihm nur die Adresse genau, wenn Sie nicht mit ihm heim gehen.“ „Luisenstraße 43 zu Frau Dr. Heller,“ sagte die Dame. „Sieh, auf diesem Papier ist es auch aufgeschrieben. Halte dich nur nicht auf, daß dich's nicht in die Hände friert.“ Da Frieder immer noch unbeweglich stand, gab ihm die Verkäuferin einen kleinen Anstoß in der Richtung, die er einzuschlagen hatte.

Frieder, den Baum mit der einen Hand haltend, den Papierzettel in der andern, trabte der Luisenstraße zu. Er hatte so eine dunkle Ahnung, daß er mehr aus Mißverständnis zu diesem Auftrag gekommen war, er wußte es aber nicht gewiß. Die Damen konnten die Bäume nicht selbst tragen, so mußten eben die Buben helfen. Er sah manche mit Christbäumen laufen, freilich meist größere. Er war eigentlich stolz, daß man ihm einen Christbaum anvertraut hatte. Wenn ihm jetzt nur die Brüder begegnet wären oder gar der Vater!

Wie die Zweige ihn so komisch am Hals kitzelten, wie ihm der Duft in die Nase stieg und wie harzig die Hand wurde! Allmählich drückte der Baum, obwohl er nicht groß war, unbarmherzig auf die Schulter, man mußte ihn oft von der einen auf die andere legen, und bei solch einem Wechsel entglitt ihm das Papierchen mit der Adresse und flatterte zu Boden, ohne daß die steife, von der Kälte erstarrte Hand es empfunden hätte. Nun schmerzten ihn die beiden Schultern, er trug den Baum frei mit beiden Händen. Aber da wurde Frieder hart angefahren von einem Mann, der ihm entgegen kam: „Du, du stichst ja den Menschen die Augen aus, halte doch deinen Baum hinter dich, so!“ und der Vorübergehende schob ihm den Baum unter den Arm. Nach kürzester Zeit kam von hinten eine Stimme: „Du, Kleiner, du kehrst ja die Straße mit deinem

Christbaum, halte doch deinen Baum hoch!“ Ach, das war eine schwierige Sache! Aber nun war auch die Luisenstraße glücklich erreicht. Freilich, die Adresse war abhanden gekommen, aber Frieder hatte sich das wichtigste gemerkt, Nr. 42 oder 43 und im zweiten Stock und bei einer Frau Doktor, das mußte nicht schwer zu finden sein. In Nr. 42a wollte niemand etwas von dem Baum wissen, aber in Nr. 42b bekam Frieder guten Bescheid, das Dienstmädchen wußte es ganz gewiß, der Baum gehörte nach Nr. 47, die Dame war zugleich mit ihr auf dem Markt gewesen und hatte einen Baum gekauft. Also nach Nr. 47. Als man ihm dort seinen Baum wieder nicht abnehmen wollte, kamen ihm die Tränen, und eine mitleidige Frau hieß ihn sich ein wenig auf die Treppe setzen, um auszuruhen.

„In der Luisenstraße wohnt nur *ein* Doktor,“ sagte sie, „und das ist Dr. Weber in Nr. 24, bei dem mußt du fragen.“ Unser Frieder hätte nun lieber in Nr. 43 angefragt, denn er meinte sich zu erinnern, das sei die richtige Nummer, aber Frieder traute immer allen Leuten mehr zu als sich selbst, und so folgte er auch jetzt wieder dem Rat, ging an Nr. 43 vorbei bis an Nr. 24 und hörte dort von dem Dienstmädchen der Frau Dr. Weber, sie hätten längst einen Baum und einen viel schöneren und größeren. Jetzt aber tropften ihm die dicken Tränen herunter, und als er wieder auf der Straße stand, wurde ihm auf einmal ganz klar, wo er jetzt hingehen wollte – heim zur Mutter. Es mußte ja schon spät sein, vielleicht gar schon Essenszeit. Kam er da nicht heim, so hatte die Mutter Angst, und der Vater hatte ja gesagt, es dürfe nichts, gar nichts mehr vorkommen vor Weihnachten. Also nur schnell, schnell heim!

Und es war wirklich höchste Zeit.

Niemand hatte bis jetzt Frieders langes Ausbleiben bemerkt, als nun aber Marie und Anne anfingen, den Tisch zu decken, sagte Elschen: „Frieder hat versprochen, mit mir zu spielen, und nun ist er den ganzen Vormittag weggeblieben!“

„Er ist gewiß schon längst bei den Brüdern, im Hof, auf der Schleife. Sieh einmal nach ihm,“ sagten die Schwestern.

Aber Frieder war verschollen und die Geschwister fingen an, sich zu ängstigen, nicht sowohl für den kleinen Bruder – was sollte dem zugestoßen sein – , aber wenn er nicht zu Mittag käme, würden sich die Eltern sorgen und darüber ärgern, daß doch wieder etwas vorgekommen sei. „Er wird doch kommen bis zum Essen,“ sagten sie zueinander und, als nun die Mutter ins Zimmer trat, sprachen sie von allerlei, nur nicht von Frieder. Elschen stand an der Treppe, nun kam der Vater heim, fröhlich und guter Dinge und fragte gleich: „Ist das Essen schon fertig?“

„Es ist noch nicht halb ein Uhr,“ entgegnete Karl, der die Frage gehört hatte. „Es wird gleich schlagen,“ meinte der Vater, ging aber doch noch in sein Zimmer. Im Vorplatz berieten leise die Geschwister: „Wenn man nur das Essen ein wenig verzögern könnte,“ sagte Karl.

„Das will ich machen,“ flüsterte Marie, ging in die Küche, zog Walburg zu sich und rief ihr dann ins Ohr: „Frieder ist noch nicht daheim, der Vater wird so zanken, und die Mutter wird Angst haben, kannst du nicht machen, daß man später ißt?“ Walburg nickte freundlich, ging an den Herd, deckte ihre Töpfe auf und sagte dann: „Du kannst der Mutter sagen, den Linsen täte es gut, wenn sie noch eine Weile kochen dürften.“ Da sprang Marie befriedigt hinaus, Walburgs Ausspruch ging von Mund zu Mund, und bis es der Mutter zu Ohren kam, waren die Linsen ganz hart.

„So?“ sagte sie verwundert, „mir kamen sie weich vor, aber wir können ja noch ein wenig mit dem Essen warten.“

„Ja, harte Linsen sind nicht gut, sind ganz schlecht,“ sagten die Kinder.

So vergingen fünf Minuten. Inzwischen lief unser Frieder, so schnell er es nur mit seinem Baum vermochte. Jetzt trabte er die Treppe herauf, und bei seinem Klingeln eilten alle herbei, um aufzumachen. Frau Pfäffling merkte jetzt, daß etwas nicht in Ordnung war und ging auch hinaus. Da stand Frieder ganz außer Atem, mit glühenden Backen, den Christbaum auf der Schulter und fragte ängstlich: „Ißt man schon?“

Als er aber hörte, daß die Mutter ihn nicht vermißt hatte, und sah, wie man seinen Baum anstaunte und die Mutter so freundlich sagte: „Stell ihn nur ab, du glühst ja ganz,“ da wurde ihm wieder leicht ums Herz. Sie meinten alle, der Christbaum gehöre Frieder. „Nein, nein,“ sagte dieser, „ich muß ihn einer Frau bringen, ich weiß nur nimmer, wie sie heißt und wo sie wohnt.“ Da lachten sie ihn aus und wollten alles genau hören, auch Herr Pfäffling war hinzu gekommen und hörte von Frieders Irrfahrten, nahm ihn bei der Hand und sagte: „Nun komm nur zu Tisch, du kleines Dummerle, du!“

Die Linsen waren nun plötzlich weich, und wie es Frieder schmeckte, läßt sich denken.

Beim Mittagessen wurde beraten, wie man den Christbaum zu seiner rechtmäßigen Besitzerin bringen könne. „Einer von euch Großen muß mit Frieder gehen, ihm helfen den Baum tragen," sagte Frau Pfäffling.

„Aber wir Lateinschüler können doch nicht in der Luisenstraße von Haus zu Haus laufen, wie arme Buben, die die Christbäume austragen," entgegnete Karl.

„Wenn mir da z.B. Rudolf Meier begegnete," sagte Otto, „vor dem würde ich mich schämen."

„So, so," sagte Herr Pfäffling, „seid ihr zu vornehm dazu? Dann muß wohl ich meinen Kleinen begleiten," und er nahm den Baum, der in der Ecke stand, hob ihn frei hinaus, daß er die Decke streifte und sagte spassend: „So werde ich durch die Luisenstraße ziehen, eine Schelle nehmen und ausrufen: „Wem der Baum gehört, der soll sich melden.""

„Ich denke doch," sagte Frau Pfäffling, „einer von unseren dreien wird so gescheit sein und sich nicht darum bekümmern, wenn auch je ein Kamerad denken sollte, daß er für andere Leute Gänge macht." Sie schwiegen aber. Da setzte Herr Pfäffling den Baum wieder ab und sagte sehr ernst: „Kinder, fangt nur das gar nicht an, daß ihr meint: dies oder jenes paßt sich nicht, das könnten die Kameraden schlecht auslegen. Mit solchen kleinlichen Bedenken kommt man schwer durchs Leben, fühlt sich immer gebunden und hängt schließlich von jedem Rudolf Meier ab."

Nach dem Essen wurde Herr Hartwig um das Adreßbuch gebeten und mit Hilfe dessen und Frieders Erinnerung war bald festgestellt, daß der Baum in die Luisenstraße Nr. 43 zu Frau Dr. Heller gehörte.

Die drei großen Brüder standen beisammen und berieten. „Ich mache mir nichts daraus, den Baum zu tragen," sagte Wilhelm, „ich hätte gar nicht gedacht, daß es dumm aussieht, wenn ihr es nicht gesagt hättet."

„Aber wenn du hinkommst, mußt du dich darauf gefaßt machen, daß man dir ein Trinkgeld gibt," sagte Karl.

„Um so besser, wenn's nur recht groß ist, ich habe ohnedies keinen Pfennig mehr."

Die Beratung wurde unterbrochen durch die Mutter, die mit Frieder ins Zimmer kam und sagte: „Die Dame wird gar nicht begreifen, wo ihr Baum so lang bleibt, tragt ihn jetzt nur gleich fort. Otto, du gehst mit, deinem alten Mantel schadet es am wenigsten, wenn der Baum wetzt."

Diesem bestimmten Befehl gegenüber gab es keinen Widerspruch mehr. Otto mußte sich bequemen, Frieder zu begleiten.

Sie gingen nebeneinander und waren bis an die Luisenstraße gekommen, als Otto plötzlich seinem Frieder den Baum auf die Schulter legte und sagte: „Da vornen kommen ein paar aus meiner Klasse, die lachen mich aus, wenn sie meinen, ich müsse den Dienstmann machen. Das letzte Stück kannst du doch den Baum selbst tragen? Und kannst dich auch selbst entschuldigen, nicht?"

„Gut kann ich," sagte Frieder und ging allein seines Weges. Wie einfach war das nun. Am Glockenzug von Nr. 43 stand angeschrieben: „Dr. Heller", das stimmte alles ganz gut mit dem Adreßbuch und oben im zweiten Stock stand noch einmal der Name. Diesmal war Frieder an der rechten Türe.

Otto hatte sich inzwischen seinen Kameraden angeschlossen und war ein wenig mit ihnen herumgeschlendert, denn er wollte nicht früher als Frieder nach Hause kommen. Als er sich endlich entschloß, heim zu gehen, war es ihm nicht behaglich zumute; es reute ihn doch, daß er den Kleinen zuletzt noch im Stich gelassen hatte. In der Frühlingsstraße wollte er mit dem Bruder wieder zusammentreffen. Er wartete eine Weile vergeblich auf ihn, dann ging ihm die Geduld aus, vermutlich war Frieder schon längst daheim. Er hoffte ihn oben zu finden, aber es war nicht so, das konnte er gleich daran merken, daß er von allen Seiten gefragt wurde: wie es mit dem Baum gegangen sei? Nun mußte er freilich erzählen, daß er nur bis in die Nähe des Hauses Nr. 43 den Baum getragen, und dann mit einigen Freunden umgekehrt sei. Aber nun hörte man auch schon wieder jemand vor der Glastüre, das konnte Frieder sein, und dann war ja die Sache in Ordnung. Sie machten auf: da stand der kleine Unglücksmensch und hatte wieder seinen Christbaum im Arm! Sie trauten ihren Augen kaum. „Ja Frieder, hast du denn die Wohnung nicht gefunden?" riefen sie fast alle zugleich. Da zuckte es um seinen Mund, er würgte an den Tränen, die kommen wollten, und preßte hervor: „Neunmal geklingelt, niemand zu Haus!" Sie waren nun alle voll Mitleid, aber sie konnten auch nicht verstehen, warum er nicht oben oder unten bei anderen Hausbewohnern angefragt hätte. Daran hatte er eben gar nicht gedacht. „Deshalb gibt man solch einem kleinen Dummerle einen größeren Bruder mit," sagte Frau Pfäffling, „aber wenn der freilich so treulos ist und vorher umkehrt, dann ist der Kleine schlecht beraten."

„Jetzt wird der Sache ein Ende gemacht," rief Wilhelm, „ich gehe mit dem Baum und das dürft ihr mir glauben, ich bringe ihn nicht mehr zurück," und flink faßte er den Christbaum, der freilich schon ein wenig von seiner Schönheit eingebüßt hatte, und sprang leichtfüßig davon.

In der Luisenstraße Nr. 43 wurde ihm aufs erste Klingeln aufgemacht und sofort rief das Dienstmädchen: „Frau Doktor, jetzt kommt der Baum doch noch!" Eine lebhafte junge Frau eilte herbei und rief Wilhelm an: „Wo bist du denn so lang geblieben, Kleiner? Aber nein, du bist's ja gar nicht, dir habe ich keinen Baum zu tragen gegeben, der gehört nicht mir."

Wilhelm erzählte von den Wanderungen, die der Baum mit verschiedenen jungen Pfäfflingen gemacht hatte.

„Der Kleine dauert mich," sagte die junge Frau. „Das zweite Mal, als er kam, war ich wohl mit meinem Mädchen wieder auf dem Markt, ich habe nämlich nicht gedacht, daß er noch kommt, und habe einen andern geholt, ich brauche ihn schon heute abend zu einer kleinen Gesellschaft, da konnte ich nicht warten. Was mache ich nun mit diesem Baum? Habt ihr wohl schon einen zu Haus? Ich würde euch den gern schenken."

„Wir haben noch keinen," sagte Wilhelm.

„Also, das ist ja schön, dann nimm ihn nur wieder mit, und dem netten kleinen Dicken, der so viel Not gehabt hat, möchte ich noch einen Lebkuchen schicken, den bringst du ihm, nicht wahr?"

Auch dazu war Wilhelm bereit, und kurz nachher rannte er vergnügt mit seinem Baum heimwärts.

Der kurze Dezembernachmittag war schon zu Ende und die Lichter angezündet, als Wilhelm heim kam. Die Schwestern, welche die Ganglampe geraubt hatten, kamen eilig mit derselben herbei, als Wilhelm klingelte, und ließen sie vor Schreck fast aus der Hand fallen, als sie den Baum sahen. „Der Baum kommt wieder!" schrien die Mädchen ins Zimmer. „Unmöglich!" rief die Mutter. „Ja doch," sagte Karl, „der Baum, der unglückselige Baum!" „Gelt," rief Frieder, „es wird nicht aufgemacht, wenn man noch so oft klingelt!"

Aber Wilhelm lachte, zog vergnügt den Lebkuchen aus der Tasche, und gab ihn Frieder: „Der ist für dich von deiner Frau Dr. Heller, und der Baum, Mutter, der gehört uns, ganz umsonst!" Als Herr Pfäffling heim kam, ergötzte er sich an der Kinder Erzählung von dem Christbaum, aber er merkte, daß es Otto nicht recht wohl war bei der Sache, und wollte sie eben deshalb genauer hören. „Also so hat sich's verhalten," sagte er schließlich, „vor dem Lachen der Kameraden hast du dich so gefürchtet, daß du den Bruder und den Baum im Stich gelassen hast? Dann heiße ich dich einen Feigling!"

Weiter wurde nichts mehr über die Sache gesprochen, aber dies eine Wort „Feigling", vom Vater ausgesprochen, vor der ganzen Familie, das brannte und schmerzte und war nicht einen Augenblick an diesem Abend zu vergessen. Es war auch am nächsten Morgen, an dem vierten Adventssonntag, Ottos erster Gedanke. Es trieb ihn um, er konnte dem Vater nicht mehr unbefangen ins Gesicht sehen. Da trachtete er, mit der Mutter allein zu sprechen, und sie merkte es, daß er ihr nachging, und ließ sich allein finden, in dem Bubenzimmer. „Mutter," sagte er, „ich kann gar nicht vergessen, was der Vater zu mir gesagt hat. Soll ich ihn um Entschuldigung bitten? Was hilft es aber? Er hält mich doch für feig."

„Ja, Otto, er muß dich dafür halten, denn du bist es gewesen und zwar schon manchmal in dieser Art. Immer abhängig davon, wie die anderen über dich urteilen. Da hilft freilich keine Entschuldigung, da hilft nur ankämpfen gegen die Feigheit, Beweise liefern, daß du auch tapfer sein kannst."

Am Montag nachmittag, als die Kinder alle von der Schule zurückkehrten, fehlte Otto. Er kam eine ganze Stunde später heim und dann suchte er zuerst den Vater in dessen Zimmer auf. Herr Pfäffling sah von seinen Musikalien auf. „Willst du etwas?"

„Ja, dich bitten, Vater, daß du das Wort zurücknimmst. Du weißt schon welches. Ich bin deswegen heute nachmittag lang auf dem Christbaummarkt gestanden und habe dann für jemand einen Baum heimgetragen. Drei von meiner Klasse haben es gesehen. Und da sind die 20 Pfennig Trinkgeld, die ich bekommen habe." Da sah Herr Pfäffling mit fröhlichem, warmem Blick auf seinen Jungen und sagte: „Es gibt allerlei Heldentum, das war auch eines; nein, Kind, du bist doch kein Feigling!"

7. Kapitel

Immer noch nicht Weihnachten

Der letzte Schultag vor Weihnachten war gekommen. Wer sich von der Familie Pfäffling am meisten freute auf den Schulschluß, das war gerade das einzige Glied derselben, das noch nicht zur Schule ging, das Elschen. Ihr war die

Schule die alte Feindin, die ihr, solange sie zurückdenken konnte, alle Geschwister entzog, die unbarmherzig die schönsten Spiele unterbrach, die ihre dunkeln Schatten in Gestalt von Aufgaben über die ganzen Abende warf und die auch heute schuld war, daß die Geschwister, statt von Weihnachten, nur von den Schulzeugnissen redeten, die sie bekommen würden.

Sie saßen jetzt beim Frühstück, aber es wurde hastig eingenommen, die Schulbücher lagen schon bereit, und gar nichts deutete darauf hin, daß morgen der heilige Abend sein sollte. Die Kleine wurde ganz ungeduldig und mißmutig. „Vater," sagte sie aus dieser Stimmung heraus, „gibt es gar kein Land auf der ganzen Welt, wo keine Schule ist?"

„O doch," antwortete Herr Pfäffling, „in der Wüste Sahara zum Beispiel ist zurzeit noch keine eröffnet."

„Da mußt du Musiklehrer werden, Vater," rief die Kleine ganz energisch. Aber da alle nur lachten, sogar Frieder, merkte sie, daß der Vorschlag nichts taugte, und sie sah wieder, daß gegen die Schule ein für allemal nichts zu machen war.

Heute sollte sie das besonders bitter empfinden. Als sie nach der letzten Schulstunde den großen Brüdern fröhlich entgegenkam, wurde sie nur so beiseite geschoben; die Drei waren in eifrigem, aber leise geführtem Gespräch und verschwanden miteinander in ihrem Schlafzimmer. Es waren nämlich die Zeugnisse ausgeteilt worden, und da zeigte es sich, daß Wilhelm in der Mathematik die Note „4" bekommen hatte, die geringste Note, die gegeben wurde. Das war noch nie dagewesen, die Zahl 4 war bisher in keinem Zeugnisheft der jungen Pfäfflinge vorgekommen. „So dumm sieht der Vierer aus," sagte Wilhelm, „was hilft es mich, daß ein paar Zweier sind, wo das letztemal Dreier waren, der Vater sieht doch auf den ersten Blick den Vierer."

„Ja," sagte Karl, „gerade so wie unser Professor auch in der schönsten Reinschrift immer nur die eine Stelle sieht, wo etwas korrigiert ist."

„Wenn wir es nur einrichten könnten, daß wir die Zeugnishefte erst nach Weihnachten zeigen müßten. Meint ihr, das geht?"

„Nein," sagte Karl, „man hat sonst jeden Tag Angst, daß der Vater darnach fragt. Aber es kann freilich die Freude verderben; hättest du es nicht wenigstens zu einem schlechten Dreier bringen können?"

Wilhelm blieb darauf die Antwort schuldig. Die Schwestern waren inzwischen auch mit ihren Zeugnissen heimgekommen und suchten die Brüder auf. Marie warf nur einen Blick auf die Gruppe, dann sagte sie: „Gelt, ihr seid schlecht weggekommen?“ und da keine Antwort erfolgte, fuhr sie fort: „Unsere Zeugnisse sind gut, besser als das letztemal, und der Frieder hat auch gute Noten. Dann wird der Vater schon zufrieden sein.“

„Nein,“ sagte Wilhelm, „er wird nur meinen Vierer sehen.“

„O, ein Vierer?“ „O weh!“ riefen die Schwestern.

„So jammert doch nicht so,“ rief Wilhelm, „sagt lieber, was man machen soll, daß der Vater die Zeugnisse vor Weihnachten nicht ansieht?“

Sie berieten und besannen sich eine Weile, ein Wort gab das andere und zuletzt wurde beschlossen, die Noten sollten alle zusammengezählt und dann die Durchschnittsnote daraus berechnet werden. Diese mußte, trotz des fatalen Vierers, ganz gut lauten, so daß die Eltern wohl befriedigt sein konnten. Die Mutter hatte überdies selten Zeit, die Heftchen anzusehen, und dem Vater wollte man die schöne Durchschnittsnote in einem geschickten Augenblick mitteilen, dann würde er nicht weiter nachfragen; erst nach Neujahr mußten die Zeugnisse unterschrieben werden, bis dahin hatte es ja noch lange Zeit, so weit hinaus sorgte man nicht. Wilhelm war sehr vergnügt über den Gedanken, Otto, der das beste Zeugnis hatte, war zwar weniger damit einverstanden, wurde aber überstimmt, und sie machten sich nun an die Durchschnittsberechnung.

Wilhelm holte Frieder herbei, der hatte der Mutter schon sein Zeugnis gezeigt, nun wurde es ihm von den Brüdern abgenommen. „Seht nur,“ sagte Wilhelm, „wie der sich diesmal hinaufgemacht hat!“

„Dafür kann ich nichts,“ sagte Frieder, „die Mutter sagt, das kommt nur von der Harmonika. Wahrscheinlich, wenn ich eine neue zu Weihnachten bekomme, werden die Noten wieder schlechter. Gibst du mir mein Heft wieder, Karl?“

„Nein, das brauchen wir noch, sei nur still, daß ich rechnen kann.“

„Geh lieber hinaus, Frieder,“ sagte Marie mütterlich, „das Elschen hat sich so gefreut auf dich,“ und sie schob den Kleinen zur Türe hinaus.

Es ergab sich eine gute Durchschnittsnote, und Marie wollte es übernehmen, sie dem Vater so geschickt mitzuteilen, daß er gewiß nicht nach den Heften fragen würde. Sie wartete den Augenblick ab, wo Herr Pfäffling sich richtete, um zum letztenmal vor dem Fest in das Zentralhotel zu gehen. An seinen raschen Bewegungen bemerkte sie, daß er in Eile war. „Vater,“ sagte sie, „wir haben alle unsere Zeugnisse bekommen und die Noten zusammengezählt. Dann hat Karl berechnet, was wir für eine Durchschnittsnote haben, weißt du, was da herausgekommen ist? Magst du raten, Vater?“

„Ich kann mich nicht mehr aufhalten, ich muß fort, aber hören möchte ich es doch noch gerne, eine Durchschnittsnote von allen Sechsen? Zwei bis drei vielleicht?“

„Nein, denke nur, Vater, eins bis zwei, ist das nicht gut?“

„Recht gut,“ sagte Herr Pfäffling; er hatte nun schon den Hut auf und Marie bemerkte noch schnell unter der Türe: „Die Zeugnisheftchen will ich alle in der Mutter Schreibtisch legen, daß du sie dann einmal unterschreiben kannst.“ „Ja, hebe sie nur gut auf,“ rief Herr Pfäffling noch von der Treppe herauf.

Die kleine List war gelungen, die Heftchen wurden sehr sorgfältig, aber sehr weit hinten im Schreibtisch geborgen; ungesucht würden sie da niemand in die Hände fallen.

Herr Pfäffling freute sich jedesmal auf die Stunden im Zentralhotel, denn es war dort mehr ein gemeinsames Musizieren als ein Unterrichten und so betrat er auch heute in fröhlicher Stimmung das Hotel. Diesmal stand die große Flügeltüre des untern Saales weit offen, Tapezierer waren beschäftigt, die Wände zu dekorieren, der Besitzer des Hotels stand mitten unter den Handwerksleuten und erteilte ruhig und bestimmt seine Befehle. „Das ist auch ein General,“ dachte Herr Pfäffling, nachdem er einige Augenblicke zugesehen hatte. Große Tätigkeit herrschte in den untern Räumen. An der angelehnten Türe des Speisezimmers stand ein kleiner Kellner, die Serviette über dem Arm, einige Flaschen in der Hand und sah zu, wie eben zwei hohe Tannenbäume in den Saal getragen wurden. Aber plötzlich fuhr der kleine Bursche zusammen, denn hinter ihm ertönte eine scheltende Stimme: „Was stehst du da und hast Maulaffen feil, mach daß du an dein Geschäft gehst!“ Es war Rudolf Meier, der den Säumigen so anfuhr. Als er Herrn Pfäffling gewahrte, grüßte er sehr artig und sagte: „Man hat seine Not mit den Leuten, heutzutage taugt das Pack nicht viel.“ Eine Antwort erhielt Rudolf nicht auf seine Rede, ohne ein Wort ging Herr Pfäffling an ihm vorbei, die Treppe hinauf.

Rudolf sah ihm nachdenklich nach. Es kam ihm öfters vor, daß er auf seine verständigsten Reden keine Antwort bekam, und zwar gerade von den Leuten, die er hoch stellte. Andere rühmten ihn ja oft und sagten ihm, er spreche so klug wie sein Vater; ob wohl solche Leute, wie Herr Pfäffling noch größere Ansprüche machten? Rudolf stellte sich die Brüder Pfäffling vor. Wie kindisch waren sie doch im Vergleich mit ihm, sogar Karl, der älteste; diesen Unterschied mußte ihr Vater doch empfinden, es mußte ihm doch imponieren, daß er schon so viel weiter war! Der kleine Kellner konnte es wohl noch bemerkt haben, wie geringschätzig Herr Pfäffling an ihm vorübergegangen war: so etwas erzählten sich dann die Dienstboten untereinander und spotteten über ihn, das wußte er wohl. Ja, er hatte keine leichte Stellung im Haus.

Indessen war Herr Pfäffling die ihm längst vertraute Treppe hinaufgesprungen. Droben empfing ihn schon das flotte Geigenspiel seiner Schüler, und nun wurde noch einmal vor Weihnachten ausgiebig musiziert.

„Es wird ein Ball im Hotel arrangiert zur Weihnachtsfeier," erzählte ihm die Generalin am Schluß der Stunde, „es soll sehr schön werden."

„Ja," sagte der General, „der Hotelier gibt sich alle Mühe, seinen Gästen viel zu bieten, er ist ein tüchtiger Mann und versteht sein Geschäft ausgezeichnet, aber sein Sohn *spricht* nur von Arbeit und tut selbst keine! Der Sohn wird nichts."

Als Herr Pfäffling sich für die Weihnachtsferien verabschiedet hatte und hinausging, sah er am Fenster des Korridors eben *den* Sohn stehen, über den einen Augenblick vorher das vernichtende Urteil gefällt war: „Er wird nichts." Kann es ein traurigeres Wort geben einem jungen Menschenkind gegenüber? Herr Pfäffling konnte diesmal nicht teilnahmslos an ihm vorübergehen. Rudolf Meier stand auch nicht zufällig da. Er wußte vielleicht selbst nicht genau, was ihn hertrieb. Es war das Bedürfnis, sich Achtung zu verschaffen von diesem Mann. Ein anderes Mittel hiezu kannte er nicht, als seine eigenen Leitungen zur Sprache zu bringen.

„Wünsche fröhliche Feiertage," redete er Herrn Pfäffling an. „Für andere Menschen beginnen ja nun die Ferien, für uns bringt so ein Fest nur Arbeit."

Herr Pfäffling blieb stehen. „Ja," sagte er, „ich sehe, daß Ihr Vater sehr viel zu tun hat, aber wenn die Gäste versorgt sind, haben Sie doch wohl auch Ihre Familienfeier, Ihre Weihnachtsbescherung?"

„Ne, das gibt es bei uns nicht. Früher war das ja so, als ich klein war und meine Mutter noch lebte, aber ich bin nicht mehr so kindisch, daß ich jetzt so etwas für mich beanspruchte. Ich habe auch keine Zeit. Sie begreifen, daß ich als einziger Sohn des Hauses überall nachsehen muß. Die Dienstboten sind so unzuverlässig, man muß immer hinter ihnen her sein."

„Lassen sich die Dienstboten von einem fünfzehnjährigen Schuljungen anleiten?"

Rudolf Meier war über diese Frage verwundert. Wollte es ihm denn gar nicht gelingen, diesem Manne verständlich zu machen, daß er eben kein gewöhnlicher Schuljunge war?

„Ich habe keinen Verkehr mit Schulkameraden," sagte er, „in jeder freien Stunde, auch Sonntags, bin ich hier im Hause beschäftigt."

„Sie kommen wohl auch nie in die Kirche?"

„Ich selbst nicht leicht, aber ich bin sehr gut über alle Gottesdienste unterrichtet. Wir haben oft Gäste, die sich dafür interessieren, und ich weiß auch allen, gleichviel ob es Christen oder Juden sind, Auskunft zu geben über Zeit und Ort des Gottesdienstes, über beliebte Prediger, feierliche Messen und dergleichen. Man muß allen dienen können und darf keine Vorliebe für die eine oder andere Konfession merken lassen. Wir dürfen ja auch Ausländer nicht verletzen und müssen uns manche spöttische Äußerung über die Deutschen gefallen lassen. Das bringt ein Welthotel so mit sich."

Herr Pfäffling sagte darauf nichts und Rudolf Meier war zufrieden. Das „Welthotel" war immer der höchste Trumpf, den er ausspielen konnte, und der verfehlte nie seine Wirkung, auch auf Herrn Pfäffling hatte er offenbar Eindruck gemacht, denn der geringschätzige Blick, den er vor der Stunde für ihn gehabt hatte, war einem andern Ausdruck gewichen.

Unten, im Hausflur, stand noch immer die Türe zu dem großen Saal offen, die Dekoration hatte Fortschritte gemacht, Herr Rudolf Meier sen. stand auf der Schwelle und überblickte das Ganze, und im Vorbeigehen hörte Herr Pfäffling ihn zu einem Tapezierer sagen:

„An diesem Fenster ist noch Polsterung anzubringen, damit jede Zugluft von den Gästen abgehalten wird."

Unser Musiklehrer, dem sonst, wenn er von seinen russischen Schülern kam, die schönsten Melodien durch den Kopf gingen, war heute auf dem Heimweg in Gedanken versunken. Er sah vor sich den tüchtigen Geschäftsmann, der in unermüdlicher Tätigkeit sein Hotel bestellte, der von seinen Gästen jeden schädlichen Luftzug abhielt, und der doch nicht merkte, wie der einzige Sohn, dem dies alles einst gehören sollte, in Gefahr war, zugrunde zu gehen. Herr Pfäffling war eine Straße weit gegangen, da trieben ihn seine Gedanken wieder rückwärts. „Sprich mit dem Mann ein Wort über seinen Sohn," sagte er sich, „wenn seinem Haus eine Gefahr drohte, würdest du es doch auch sagen, warum nicht, wenn du siehst, daß sein Kind Schaden nimmt, daß es höchste Zeit wäre, es den schlimmen Einflüssen zu entziehen? Es sollte fortkommen vom Hotel, von der großen Stadt, in einfache, harmlose Familienverhältnisse!" Während sich Herr Pfäffling dies überlegte, ging er raschen Schritts ins Zentralhotel zurück, und nun stand er vor Herrn Meier, in dem großen Saal.

Der Hotelbesitzer meinte, der Musiklehrer interessiere sich für die Dekoration und forderte ihn höflich auf, alles zu besehen. „Ich danke," sagte Herr Pfäffling, „ich sah schon vorhin, wie hübsch das wird, aber um Ihren Sohn, Herr Meier, um Ihren Sohn ist mir's zu tun!"

Äußerst erstaunt sah der so Angeredete auf und sagte, indem er nach einem anstoßenden Zimmer deutete: „Hier sind wir ungestört. Wollen Sie Platz nehmen?"

„Nein," sagte Herr Pfäffling, „ich stehe lieber," eigentlich hätte er sagen sollen, „ich renne lieber," denn kaum hatte er das Gespräch begonnen, so trieb ihn der Eifer im Zimmer hin und her.

„Ich meine," sagte er, „über all Ihren Leistungen als Geschäftsmann sehen Sie gar nicht, was für ein schlechtes Geschäft bei all dem Ihr Kind macht. Ist's denn überhaupt ein Kind? War es eines? Es spricht wie ein Mann und ist doch kein Mann. Ein Schuljunge sollte es sein, der tüchtig arbeitet und dann fröhlich spielt. Er aber tut keines von beiden. In dem Alter, wo er gehorchen sollte, will er kommandieren, den Herrn will er spielen und hat doch nicht das Zeug dazu. Er wird kein Mann wie Sie, er wird auch kein Deutscher, wird kein Christ, denn er dünkt sich über alledem zu stehen. Der sollte fort aus dem Hotel, fort von hier, in ein warmes Familienleben hinein, da könnte noch etwas aus ihm werden, aber so nicht!"

Herr Pfäffling hatte so eifrig gesprochen, daß sein Zuhörer dazwischen nicht zu Wort gekommen war. Er sagte jetzt anscheinend ganz ruhig und kühl: „Ich muß mich wundern, Herr Pfäffling, daß Sie mir das alles sagen. Wir kennen uns nicht und meinen Sohn kennen Sie wohl auch nur ganz flüchtig. Mir scheint, Sie urteilen etwas rasch. Andere sagen mir, daß mein Sohn der geborene Geschäftsmann ist und schon jetzt einem Haus vorstehen könnte. Wenn er Ihnen so wenig gefällt, dann bitte kümmern Sie sich nicht um ihn, ich kenne mein eigenes Kind wohl am besten und werde für sein Wohl sorgen."

Herr Pfäffling sah nun seinerseits ebenso erstaunt auf Herrn Meier, wie dieser vorher auf ihn. Endlich sagte er: „Ich sehe, daß ich Sie gekränkt habe. Das wollte ich doch gar nicht. Wieder einmal habe ich vergessen, was ich schon so oft bei den Eltern meiner Schüler erfahren habe, daß es die Menschen nicht ertragen, wenn man offen über ihre Kinder spricht und wenn es auch aus der reinsten Teilnahme geschieht. Sagen Sie mir nur das eine, warum würden Sie es mir danken, wenn ich Ihnen sagte: „Ihr Kind ist in Gefahr, ins Wasser zu fallen," und warum sind Sie gekränkt, wenn ich sagte: „dem Kind droht Gefahr für seinen Charakter?" Darin kann ich die Menschen nie verstehen!"

Diese Frage blieb unbeantwortet, denn zwei Handwerksleute kamen herein, verlangten Bescheid, und Herr Pfäffling machte rasch der Unterredung ein Ende, indem er sagte: „Wie ungeschickt bin ich Ihnen mit dieser Sache gekommen, ich sehe, Sie sind draußen unentbehrlich und will Sie nicht aufhalten." Er ging, der Hotelbesitzer hielt ihn nicht zurück.

„Diese Sache ist mißlungen," sagte sich Herr Pfäffling, „ich habe nichts erreicht, als daß sich der Mann über mich ärgert." Und nun ärgerte auch er sich, aber nur über sich selbst. Warum hatte er sich seine Worte nicht erst in Ruhe überlegt und schonend vorgebracht, was er sagen wollte, statt diesen ahnungslosen Vater mit hageldicken Vorwürfen zu überschütten? Nun ging er mit sich selbst ebenso streng ins Gericht: „Nichts gelernt und nichts vergessen; immer noch gerade so ungestüm wie vor zwanzig Jahren; immer vorgetan und nachbedacht, trotz aller Lebenserfahrung: wenn du es nicht besser verstehst, auf die Leute einzuwirken, so laß die Hand davon; kümmere dich um deine eigenen Kinder, wer weiß, ob sie andern Leuten nicht auch verkehrt erscheinen."

Nachdem sich Herr Pfäffling so die Wahrheit gesagt hatte, beruhigte er sich über Rudolf Meier, und versetzte sich in Gedanken zu seinen eigenen Kindern. Nun kam ihm wieder die Pfäfflingsche Note in den Sinn: eins bis zwei. Er dachte in dieser Richtung noch weiter nach, und die Folge davon war, daß er nach seiner Rückkehr dem ersten, der ihm zu Hause in den Weg lief, zurief:

„Legt mir alle sechs Zeugnishefte aufgeschlagen auf meinen Tisch, ich will sie sehen!"

Das gab nun eine Aufregung in der jungen Gesellschaft! „Die Zeugnisse müssen her, der Vater will sie sehen!" flüsterte eines dem andern zu. „Warum denn, warum?" Niemand wußte Antwort, aber jetzt half keine List mehr, Marie mußte die Heftchen hervorholen aus ihrem sichern Versteck und sie hinübertragen in des Vaters Zimmer.

„Ich habe das deinige ein wenig versteckt," sagte sie zu Wilhelm, als sie wieder herüberkam, „vielleicht übersieht es der Vater."

Herr Pfäffling kannte seine Kinder viel zu gut, als daß er ihre kleine List mit der guten Durchschnittsnote nicht durchschaut hätte. „Irgend etwas ist sicher nicht in Ordnung," sagte er sich, „gewiß sind ein paar fatale Dreier da, oder eine schlechte Bemerkung über das Betragen." Er überblickte die kleine Ausstellung auf seinem Tisch. Da lag zuvorderst Karls Zeugnisheft. Dies hielt sich so ziemlich gleich, jahraus, jahrein, nie vorzüglich, immer gut. Es gab das Bild eines gewissenhaften Schülers, aber nicht eines großen Sprachgelehrten.

Dann Otto. In den meisten Fächern I. So einen konnte man freilich gut brauchen, wenn sich's um eine Durchschnittsnote handelte, der konnte viele Sünden anderer gut machen.

Maries Heftchen zeigte die größte Verschiedenheit in den Noten. Wo die Geschicklichkeit der Hand in Betracht kam und der praktische Sinn, da war sie vorzüglich, in Handarbeit, Schönschreiben, Zeichnen, da tat sie sich hervor, aber bei der rein geistigen Arbeit war selten eine gute Note zu sehen. Und von Anne konnte man das auch nicht erwarten, denn sie war von der Natur ein wenig verkürzt, das Lernen fiel ihr schwer, ohne Maries Hilfe wäre sie wohl nicht mit ihrer Klasse fortgekommen, aber die Lehrer und Lehrerinnen hatten sich längst darein gefunden, bei diesen Zwillingsschwestern das gemeinsame Arbeiten zu gestatten und die Marianne als ein Ganzes zu betrachten. So schlugen sie sich schlecht und recht miteinander durch und unter Annes Noten glänzten doch immer zwei I, durch alle Schuljahre hindurch: im Singen und im Betragen.

Bis jetzt hatte Herr Pfäffling noch nichts Neues oder Besonderes entdecken können und nun hielt er Frieders Zeugnis in der Hand und staunte. Was für gute Noten hatte sich der kleine Kerl diesmal erworben! Fast in jedem Fach besser als früher und in einer Bemerkung des Lehrers waren seine Fortschritte und sein Fleiß besonders anerkannt! Wie kam das nur? Es mußte wohl mit der Harmonika zusammenhängen, die ihm früher alle Gedanken, alle freie Zeit in Anspruch genommen hatte! Herr Pfäffling hatte seine Freude daran und es kam ihm der Gedanke, seine Kinder seien vielleicht doch nur durch die besseren Zeugnisse auf den Einfall gekommen, eine Durchschnittsnote herauszurechnen. Wieviel Heftchen hatte er schon gesehen? Fünf, eines fehlte noch, Wilhelms Zeugnis, wo war denn das? Ah, hinter den Büchern, hatte es sich wohl zufällig verschoben? Er warf nur einen Blick hinein und die ungewohnte Form der Zahl IV sprang ihm ins Auge. Also das war's! Mathematik IV. Das war stark. Herr Pfäffling lief im Zimmer hin und her. Wie konnte man nur eine so schlechte Note heimbringen! Und wie feig, sie so zu verstecken, und wie dumm, zu meinen, der Vater ließe sich auf diese Weise überlisten! Schlechtere Noten konnte Rudolf Meier auch nicht heimbringen.

Er nahm das Heftchen noch einmal in die Hand. Im ganzen war das Zeugnis etwas besser als die früheren, also Faulheit oder Leichtsinn war es wohl nicht, aber für die Mathematik fehlte das Verständnis.

Eine Weile war Herr Pfäffling auf und ab gegangen, da hörte er jemand an seiner Türe vorbeigehen und öffnete rasch, um Wilhelm zu rufen. Es war Elschen. Als sie den Vater sah, sprang sie auf ihn zu, sah ihm fragend ins Gesicht und sagte dann betrübt: „Vater, du denkst gar nicht daran, daß morgen Weihnachten ist!“ und sie schmiegte sich an ihn und folgte ihm in sein Zimmer. Er zog sie freundlich an sich: „Es ist wahr, Elschen, ich habe nicht daran gedacht, es ist gut, daß du mich erinnerst.“

„Die andern denken auch nicht daran,“ klagte die Kleine, „sie reden immer nur von ihren Zeugnissen und freuen sich gar nicht.“

„So?“ sagte Herr Pfäffling und wurde nachdenklich, „am Tag vor Weihnachten freuen sie sich nicht? Nun, dann schicke sie mir einmal alle sechs herüber, ich will machen, daß sie sich freuen!“

Wie der Wind fuhr die Kleine durch die Zimmer und brachte ihre Geschwister zusammen. Nun standen sie alle ein wenig ängstlich auf einem Trüppchen dem Vater gegenüber. Es fiel ihm auf, wie sie sich so eng aneinander drückten. Aus diesem Zusammenhalten war auch die Durchschnittsnote hervorgegangen.

„Ihr haltet alle fest zusammen,“ sagte er, „das ist ganz recht, nur gegen mich dürft ihr euch nicht verbinden, mit List und Verschwiegenheit, das hat ja keinen Sinn! Gegen den *Feind* verbindet man sich, nicht gegen den *Freund*. Habt ihr einen treuern Freund als mich? Halte ich nicht immer zu euch? Wir gehören zusammen, zwischen uns darf nichts treten, auch kein Vierer!“

Da löste sich die Gruppe der Geschwister und in der lebhaften, warmen Art, die Wilhelm von seinem Vater geerbt hatte, warf er sich diesem um den Hals und sagte: „Nein, Vater, ich habe dir nichts verschweigen wollen, nur

Weihnachten wollte ich abwarten, damit es uns nicht verdorben wird, du bist doch auch mit mir auf die Polizei gegangen, nein, vor dir möchte ich nie etwas verheimlichen!"

„Recht so, Wilhelm," antwortete Herr Pfäffling, „was käme denn auch Gutes dabei heraus? Es ist viel besser, wenn ich alles erfahre, dann kann ich euch helfen, wie auch jetzt mit dieser schlechten Note. Was machen wir, daß sie das nächste Mal besser ausfällt? Nachhilfstunden kann ich euch nicht geben lassen, die sind unerschwinglich teuer, mit meinen mathematischen Kenntnissen ist es nicht mehr weit her, aber wie wäre es denn mit dir, Karl? Du bist ja ein guter Mathematiker und hast das alles erst voriges Jahr gelernt, du könntest dich darum annehmen. Jede Woche zwei richtige Nachhilfstunden." Karl schien von diesem Lehrauftrag nicht begeistert. „Ich habe so wenig Zeit," wandte er ein.

„Das ist wahr, aber du wirst auch keinen bessern Rat wissen und den Vierer müssen wir doch wegbringen, nicht? Gebt einmal den Kalender her. Von jetzt bis Ostern streichen wir fünfundzwanzig oder meinetwegen auch nur zwanzig Tage an für eine Mathematikstunde. Fällt eine aus, so muß sie am nächsten Tag nachgeholt werden. Ich verlasse mich auf euch. Macht das nur recht geschickt, dann werdet ihr sehen, im Osterzeugnis gibt es keinen Vierer mehr." Die Brüder nahmen den Kalender her, suchten die geeigneten Wochentage aus und ergaben sich in ihr Schicksal, Lehrer und Schüler zu sein.

„So," sagte Herr Pfäffling, „und jetzt fort mit den Zeugnissen, fort mit den Mathematik-Erinnerungen; Elschen, jetzt ist's bei uns so schön wie in der Sahara, wo es keine Schule gibt! Wer freut sich auf Weihnachten?" Während des lauten, lustigen Antwortens, das nun erklang, und Elschens fröhlichem Jauchzen ging leise die Türe auf, ein Lockenköpfchen erschien und eine zarte Stimme wurde vernommen: „Ich habe schon drei Mal geklopft, Herr Pfäffling, aber Sie haben gar nicht „herein" gerufen."

Es war Fräulein Vernagelding, die zu ihrer letzten Stunde kam. Noch immer hatte sie Herrn Pfäffling allein im Musikzimmer getroffen, als sie nun unerwartet die Kinder um ihn herum sah, machte sie große, erstaunte Augen und rief: „Nein, wie viele Kinder Sie haben!" aber noch ehe sie langsam diese Worte gesprochen hatte, waren alle sieben schon verschwunden. „Und jetzt sind alle fort! Wie schnell das alles bei Ihnen geht, Herr Pfäffling, ich finde das so reizend!"

Die fliehende Schar suchte die Mutter auf und fand sie in der Küche. Als aber Frau Pfäffling die Kinder kommen hörte, ließ sie sie nicht ein, machte nur einen

Spalt der Türe auf und rief: „Niemand darf hereinschauen," und sie sah dabei so geheimnisvoll, so verheißungsvoll aus, daß das Verbot mit lautem Jubel aufgenommen wurde. Ja, jetzt beherrschte die Weihnachtsfreude das ganze Haus und sogar aus dem Musikzimmer ertönte nicht die Tonleiter, sondern „Stille Nacht, heilige Nacht". Aber falsch wurde es gespielt, o so falsch!

„Fräulein," sprach der gepeinigte Musiklehrer, „Sie greifen wieder nur so auf gut Glück, aber Sie haben einmal kein Glück, Sie müssen *die* Noten spielen, die da stehen."

„Ach Herr Pfäffling," bat das Fräulein schmeichelnd, „seien Sie doch nicht so pedantisch! Das ist ja ein Weihnachtslied, dabei kommt es doch nicht so auf jeden Ton an!" Nach diesem Grundsatz spielte sie fröhlich weiter und nun, als der Schlußakkord kommen sollte, hörte sie plötzlich auf und sagte: „Ich habe mir auch erlaubt, Ihnen eine kleine Handarbeit zu machen zum täglichen Gebrauch, Herr Pfäffling."

„Den Schlußakkord, Fräulein, bitte zuerst noch den Akkord!" Da sah sie ihren Lehrer schelmisch an: „Den letzten Akkord spiele ich lieber nicht, denn Sie werden immer am meisten böse, wenn der letzte Ton falsch wird."

„Aber Sie können ihn doch nicht einfach weglassen?"

„Nicht? Das Lied könnte doch auch um so ein kleines Stückchen kürzer sein?"

Darauf wußte Herr Pfäffling nichts mehr zu sagen. Er nahm ein in rosenrotes Seidenpapier gewickeltes Päckchen in Empfang und sagte zuletzt zu Fräulein Vernagelding, er wolle ihr nicht zumuten, vor dem 8. Januar wieder zu kommen. Darüber hatte sie eine kindliche Freude, und diese Freude, vierzehn Tage lang nichts mehr miteinander zu tun zu haben, war wohl die einzige innere Gemeinschaft zwischen dem Musiklehrer und seiner Schülerin.

In vergnügter Ferienstimmung kam er in das Wohnzimmer herüber. Er hielt hoch in seiner Rechten das eine Ende eines buntgestickten Streifens, das über einen Meter lang herunter hing.

„Da seht, was ich erhalten habe!" sagte er, „was soll's denn wohl sein? Zu einem Handtuch ist's doch gar zu schön, kannst du es verwenden, Cäcilie?" Da wurde es mit Sachkenntnis betrachtet und als eine Tastendecke für das Klavier erkannt.

„Und das soll ich in täglichen Gebrauch nehmen, immer so ein Tüchlein ausbreiten?" rief Herr Pfäffling erschreckt; „nein, Fräulein Vernagelding, das ist zu viel verlangt. Ich bitte dich, Cäcilie, ich bitte dich, nimm mir das Ding da ab!"

Herr Pfäffling hatte bis zum späten Abend keine Gelegenheit gefunden, seiner Frau von dem Gespräch mit Herrn Rudolf Meier sen. zu erzählen. Nun waren die Kinder zu Bett gegangen, Karl allein saß noch mit den Eltern am Tisch, und Herr Pfäffling berichtete getreulich die Vorgänge im Zentralhotel. Er stellte sich selbst dabei nicht in das beste Licht, aber Frau Pfäffling war der Ansicht, daß Herr Meier die Kritik seines Sohnes wohl auch in milderer Form übelgenommen hätte. „Es gibt so wenig Menschen, die sich Unangenehmes sagen lassen," meinte sie. „Und wenige, die es taktvoll anfassen," sprach Herr Pfäffling und fügte lächelnd hinzu: „wo aber zwei solche zusammen kommen, gibt es leicht ein glückliches Paar, nicht wahr?"

Frau Pfäffling wußte, was ihr Mann damit sagen wollte, aber Karl sah verständnislos darein. „Du weißt nicht, was wir meinen," sagte der Vater zu ihm, „soll ich es dir erzählen, oder ist er noch zu jung dazu, Cäcilie?"

„O nein," rief Karl, „bitte, erzähle es!"

„Soll ich? Nun also: Wie die Mutter noch ein junges Mädchen war und dein Großvater Professor, da kam ich als blutjunger Musiklehrer in die kleine Universitätsstadt und machte überall meine Aufwartung, um mich vorzustellen. Fast zuerst machte ich bei deinen Großeltern Besuch. Es war Regenwetter und ich trug einen langen braunen Überrock und hatte den Regenschirm bei mir."

„Du mußt auch sagen, was für einen Schirm," fiel Frau Pfäffling ein, „einen dicken baumwollenen grünen, so ein rechtes Familiendach, wie man sie jetzt gar nicht mehr sieht. Mit diesem Überrock und diesem Schirm trat dein Vater in unser hübsches, mit Teppichen belegtes Empfangszimmer, und er behielt den Schirm auch fest in der Hand, als mein Vater ihn aufforderte, Platz zu nehmen. Meine Mutter war nicht zu Hause, so war ich an ihrer Stelle, und mir, die ich noch ein junges, dummes Mädchen war, kam das so furchtbar komisch vor, daß ich alle Mühe hatte, mein Lachen zu unterdrücken."

„Ja," sagte Herr Pfäffling, „du hast es auch nicht verbergen können, sondern hast mich fortwährend mit strahlender Heiterkeit angesehen, und um deine Mundwinkel hat es immerwährend gezuckt. Ich aber hatte keine Ahnung, was die Ursache war. Dein Vater verwickelte mich gleich in ein gelehrtes Gespräch, und wenn ich dazwischen hinein einen Blick auf dich warf, so kam es mir wunderlich vor, daß du wie die Heiterkeit selbst dabei warst. Aber nun paß auf, Karl, nun kommt das Großartige. Als ich wieder aufstand, äußerte ich, daß ich im Nebenhaus bei Professor Lenz Besuch machen wollte."

„Ja," sagte Frau Pfäffling „und ich wußte, daß Lenzens zwei Töchter hatten, so kleinlich lieblos und spöttisch, daß jedermann sie fürchtete. Ich dachte bei mir: wenn der junge Mann im Überrock und mit dem Schirm in der Hand bei Professor Lenz in den Salon tritt, so wird er zum Gespött für den ganzen Kreis. Da dauerte er mich, und ich sagte mir, ich sollte ihn aufmerksam machen, doch war ich schüchtern und ungeschickt."

„Du hast mich auch bis an die Türe gehen lassen," fiel Herr Pfäffling ein, „ich hatte schon die Klinke in der Hand, da riefst du mich an, wurdest dunkelrot dabei und sagtest: „Herr Pfäffling, wollen Sie nicht lieber ihren Überrock und Schirm ablegen?" Ich verstand nicht gleich, was du meintest, wollte dir doch zu Willen sein und machte Anstalt, meinen Überrock auszuziehen. Da war es aus mit deiner Fassung, du lachtest laut und riefst: „Ich meine nicht, wenn Sie gehen, sondern wenn Sie kommen!" Dein Vater aber wies dich zurecht mit einem strengen Wort und setzte mir höflich auseinander, daß es allerdings gebräuchlich sei, im Vorplatz abzulegen; du aber warst noch immer im Kampf mit der Lachlust."

„Ja," sagte Frau Pfäffling, „so lange bis du freundlich und ohne jede Empfindlichkeit zu mir sagtest: „Lachen Sie immerhin über den Rüpel, Sie haben es doch gut mit ihm gemeint, sonst hätten Sie ihm das nicht gesagt." Da verging mir das Lachen, weil die Achtung kam."

„Ja, Karl, so haben sich deine Eltern kennen gelernt," schloß Herr Pfäffling.

8. Kapitel

Endlich Weihnachten

Gibt es ein schöneres Erwachen als das Erwachen mit dem Gedanken: Heute ist Weihnachten? Die jungen Pfäfflinge kannten kein schöneres, und an keinem anderen kalten, dunkeln Dezembermorgen schlüpften sie so leicht und gern aus den warmen Betten, als an diesem und nie waren sie so dienstfertig und hilfsbereit wie an diesem Vormittag. Man mußte doch der Mutter helfen aus Leibeskräften, damit sie ganz gewiß bis abends um 6 Uhr mit der Bescherung fertig wurde. An gewöhnlichen Tagen schob gerne eines der Kinder dem andern die Pflicht zu, aufzumachen, wenn geklingelt wurde; heute sprangen immer einige um die Wette, wenn die Glocke ertönte, denn an Weihnachten konnte wohl etwas Besonderes erwartet werden, so z.B. das Paket, das noch jedes Jahr von der treuen Großmutter Wedekind angekommen war und durch das viele Herzenswünsche befriedigt wurden, zu deren Erfüllung die Kasse der Eltern nie gereicht hätte.

Zunächst kam aber nicht jemand, der etwas bringen, sondern jemand, der etwas holen wollte: Es war die Schmidtmeierin, eine Arbeitersfrau aus dem Nebenhaus, die manchmal beim Waschen und Putzen half und für die allerlei zurechtgelegt war. Sie brachte ihre zwei Kinder mit. Aber damit war Frau Pfäffling nicht einverstanden. „Marianne," sagte sie, „führt ihr die Kleinen in euer Stübchen und spielt ein wenig mit ihnen, bis ich sie wieder hole." Als die Kinder weg waren, sagte Frau Pfäffling: „Sie hätten die Kinder nicht bringen sollen, sonst sehen sie ja gleich, was sie bekommen; hat Walburg Ihnen nicht gesagt, daß wir einen Puppenwagen und allerlei Spielzeug für sie haben?" „Ach," entgegnete die Frau, „darauf kommt es bei uns nicht so an, die Kinder nehmen es, wenn sie's kriegen, und wenn man ihnen ja etwas verstecken will, sie kommen doch dahinter und dann betteln sie und lassen einem keine Ruhe, bis man ihnen den Willen tut. Bis Weihnachten kommt, ist auch meist schon alles aufgegessen, was man etwa Gutes für sie bekommen hat. Ich weiß wohl, daß es anders ist bei reichen Leuten, aber bei uns war's noch kein Jahr schön am heiligen Abend."

„Wir sind auch keine reichen Leute, Schmidtmeierin, aber wenn ich auch noch viel ärmer wäre, das weiß ich doch ganz gewiß, daß ich meinen Kindern einen schönen heiligen Abend machen würde. Meine Kinder bekommen auch nicht viel – das können Sie sich denken bei sieben – aber weil keines vorher ein Stückchen sieht, so ist dann die Überraschung doch groß. Glauben Sie, daß irgend eines von uns einen Lebkuchen oder sonst etwas von dem Weihnachtsgebäck versuchen würde vor dem heiligen Abend? Das käme uns ganz unrecht vor. Und wenn der Christbaum geputzt wird, darf keines von den Kinder hereinschauen, erst wenn er angezündet ist und alles hingerichtet, rufen wir sie herbei, mein Mann und ich, und dann sind sie so überrascht, daß sie strahlen und jubeln vor Freude, wenn auch gar keine großen Geschenke daliegen."

„Bei Ihnen ist das eben anders, Frau Pfäffling, mein Mann hat keinen Sinn für so etwas und will kein Geld ausgeben für Weihnachten."

„Haben Sie kein Bäumchen kaufen dürfen?" fragte Frau Pfäffling.

„Das schon," sagte die Schmidtmeierin, „er hat selbst eines heimgebracht und Lichter dazu."

„Nun sehen Sie, was braucht es denn da weiter? Ein sauberes Tuch auf den Tisch gebreitet und die kleinen Sachen darauf gelegt, die ich Ihnen hier zusammen gerichtet habe, das wäre schon genug für Kinder, aber ich denke mir, daß Sie noch von anderen Familien, denen Sie aushelfen, etwas bekommen, oder nicht?"

„Frau Hartwig hat mich angerufen, ich solle nachher zu ihr herein kommen, sie habe etwas für mich und die Kinder."

„So lange lassen Sie die Kleinen bei uns, und in einem andern Jahr tragen Sie alles heimlich nach Hause, dann wird bei Ihnen der Jubel gerade so groß wie im reichsten Haus, und Ihr Mann wird sich dann schon auch daran freuen."

„Es ist wahr," sagte die Schmidtmeierin, „er hat am vorigen Sonntag gezankt, weil ich den Kindern die neuen Winterkleider, die sie von der Schulschwester bekommen haben, vor Weihnachten angezogen habe. Aber sie haben so lang gebettelt und nicht geruht, bis ich ihnen den Willen getan habe."

„Aber Schmidtmeierin, da würde ich doch lieber tun, was der Mann will, als was die Kinder verlangen und erbetteln! Was wäre das jetzt für eine Freude, wenn die Kleidchen noch neu auf dem Tisch lägen! So würde mein Mann auch den Sinn für Weihnachten verlieren. Das müssen Sie mir versprechen, Schmidtmeierin, daß Sie meine Sachen, und die von Frau Hartwig, und was etwa sonst noch kommt, verstecken, und dann eine schöne Bescherung halten. Wo können denn Ihre Kinder bleiben, solange Sie herrichten, ist's zu kalt in der Kammer?"

„Kalt ist's, aber ich stecke sie eben ins Bett so lang!"

„Ja, das tun Sie. Und noch etwas: können die Kinder nicht unter dem Christbaum dem Vater ein Weihnachtslied hersagen, aus der Kinderschule? Das gehört auch zur rechten Feier. Und wenn Sie noch von Ihrem Waschlohn ein paar Pfennige übrig hätten, dann sollten Sie für den Mann noch einen Kalender kaufen, oder was ihn sonst freut, und dann erzählen Sie mir, Schmidtmeierin, ob er wirklich keine Freude gehabt hat am heiligen Abend, und ob es nicht schön bei Ihnen war."

„Ich mach's wie Sie sagen, Frau Pfäffling, und ich danke für die vielen Sachen, die Sie mir zusammengerichtet haben."

„Es ist recht, Schmidtmeierin, aber glauben Sie mir's nur, die Sachen allein, und wenn es noch viel mehr wären, machen kein schönes Fest, das können nur Sie machen für Ihre Familie; fremde Leute können die Weihnachtsfreude nicht ins Haus bringen, das muß die Mutter tun, und die Reichen können die Armen nicht glücklich machen, wenn die nicht selbst wollen."

Frau Pfäffling hielt die fremden Kinder noch eine gute Weile zurück; als diese endlich heimkamen, waren alle Schätze im Schrank verborgen und der Schlüssel abgezogen.

Da sich aber die Kinder schon darauf gefreut hatten, fingen sie an, darum zu betteln und schließlich laut zu heulen. Damit setzten sie gewöhnlich bei der Mutter ihren Willen durch. Heute aber nicht; „brüllt nur recht laut," sagte die Schmidtmeierin, „damit man es im Nebenhaus hört. Nichts Gutes gibt's heute, nichts Schönes, erst am Abend, wenn ihr dem Vater eure Lieder aufsagt. Bei Pfäfflings ist's auch so."

Da ergaben sich die Kinder.

Frau Pfäffling und Walburg hatten noch alle Hände voll zu tun mit Vorbereitungen auf das Fest. Aber die Arbeit geschah in fröhlicher Stimmung. „Man muß sich seine Feiertage verdienen," sagte Frau Pfäffling und rief die Kinder zu Hilfe, die Buben so gut wie die Mädchen.

„Oben auf dem Boden hängen noch die Strümpfe von der letzten Wäsche," sagte sie, „die sollten noch abgezogen werden. Das könnt ihr Buben besorgen." Wilhelm und Otto sprangen die Treppe hinauf. Auf dem freien Bodenraum war ein Seil gespannt, an dem eine ungezählte Menge Pfäffling'scher Strümpfe hing. Walburg war eine große Person und pflegte das Seil hoch zu spannen, die Kinder konnten die hölzernen Klammern nicht erreichen, mit denen die Strümpfe angeklemmt waren. „Einen Stuhl holen und hinaufsteigen," schlug Otto vor, aber Wilhelm fand das unnötig, „Hochspringen und bei jedem Sprung eine Klammer wegnehmen," so war es lustiger. Er probierte das Kunststück und brachte es fertig, Otto gelang es nicht auf den ersten Sprung, und ein Trampeln und Stampfen gab es bei allen beiden. Sie bemerkten nicht, daß die Türe von Frau Hartwigs Bodenkammer offen stand und die Hausfrau, die eben ihren Christbaumhalter hervorsuchte, ganz erschrocken über den plötzlichen Lärm herauskam und rief: „Was treibt ihr denn aber da oben, ihr Kinder?"

„Wir nehmen bloß die Strümpfe ab", sagte Otto. „So tut es doch nicht, wenn man Strümpfe abzieht," entgegnete Frau Hartwig. „Wir müssen eben darnach springen," sagte Wilhelm, „sehen Sie, so machen wir das," und mit einem Hochsprung hatte er wieder eine Klammer glücklich erfaßt, der Strumpf fiel herunter.

„Aber Kinder, so fallen sie ja alle auf den Boden!" sagte die Hausfrau.

„Es sind ja nur Strümpfe," entgegnete Wilhelm, „die sind schon vorher grau und schwarz, denen schadet das nichts."

Eine kleine Weile stand Frau Hartwig dabei und machte sich ihre Gedanken. Welche Arbeit, für soviel Füße sorgen zu müssen! Fast alle Strümpfe schienen zerrissen! Und welche Körbe voll Flickwäsche mochten sonst noch da unten stehen und auf die Hände der vielbeschäftigten Hausfrau warten, die doch kein Geld ausgeben konnte für Flickerinnen! Ob es nicht Christenpflicht wäre, da ein wenig zu helfen?

Es dauerte gar nicht lange, da kamen die Brüder mit dem Bescheid herunter: Die meisten Strümpfe seien noch zu feucht, die Hausfrau meine, sie müßten noch hängen bleiben. Frau Pfäffling achtete im Drang der Arbeit kaum darauf und dachte nicht, daß Frau Hartwig kurz entschlossen den ganzen Schatz Pfäffling'scher Strümpfe heruntergenommen hatte, und ihnen nun mit Trocknen und Bügeln viel mehr Ehre erwies, als diese es sonst erfuhren. Dann stapelte sie den Vorrat auf, legte sich das Nötige zum Ausbessern zurecht und sagte sich: Das gibt auch eine Weihnachtsüberraschung und wird nach Jesu Sinn keine Feiertags-Entheiligung sein.

Inzwischen war es Mittag geworden. Heute gab es bei Pfäfflings ein kärgliches Essen. Mit Wassersuppe fing es an, und die Mutter redete den Kindern zu: „Haltet euch nur recht an die Suppe, es kommt nicht viel nach!" „Warum denn nicht?" fragte Elschen bedenklich. Die Antwort kam von vielen Seiten zugleich. „Weil Weihnachten ist. Weißt du das noch nicht? Vor dem heiligen Abend gibt es nie etwas ordentliches zu essen. Die Walburg hat auch keine Zeit zu kochen." „Ja," sagte Frau Pfäffling, „und selbst wenn sie Zeit hätte, heute Mittag müßte das Essen doch knapp sein, damit man sich recht freut auf die Lebkuchen und auf den Gansbraten, den es morgen gibt." Walburg brachte noch gewärmte Reste vom gestrigen Tag herein, und als diese alle verteilt waren, sagte Herr Pfäffling: „Wer jetzt noch Hunger hat, kann noch Brot haben und darf dabei an ein großes Stück Braten denken!"

„Und nun," sagte die Mutter, „hinaus aus dem Wohnzimmer; wenn ihr wieder herein dürft, dann ist Weihnachten!" Da stob die ganze Schar jubelnd davon; wenn man nicht mehr in das Zimmer herein durfte, ja dann wurde es Ernst!

Die Eltern standen beisammen und putzten den Baum, Frieders Baum. Die kleinen Schäden, die er auf seinen vielen Wanderungen erlitten hatte, wurden sorgfältig verdeckt, und bald stand er in seinem vollen Schmuck da, mit goldenen Nüssen und rotbackigen Äpfeln, mit bunten Lichtern und oben auf der Spitze schwebte ein kleiner Posaunenengel. Es gab in andern Häusern feiner geschmückte Tannenbäume mit Winterschnee und Eiszapfen, es gab auch solche, die mit bunten Ketten und Kugeln, mit Papierblumen und Flittergold so überladen waren, daß das Grün des Baumes kaum mehr zur Geltung kam. Pfäfflings Baum hatte von all dem nichts, er war noch ebenso, wie ihn Großvater Pfäffling und Großmutter Wedekind vor dreißig Jahren ihren Kindern geschmückt hatten, und weil ihre seligsten Kindheitserinnerungen damit verbunden waren, mochten sie nichts daran ändern. Mit der Krippe, die unter dem Baum aufgestellt wurde, war es anders. Die feinen Wachsfiguren, die Tiere, die dazu gehörten, standen nicht jedes Jahr gleich. Nach den Bildern, die uns schon die alten deutschen Künstler gezeichnet haben, und in denen unsere Maler uns auch jetzt noch die heilige Nacht darstellen, nach diesen verschiedenen Bildern wurden die Krippenfiguren in jedem Jahr wieder anders aufgestellt, das war Herrn Pfäfflings Anteil an dem Herrichten des Weihnachtszimmers. Wenn aber die Tische gestellt waren, und wenn die mühsame Arbeit des Einräumens von Puppenzimmer, Küche und Kaufladen begann, dann verschwand der Herr des Hauses aus dem Gebiet und übernahm die Aufsicht über die mutterlose Kinderschar, damit sie nicht in Ungeduld und Langeweile auf allerlei Unarten verfiel. Gegen vier Uhr, als es dunkelte, zogen sie zusammen fort nach der Kirche, in der jedes Jahr um diese Zeit ein Gottesdienst gehalten wurde, so kurz und doch so feierlich wie kein anderer im Jahr: Ein Weihnachtslied, das Weihnachtsevangelium und ein paar Worte, nur wie ein warmer Segenswunsch des Geistlichen. Es war genug, um in den Herzen der jungen und alten Zuhörer die rechte Weihnachtsstimmung zu wecken.

Frau Pfäffling hörte ihre Schar heimkommen, sie sah ein wenig heraus aus dem Weihnachtszimmer und schob etwas durch den Türspalt, es war eine Handvoll Backwerk, das etwas Schaden gelitten hatte durch die Verpackung: „Das ist etwas zum versuchen," rief sie, „das ist zerbrochen aus der Großmutter Paket gekommen, teilt euch darein! und dann zieht frische Schürzen an und sagt auch

Walburg, daß sie sich bereit macht, nun wird bald alles fertig sein!" Der Mutter Angesicht leuchtete verheißungsvoll, es rief auf allen Kindergesichtern das gleiche Strahlen hervor.

Herr Pfäffling war bei seiner Frau, er half bei den letzten Vorbereitungen. „Jetzt wären wir so weit," sagte er, „können wir den Baum anzünden?"

„Wenn du einen kleinen Augenblick warten wolltest," erwiderte sie, „ich bin so müd und möchte nur ein ganz klein wenig ruhen, um für den großen Jubel Kraft zu sammeln."

„Freilich, freilich," sagte Herr Pfäffling, „die Kinder können sich wohl noch eine Viertelstunde gedulden, setze dich hieher, ruhe ein wenig und schließe die Augen."

„O, das tut gut," antwortete sie und lehnte sich still zurück. Aber nur drei Minuten, dann stand sie wieder auf. „Nun bin ich schon wieder frisch, und ich kann jetzt doch nicht ruhen, ich spüre die siebenfache Unruhe, die klopfenden Herzen der Kinder da draußen, wir wollen anzünden." Bald strahlten die Lichter an dem Baum, die großen Kerzen in den silbernen Leuchtern, die die Tische erhellten, und die kleinen Lichtchen in Puppenstube und Küche. Und nun ein Glockenzeichen und die Türe weit auf! Sie drängen alle herein, die Kinder und Walburg hinter ihnen. Dem Christbaum gelten die ersten Ausrufe der Bewunderung; solange er die Blicke fesselt, ist's noch eine weihevolle Stimmung, ein Staunen und seliges Widerstrahlen; dann wenden sich die Augen der Bescherung zu, nun geht die beschauliche Freude über, immer lauter und jubelnder wird das Kinderglück.

War denn so Herrliches auf dem Gabentisch? Viel Kostbares war nicht dabei, aber es war alles überraschend und jedes kleine Geschenk war sinnig auf den Empfänger berechnet und manches erhielt durch einen kleinen Vers, den der Vater dazu gemacht hatte, noch einen besonderen Reiz. Wenn eines der Kinder nach den Eltern aufblickte, so sah es Liebe und Güte, wenn es einem der Geschwister ins Gesicht sah, so glänzte dies in Glück und Freude, und über all dem lag der Duft des Tannenbaums – ja die Fülle des Glückes bringt der Weihnachtsabend!

Frau Pfäffling berührte ihren Mann und sagte leise: „Sieh dort, den Frieder!" An dem Plätzchen des großen Tisches, das ihm angewiesen war, stand schon eine ganze Weile Frieder unbeweglich und sah mit staunenden, zweifelnden

Augen auf das, was vor ihm lag: Eine Violine! Und nun nahm er den kleinen Streifen Papier, der daran gebunden war, und las das Verschen:

Fideln darfst du, kleiner Mann,
Vater will dir's zeigen.
Aber merk's und denk daran:
Immerfort zu geigen
Tut nicht gut und darf nicht sein.
Halte fest die Ordnung ein:
Eine Stund' am Tag, auch zwei,
Doch nicht mehr, es bleibt dabei.

„Mutter!“ rief jetzt Frieder, „Mutter, hast du's schon gesehen?“ Er drängte sich zu ihr und zog sie an seinen Platz und fragte: „Darf ich sie gleich probieren?“ Und er nahm die kleine Violine, und da die Geschwister ihm nicht viel Platz ließen, drückte er sich hinter den Christbaum und fing ganz sachte an, leise über die Saiten zu streichen und zarte Töne hervorzulocken. Und er sah und hörte nichts mehr von dem, was um ihn vorging, und mühte und mühte sich, denn er wollte *reine* Töne, dieser kleine Pfäffling. Die Eltern sahen sich mit glücklichem Lächeln an: „Dies Weihnachten vergißt er nicht in seinem Leben,“ sagte Frau Pfäffling. „Ja,“ erwiderte ihr Mann, „und auf diesen kleinen Schüler braucht mir wohl nicht bange zu sein!“

„Vater, hast du gesehen?“ riefen nun wieder zwei Stimmen. „Was ist's, Marianne?“

„Ein Päckchen feinste Glacéhandschuhe hat uns Fräulein Vernagelding geschickt!“

„Was? Euch Kindern, was tut *ihr* denn damit?“

„Wir ziehen sie an, Vater, viele Kinder in unserer Schule haben welche.“

„Nun, wenn nur ich sie nicht tragen muß!“

Es gab jetzt ein großes Durcheinander, denn die Brüder probierten ihre neuen Schlittschuhe an, liefen damit hin und her, fielen auch gelegentlich auf den Boden. Im untern Stock erzitterte die Hängelampe. „Man könnte meinen, es sei ein Erdbeben, die da droben sind heute ganz außer Rand und Band!“ sagte Herr Hartwig zu seiner Frau. „Weihnachtsabend!“ entgegnete sie, und das eine Wort beschwichtigte den Hausherrn. Auch hörte das Getrampel der Kinderfüße plötzlich auf, es wurde ganz stille im Haus, nur eine einzelne Stimme drang bis in den untern Stock: Otto deklamierte. Nacheinander kamen nun all die kleinen Überraschungen für die Eltern an die Reihe, zu denen sich an jenem Adventsonntag Frieder auf den Balken die Eingebung geholt hatte. Alles gelang zur Freude der Eltern, zum Stolz unserer sieben!

In ihrer Küche stand Walburg und sorgte für das Abendessen. Auch für sie war ein Platz unter dem Christbaum, und sie war freundlich bedacht worden. Aber die Freude und innere Bewegung, die sich jetzt auf ihren großen, ernsten Zügen malte, hatte einen andern Grund. Schon seit heute morgen bewegte sie etwas in ihrem Herzen, das sie gern besprochen hätte, aber es hatte sich kein ruhiges Viertelstündchen finden lassen. Wenn jetzt Frau Pfäffling herauskäme, jetzt hätte sie vielleicht einen Augenblick Zeit für sie, aber sie würde wohl schwerlich kommen. Während Walburg sich darnach sehnte, war Frau Pfäffling ganz von ihren Kindern in Anspruch genommen, aber einmal, als ihr Blick zufällig auf Walburgs Geschenke fiel, die noch auf dem Tisch lagen, dachte sie an das Mädchen. Warum war es wohl gar so kurz im Weihnachtszimmer geblieben? Es war noch nicht Zeit, das Abendessen zu bereiten, warum verweilte sie nicht lieber unter den glücklichen Kindern, anstatt einsam in der kalten Küche zu stehen?

Frau Pfäffling ging hinaus, nach Walburg zu sehen. Die Mutter wurde zuerst nicht vermißt, es gab ja so viel anzusehen und zu zeigen, und der Vater war ja da, aber allmählich ging von Mund zu Mund die Frage: „Wo ist denn die Mutter?“ Herr Pfäffling schickte Frieder hinaus. Er kam zurück mit dem Bescheid, die Küchentüre sei ganz fest zu und Walburg rede so viel mit der Mutter, wie sonst nie. „Dann laßt sie nur ungestört,“ sagte der Vater, „wenn Walburg einmal redet, muß man froh sein.“

Frau Pfäffling brachte aus der kalten Küche einen warmen, sonnigen Ausdruck mit herein. Die Kinder zogen sie an ihren Tisch heran, aber im Vorbeigehen drückte sie unvermerkt ihrem Mann die Hand und sagte leise: „Ich erzähle dir später!“ Als Walburg das Abendessen auftrug wechselten sie einen vielsagenden Blick, und Marie sagte: „Unserer Walburg sieht man so gut an, daß heute Weihnachten ist.“

An diesem Abend waren die Kinder gar nicht zu Bett zu bringen, sie wollten sich nicht trennen von der Bescherung. Es wurde spät, bis endlich Herr Pfäffling mit seiner Frau allein war. „Du wirst nun auch der Ruhe bedürftig sein,“ sagte er.

„Ja, aber eines muß ich dir noch erzählen, was mir Walburg anvertraut hat. Sie erhielt heute einen Brief von einer alten Frau aus ihrem Heimatdorf, die schreibt in schlichten, einfachen Worten, daß vor einem Jahr ihr Sohn Witwer geworden sei und mit seinen drei Kindern und dem kleinen Bauerngut hilflos dastehe. Er müsse wieder eine Frau haben, und weil er Walburg von klein an kenne, möchte er am liebsten sie haben. Er wisse wohl, daß sie nicht gut höre, aber das mache weiter nicht viel. Wenn sie einverstanden sei, möge sie in den Feiertagen einmal herausfahren, daß man die Verlobung feiern könne und die Hochzeit festsetze. Der Sohn hat dann noch an den Brief seiner Mutter unten hingeschrieben, die Reisekosten wolle er zur Hälfte bezahlen. Walburg kennt den Mann gut, denn sie waren Nachbarsleute, und sie ist ganz entschlossen, ja zu sagen. Ich kann dir gar nicht sagen, wie mich das freut für Walburg!"

„Das ist freilich ein unerhofftes Glück, aber wird sie denn einem Haushalt vorstehen können bei ihrer Taubheit?"

„Wenn ihr die alte Mutter zur Seite steht, wird sie schon zurecht kommen. Ein schweres Kreuz bleibt es freilich für sie, aber ich finde es rührend, daß der Mann es auf sich nehmen will, um ihrer andern guten Eigenschaften willen. Übrigens sagt Walburg, sie verstehe die Leute da draußen viel besser, weil sie ihren Dialekt reden."

„Das kann wohl etwas ausmachen, und mich freut es für die treue Person, wenn auch nicht für uns. Aber wir werden auch wieder einen Ersatz finden."

„Nicht so leicht! Doch daran denke ich heute gar nicht. Am zweiten Feiertag möchte sie hinausfahren auf ihr Dorf. Vorher wollen wir mit den Kindern noch nicht davon sprechen, sondern ihnen erst, wenn Walburg zurückkommt, sagen, daß sie Braut ist."

Während unten so von ihr gesprochen wurde, war auch Walburg oben in ihrer Kammer noch tätig. Sie hatte zuerst in diesem ihrem eigenen kleinen Revier noch einmal ihren Brief gelesen und nun kniete sie vor der hölzernen Truhe, in der ihre Habseligkeiten säuberlich und sorgsam geordnet lagen. Sie hatte schon seit Jahren die Bauerntracht nimmer getragen, die in ihrem Dorf gebräuchlich war, jetzt wollte sie sie hervorsuchen, sie sollte ja wieder zu den Landleuten da draußen gehören. Der dicke Rock und das schwarze Mieder, das Häubchen und die breite blauseidene Schürze, das alles lag beisammen, und sollte nun wieder zu Ehren kommen!

Am zweiten Weihnachtsfeiertag, früh morgens, noch ehe es tagte, reiste sie in ihrem ländlichen Staat in ihre Heimat.

Erst wenn Walburg fehlte, merkte man, wie viel sie im Haus leistete. Es war gar kein Fertigwerden ohne sie. Und nun gar in solchen Ferientagen. Wenn Frau Pfäffling drei ihrer Kinder dazu gebracht hatte, schön aufzuräumen, so hatten inzwischen vier andere wieder Unordnung gemacht und auf dem großen Weihnachtstisch nahm der Kampf gegen die Nußschalen und Apfelbutzen kein Ende. Dazu kam der Kinderlärm. Die Schlittschuhe lagen bereit, aber das Eis wollte sich bei der geringen Kälte nicht bilden, und Frau Pfäffling hatte doch so viel Feiertagsruhe davon erhofft! So lockte nichts die Kinder ins Freie, sie trieben sich alle sieben lachend, spielend oder streitend herum und machten der Mutter warm. Bis sie das Mittagessen bereitet und auf den Tisch gebracht hatte, war sie fast zu müde, um selbst davon zu nehmen. Da sah Herr Pfäffling nach den Wolken am Himmel, erklärte, das Wetter helle sich auf und er wolle einen weiten Marsch mit den großen Kindern machen. Als eben beraten wurde, ob Marianne auch mittun könne, kam eine Schulfreundin und lud die beiden Mädchen zu sich ein. Das war ein seltenes Ereignis und wurde mit Freude aufgenommen. So blieben nur die beiden Kleinen übrig, die begleiteten ein wenig traurig die Großen hinunter, kamen dann aber um so vergnügter wieder heraufgesprungen. Die Hausfrau hatte sie eingeladen, ihren Christbaum anzusehen und bei ihr zu spielen.

So geschah es, daß Frau Pfäffling an diesem Nachmittag ganz allein war; ihr Mann, die Kinder, ja sogar Walburg fort, so daß nicht einmal aus der Küche ein Ton hereindrang. Wie wohl tat ihr die unerhoffte Ruhe! Wie viel ließ sich auch an solch einem stillen Nachmittag tun, an das man sonst nicht kam! Es war schon ein Genuß, sich sagen zu dürfen: was *willst* du tun? Meistens drängten sich die Geschäfte von selbst auf und hätten schon fertig sein sollen, ehe man daran ging. Eine Weile ruhte sie in träumerischem Sinnen und über dem wurde ihr klar, was sie tun wollte: „Mutter," sagte sie leise vor sich hin, „Mutter, ich komme zu dir!"

Frau Pfäfflings Mutter lebte im fernen Ostpreußen, und seit vielen Jahren hatten sich Mutter und Tochter nimmer gesehen. Die bald 80 jährige Frau konnte *nicht mehr*, und die junge Frau konnte *noch* nicht die Reise wagen, die Kinder brauchten sie noch gar zu notwendig daheim. Aber es war doch köstlich, das treue Mutterherz noch zu besitzen, wenn auch in weiter Ferne. Seit langer Zeit hatte sie den Ihrigen nur kurze, eilig geschriebene Briefe mit den nötigsten Mitteilungen schicken können, jetzt wollte sie sich aussprechen, wie wenn sie endlich, endlich einmal wieder bei der geliebten Mutter wäre. Und es gab einen langen, langen Brief, in dem die ganze Liebe zur Mutter sich aussprach, ja, in dem es fast wie Heimweh klang, aber das konnte doch nicht sein, war Frau Pfäffling doch schon 18 Jahre aus dem Elternhaus. Es stand in dem Brief viel von Glück und Dankbarkeit, viel von des Tages Last und Hitze und davon, daß ihr Mann und sie noch immer treulich an dem Trauungsspruch festhielten: Ein jeder trage des andern Last.

Ihr Brief war fertig geworden beim letzten Schimmer des kurzen Dezembertags. Jetzt, als es dunkelte, ging sie zum Christbaum und zündete ein einziges Lichtchen an. Das warf einen schwachen Schein und große breite Schatten von Tannenzweigen zeichneten sich an der Decke des Zimmers ab. Es war eine feierliche Stille am Weihnachtsbaum und Frau Pfäffling sagte leise vor sich hin: Nahet euch zu Gott, so nahet er sich zu euch.

Eine Viertelstunde später mahnte die Glocke, daß wieder Leben und Bewegung Einlaß begehre. „Nun werden die Kinder kommen," sagte sich Frau Pfäffling. Sie fühlte sich wieder allen Anforderungen gewachsen, fröhlich ging sie hinaus und sprach zu sich selbst: „Dein Mann soll dich nicht so matt wiederfinden, wie er dich verlassen hat." Sie ging, ihm und den Kindern zu öffnen, sie waren es aber nicht, die geklingelt hatten, Walburg stand vor der Türe.

„Du kommst schon?" rief Frau Pfäffling erstaunt, „wir haben dich erst mit dem letzten Zug erwartet."

„So kann ich das Abendessen machen," entgegnete das Mädchen. „Kartoffeln zusetzen?"

„Ja, aber das ist mir jetzt nicht das wichtigste, sage mir doch erst, wie alles gegangen ist," und da Walburg zögerte, fügte sie hinzu, „ich bin ganz allein zu Hause." Und nun antwortete Walburg: „Er hat sich's nicht so arg gedacht, er meint, für die Kinder wäre doch eine besser, die hört." Ohne ein weiteres Wort wandte sie sich um und ging die Treppe hinauf in ihre Kammer. Sie wollte den bräutlichen Putz ablegen. Sorgsam faltete sie die blauseidene Schürze, versenkte sie in die Truhe und legte den Brief dazu, der sie zwei Tage glücklich gemacht hatte. Dann schlüpfte sie in ihre alltäglichen Kleider, setzte sich auf die alte Truhe und sah mit traurigen, aber tränenlosen Augen auf die kahlen Wände ihrer Kammer. Es war so kalt und totenstill da oben, es war so öde und leer in ihrem Herzen.

Da ging die Türe auf, Frau Pfäffling kam herein und stand unvermutet neben dem Mädchen, das ihren Schritt nicht gehört hatte. „Walburg, du tust mir so leid,“ sagte sie und ihre Augen waren nicht tränenleer. Walburg aber beherrschte ihre Bewegung und erwiderte in ihrer ruhigen Art: „Draußen habe ich selbst erst gemerkt, wie schlimm das mit mir geworden ist, ich habe kein Wort verstanden, sie haben mir's auf die Tafel schreiben müssen und die Kinder haben gelacht. So wird er wohl recht haben. Er war freundlich mit mir bis zuletzt, das Reisegeld hat er mir zu zwei Drittel gezahlt und die Alte hat mir noch Kuchenbrot mitgegeben. Sonst wäre alles recht gewesen, nur gerade eben die Taubheit. Und sie sagen auch, ich könnte gar nicht mehr so reden wie sich's gehört. Ich weiß nicht wie das zugeht, Sie verstehe ich doch auch ohne Tafel und rede ich denn nicht wie früher auch?“

„Für uns redest du ganz recht,“ entgegnete Frau Pfäffling, „wir verstehen uns und darum ist's am besten, wir bleiben zusammen. Uns ist's lieb, daß du uns nicht verläßt, Walburg, du hast uns so gefehlt.“ Da wich der starre, traurige Zug aus Walburgs Gesicht, und sie sah voll Liebe und Dankbarkeit auf zu der Frau, die sich so bemühte, ihr, der Tauben, Trostreiches zu Gehör zu bringen. Worte des Dankes fand sie freilich nicht, aber mit Taten wollte sie danken; eilfertig griff sie nach ihrer Hausschürze, band sie um und sagte: „Wenn der Herr heimkommt und das Essen nicht gerichtet ist!“

Frau Pfäffling sagte an diesem Abend zu ihren Kindern: „Walburg ist so traurig aus ihrer Heimat zurückgekehrt, sie hat weder Eltern noch Geschwister mehr draußen, wir wollen uns Mühe geben, daß sie sich bei uns recht heimisch fühlt.“

„Ich gehe mit meiner Violine zu ihr,“ sagte Frieder, „den Geigenton hört sie.“

Da warnte Herr Pfäffling mit dem Finger und sagte: „Nach dem Abendessen noch geigen? Wie heißt dein Vers?

„Eine Stund am Tag, auch zwei,
Doch nicht mehr, es bleibt dabei.“

Aber Frieder konnte nachweisen, daß er heute noch nicht zwei Stunden gespielt hatte, ging hinaus in die Küche und machte mit denselben Violinübungen, die sonst die Zuhörer in Verzweiflung bringen, dem traurigen Mädchen das Herz leichter, denn es erkannte die Anhänglichkeit des Kindes, und in die tiefe Vereinsamung, die ihr die Taubheit auferlegte, drang der Ton der Saiten zu ihr als eine Verbindung mit den Mitmenschen.

9. Kapitel

Bei grimmiger Kälte

Das Neujahrsfest brachte grimmige Kälte, brachte Eis, mehr als zum Schlittschuhlaufen nötig gewesen wäre. Schon beim Erwachen empfand man die menschenfeindliche Luftströmung und es gehörte Heldenmut dazu, aus den warmen Betten zu schlüpfen. In Pfäfflings kalten Schlafzimmern war das Waschwasser eingefroren, und man mußte erst die Eisdecke einschlagen, ehe man es benützen konnte.

Als die Familie sich mit Neujahrswünschen am Frühstückstisch zusammenfand, galt Herrn Pfäfflings erster Blick dem Thermometer vor dem Fenster, und er mußte das Quecksilber in ungewohnter Tiefe suchen. „Zwanzig Grad Kälte," verkündete er, „Kinder, das habt ihr noch nie erlebt; und Walburgs Neujahrsgruß lautete: „Die Wasserleitung ist über Nacht eingefroren.""

Die Straßen waren ungewöhnlich still, wer nicht hinaus mußte, blieb daheim am warmen Ofen und wer, wie die Briefträger, am Neujahrstag ganz besonders viel durch die kalten Straßen laufen und vor den Häusern stehend warten mußte, bis die Türen geöffnet wurden, der hörte manches teilnehmende Wort. Frau Hartwig brachte ihnen bei jedem Gang eine Tasse warmen Kaffees entgegen. Auch die Familie Pfäffling hatte ihr Päckchen Glückwunschkarten und -briefe erhalten und unter diesen Briefen war einer, der noch mehr als Glückwünsche enthielt. Es war die Antwort auf Frau Pfäfflings Weihnachtsbrief und er brachte ihr eine warme, dringende Einladung, sich zum achtzigsten Geburtstag ihrer Mutter, der im Februar gefeiert werden sollte, einzufinden, damit nach langen Jahren der Trennung auch *einmal* wieder die drei Geschwister mit der Mutter in der alten Heimat vereinigt wären. So viel Liebe und Anhänglichkeit sprach sich aus in den Briefen von Frau Pfäfflings Bruder und Schwester, denen ein eigenhändiger, mit zitternder Hand geschriebener Gruß der alten Mutter beigesetzt war, daß Frau Pfäffling tief bewegt war und zu ihrem Mann wehmütig sagte: „Ach, wenn es nur möglich wäre, aber es ist ja gar nicht daran zu denken! So weit fort und auf ein paar Wochen, denn für einige Tage würde sich die große Reise gar nicht lohnen."

Es kam ganz selten vor, daß Frau Pfäffling für sich einen Wunsch äußerte, und so war es nur natürlich, daß es der ganzen Familie Eindruck machte, wenn es doch einmal geschah.

„Geht es denn wirklich nicht, Vater?“ fragte Karl.

„So ganz unmöglich kommt mir die Sache nicht vor,“ antwortete Herr Pfäffling, indem er sich an seine Frau wandte, „jetzt, wo die Kinder groß sind und Walburg so zuverlässig ist.“

Frau Pfäffling wollte etwas entgegnen, aber der ganze Kinderchor stimmte dem Vater zu, wollte gar keine Schwierigkeit gelten lassen und versicherte, es sollte in Abwesenheit der Mutter alles so ordentlich zugehen, wie wenn sie da wäre. Aber sie schüttelte dazu ungläubig den Kopf und brach die Beratung ab, indem sie sagte: „Bei solch einer Kälte mag man gar nicht an eine Reise denken, wir wollen sehen, was der Januar bringt!“

Zunächst brachte er den Abschluß der Ferienzeit, die Schulen begannen wieder. So warm wie möglich eingepackt machten sich die Kinder auf den Weg. Freilich, die drei großen Brüder besaßen zusammen nur zwei Wintermäntel, bisher waren sie auch immer gut damit ausgekommen, heute hätte jeder gerne einen gehabt. Otto hatte sich einen gesichert, indem er ihn schon vor dem Frühstück angezogen hatte. Nun standen Karl und Wilhelm vor dem einen, der noch übrig war. „Dich wird's nicht so arg frieren wie mich,“ sagte Wilhelm zum größeren Bruder und Karl, obwohl er nicht recht wußte, warum es ihn nicht so frieren sollte, war schon im Begriff, auf den Mantel zu verzichten, als Otto sich einmischte: „Laß doch Karl den Mantel. In den obern Klassen hat doch jeder einen, es sieht so dumm aus, wenn er allein keinen hat!“

„Dumm?“ sagte Herr Pfäffling, „es sieht eben aus, als seien keine großen Kapitalien da, mit denen man ungezählte Mäntel beschaffen könnte. So ist's und deshalb darf es auch so aussehen. Übrigens, länger als fünfzehn Minuten braucht ihr nicht zum Schulweg, ist das auch der Rede wert, wenn man eine Viertelstunde frieren muß? Seid ihr so zimpferlich?“

„Ich nicht,“ rief Wilhelm, „ich brauche auch nur zwölf Minuten,“ er ließ den Mantel fahren und rannte davon.

Elschen war diesmal nicht so unglücklich wie früher über den Schulanfang, sie nahm die Schultasche her, die sie zu Weihnachten bekommen hatte, packte die Tafel aus, fing an zu schreiben, was sie von Buchstaben kannte, und tröstete sich mit der Aussicht, daß nach den Osternferien auch sie mit den Großen den Schulweg einschlagen würde.

So wohl es Frau Pfäffling tat, wenn ihre Kinder nach solcher Ferienzeit wieder zum ersten Male in die Schule gingen, so freute sie sich doch auf das erste Heimkommen, denn sie wußte aus Erfahrung, daß Mann und Kinder angeregt und von irgend welchen neuen Mitteilungen erfüllt, zurückkommen würden. Um so mehr war sie überrascht, daß Marianne diesmal weinend nach Hause kam. Die beiden Mädchen, obgleich sie gut mit Wintermänteln versehen waren, weinten vor Kälte und die Fingerspitzen wurden in der Wärme nur noch schmerzhafter, so daß sie noch klagend im Zimmer herumtrippelten, als die Familie sich zu Tisch setzen wollte. „Habt ihr denn eure Winterhandschuhe nicht angehabt?“ fragte Frau Pfäffling. Da kam ein kleinlautes „Nein“ heraus und das Geständnis, daß man sich den Mitschülerinnen mit den neuen, knapp anschließenden Glacéhandschuhen habe zeigen wollen, die Fräulein Vernagelding zu Weihnachten geschenkt hatte. Nun wurden die armen Frierenden noch von den Brüdern ausgelacht.

„So, du lachst auch mit, Otto,“ sagte Frau Pfäffling. „Wenn du keine Glacéhandschuhe trägst, so kommt es gewiß nur daher, daß du keine hast. Aber Kinder, wer von euch eitel ist, der hat nichts vom Vater und ist gar kein rechter Pfäffling, und das wollt ihr doch alle sein? Nun kommt, ihr Erfrorenen, jetzt gibt es warme Suppe. Elschen und ich, wir haben uns so gefreut, bis ihr alle heimkommt und von der Schule erzählt. Kommt, wir wollen beten:

„Herr wie schon vor tausend Jahren
Unsre Väter eifrig waren,
Dich als Gast zu Tisch zu bitten,
So verlangt uns noch heute,
Daß Du teilest unsre Freude.
Komm, o Herr in unsre Mitte!“

Bei Tisch kamen nun, wie Frau Pfäffling erwartet hatte, allerlei Mitteilungen. Über Weihnachten hatte man sich ganz in die Familie vergraben, jetzt, durch die Berührung mit der Außenwelt, erfuhr man wieder, was vor sich ging. Herr Pfäffling hatte vom Direktor der Musikschule etwas gehört, was ihn ganz erfüllte: Ein Künstlerkonzert ersten Ranges sollte in diesem Monat stattfinden. Ein Künstlerpaar, das vor Jahren schon die Stadt besucht und alle Musikfreunde hingerissen hatte, die Frau durch ihren herrlichen Gesang, der Mann durch meisterhaftes Klavierspiel, wollte auf einer Reise durch die großen Städte Europas sich hören lassen, und zwar nahm an dieser Konzertreise zum erstenmal auch der kleine Sohn des Künstlerpaares als Violinspieler Anteil, und die Zeitungen waren voll von überschwänglichen Schilderungen des rührenden Eindrucks, den das geniale Violinspiel des wunderbar begabten Knaben mache.

Freilich waren die Preise für diesen Kunstgenuß so hoch gestellt, daß unser Musiklehrer nicht daran gedacht hätte, sich ein solch kostbares Vergnügen zu gönnen, aber das Konzert sollte im Saal der Musikschule gegeben werden, und in solchem Fall war es üblich, daß die Hauptlehrer der Anstalt Freikarten erhielten. So gab er sich jetzt schon der Freude auf diesen großen Kunstgenuß hin, umkreiste vergnügt den Tisch, blieb dann hinter seiner Frau Stuhl stehen und sagte: „Ich bekomme eine Freikarte zum Konzert, du bekommst von deinem Bruder eine Freikarte zum 80. Geburtstag der Mutter. Nicht wahr, Kinder, die Mutter muß sich zur Reise richten?“ Sie stimmten alle ein, und es schien der Mutter mit dem Widerspruch nicht mehr bitterer Ernst zu sein.

Nun berichteten die Kinder von mancherlei Schulereignissen, ein Lehrer war krank, eine Lehrerin gesund geworden, ein Schüler war neu eingetreten, ein anderer ausgetreten. Herr Pfäffling hatte nur mit halber Aufmerksamkeit zugehört, jetzt aber traf ein Name an sein Ohr, der ihn aus seinen Gedanken weckte: „Was hast du eben von Rudolf Meier erzählt?“ fragte er Otto.

„Er ist aus dem Gymnasium ausgetreten.“

„Hast du nichts näheres darüber gehört?“

„Sie sagen, er sei fortgekommen von hier, ich glaube zu Verwandten, ich weiß nicht mehr.“

Herr und Frau Pfäffling wechselten Blicke, die nur Karl verstand. Gesprochen wurde nichts darüber, Herr Pfäffling sollte aber bald näheres erfahren.

Er machte sich an diesem Nachmittag auf den Weg nach dem Zentralhotel, im neuen Jahr die erste Musikstunde dort zu geben. Es war bitter kalt, und selbst die russische Familie klagte über den kalten deutschen Winter.

„Sie müssen von Rußland doch noch an ganz andere Kälte gewöhnt sein?“ meinte Herr Pfäffling.

„Ja, aber dort friert man nicht so, da weiß man sich besser zu schützen. Alle Fahrgelegenheiten sind heizbar, alles ist mit Pelzen belegt und Sie sehen auch jedermann in Pelze gehüllt auf der Straße. Warum tragen Sie keinen Pelz bei solcher Kälte?“ fragte die Generalin, indem sie einen Blick auf Herrn Pfäfflings Kleidung warf. Ihm war der Gedanke an einen Pelzrock noch nie gekommen. „Da gibt es noch vieles, vieles Nötigere anzuschaffen, ehe ein Pelzrock für mich an die Reihe käme," sagte er, „ich kann übrigens sehr rasch gehen und werde warm vom Lauf, meine Hände sind nicht steif, wir können gleich spielen."

Am Schluß der Stunde erzählten die jungen Herren von dem Ball im Hotel. „Es war sehr hübsch," sagten sie, „wir durften auch tanzen, der Sohn des Besitzers, der viel jünger ist als wir, hat auch getanzt. Er ist übrigens jetzt nicht mehr hier."

„Ja," sagte der General, „der Hotelier ist einsichtsvoller, als ich gedacht hätte. Er sagte zu mir: „Hier in diesem Hotelleben arbeitet der Junge nicht, er kommandiert nur. Er soll fort von hier, in ein richtiges Familienleben hinein.""

Herr Pfäffling erkannte diese Worte als seine eigenen. „Der Mann hat recht," fuhr der General fort, „wenn die Verhältnisse im Haus ungünstig sind, ist es besser, ein Kind wegzugeben, und wenn sie im ganzen Land ungünstig sind, so wie bei uns in Rußland, so ist es wohl auch besser, die Kinder in einem andern *Land* aufwachsen zu lassen. In Rußland haben wir ganz traurige Zustände, die jungen Leute, die dort aufwachsen, sehen nichts als Verderbnis überall, Unredlichkeit und Bestechung sogar schon in den Schulen. Unsere eigenen Söhne haben von dieser verdorbenen Luft schon mehr eingeatmet, als ihnen gut war. Meine Frau und ich haben uns entschlossen, sie in einer deutschen Erziehungsanstalt zurückzulassen, wenn wir nach Rußland zurückkehren, was wohl in der nächsten Zeit sein muß. Wir stehen gegenwärtig über diese Angelegenheit in Briefwechsel mit einer Berliner Anstalt."

Noch nie hatte der General so eingehend und offen mit dem Musiklehrer gesprochen. Die Generalin sah ernst und sorgenvoll aus, die Söhne standen beiseite mit niedergeschlagenen Augen. Herr Pfäffling fühlte, daß diese reichen, hochgebildeten und begabten Leute auch ihren schweren, heimlichen Kummer zu tragen hatten, und er sagte mit warmer Teilnahme: „Jeder einzelne leidet mit, wenn sein Vaterland so schlimme Zeiten durchmacht, wie das Ihrige. Möchte das neue Jahr für Rußland bessere Zustände bringen!"

Als Herr Pfäffling kurz darauf die Treppe herunter ging, traf er unvermutet mit Herrn Rudolf Meier sen. zusammen, der heraufkam. Einen Augenblick zögerten beide. Sie hatten *ein* gemeinsames Interesse, über das zu sprechen ihnen nahelag. Aber an Herrn Meier wäre es gewesen, die Sprache darauf zu bringen, wenn er nicht mehr zürnte. Er tat es nicht. Mit dem höflichen aber kühlen Gruß des Gastwirts ging er vorüber, gewohnheitsmäßig die Worte sprechend: „Sehr kalt heute!"

„Ja, 20 Grad," entgegnete Herr Pfäffling, und dann gingen sie auseinander.

Daheim angekommen, hörte Herr Pfäffling Frieders Violine. Wie der kleine Kerl sie schon zu streichen verstand! Ob er wohl einmal ein Künstler, ein echter, wahrer, gottbegnadeter Künstler würde? Aber wie war denn das? Hatte Frieder nicht schon gespielt, lange, ehe sein Vater sich auf den Weg zum Zentralhotel gemacht hatte? Spielte er wohl seitdem ununterbrochen? Er ging dem Geigenspiel nach. Aus der Küche erklang es. Neben Walburg, die da bügelte, stand der eifrige, kleine Musiker, ein herzgewinnender Anblick. Aber Herr Pfäffling ließ sich dadurch nicht bestechen. „Frieder, wie lange hast du schon gespielt?" fragte er.

„Nicht lange, Vater."

„Nicht immerfort, seitdem du aus meinem Zimmer die Geige geholt hast? Sage mir das genau?"

„Immerfort seitdem," antwortete Frieder und fügte etwas unsicher hinzu: „Aber das ist doch noch nicht lang her?"

„Das ist über zwei Stunden her, Frieder, und hast du nicht auch schon heute nach Tisch gespielt? Und sind deine Schulaufgaben gemacht? Ei, Frieder, da stehst du und kannst nicht antworten! Nimm dich in acht, sonst kommst du noch ganz um die Geige! Gib sie her, in *der* Woche bekommst du sie nimmer!" Herr Pfäffling streckte die Hand aus nach der Violine. Der Kleine hielt sie fest. Der Vater sah das mit Erstaunen. Konnte Frieder widerstreben? Hatte je eines der Kinder sich seinem Befehl widersetzt? Aber nein, es war nur *ein* Augenblick gewesen, dann reichte er schuldbewußt die geliebte Violine dem Vater hin und ergab sich.

Herr Pfäffling ging hinaus mit dem Instrument. Walburg hatte nicht verstanden, was gesprochen worden war, aber gesehen hatte sie und sie sah auch jetzt, wie sich langsam ihres Lieblings Augen mit dicken Tränen füllten. Sie stellte ihr Bügeleisen ab, zog den Kleinen an sich und fragte: „Darfst du denn nicht spielen?"

„Nicht länger als zwei Stunden im Tag," rief Frieder in kläglichem Ton.

„Sei nur zufrieden," tröstete sie ihn, „ich sehe dir jetzt immer auf die Uhr." Frieder zog traurig ab; jede Stunde sehnte er sich nach seiner Violine, und nun war sie ihm für eine ganze Woche genommen!

Aber auch Herr Pfäffling war nicht in seiner gewohnten fröhlichen Stimmung. Ihm war es leid, daß der Unterricht in der russischen Familie zu Ende gehen sollte, eine große Freude und eine bedeutende Einnahme fiel damit für ihn weg, und dazu kam nun, daß er auf dem Tisch im Musikzimmer eine Neujahrsrechnung vorfand, die, nachdem er sie geöffnet und einen Blick auf die Summe geworfen hatte, ihn hinübertrieb in das Familienzimmer zu seiner Frau.

„Cäcilie," rief er schon unter der Türe, und als er die Kinder allein fand, fragte er ungeduldig:

„Wo ist denn die Mutter schon wieder?"

„Sie ist draußen und bügelt."

„So ruft sie herein, schnell, Marianne!"

Die Mädchen gingen eiligst hinaus: „Mutter, der Vater fragt nach dir." Frau Pfäffling bügelte eben einen Kragen. „Sagt nur dem Vater, ich komme gleich; ich muß nur den Kragen erst steif haben."

„Wir wollen lieber erst mit dir hineingehen," sagten die Schwestern und in diesem Augenblick ertönte ein lautes „Cäcilie".

Daraufhin wurde der halb gebügelte Kragen im Stich gelassen. Frau Pfäffling kam in das Zimmer und sah ihren Mann mit einer Rechnung in der Hand. „Ist denn das nicht eine ganz unnötige Komödie mit der ewigen Bügelei," fragte Herr Pfäffling, „die Kinder wären doch ebenso glücklich in ungebügelten Hemden!" Auf diese gereizte Frage antwortete Frau Pfäffling bloß wieder mit einer Frage: „Ist das die Doktorsrechnung? Sie kann doch nicht sehr hoch sein?"

„Sechzig Mark! Hättest du das für möglich gehalten?"

„Unmöglich! Sechzig Mark? Zeige doch nur! Die kleine Ohrenoperation von Anne im vorigen Sommer fünfzig Mark?!" Bei diesem Ausruf sahen alle Geschwister auf Anne, und diese fing bitterlich an zu weinen. Die Tränen besänftigten aber den Vater. Er ging zu der Schluchzenden. „Sei still, du armer Wurm," sagte er, „du kannst nichts dafür. Hast so viel Schmerzen aushalten müssen, und das soll noch so viel Geld kosten! Aber sei nur getrost, geholfen hat dir der Arzt doch, und wir wollen froh sein, daß du nicht so taub geworden bist wie Walburg. Hörst du jetzt wieder ganz gut, auch in der Schule?"

„Ja," schluchzte das Kind.

„Nun also, sei nur zufrieden, das Geld bringt man schon auf, man hat ja noch das Honorar zu erwarten für die Russenstunden und andere Rechnungen, als die vom Arzt, stehen nicht aus; nicht wahr, Cäcilie, es ist doch immer alles gleich bezahlt worden?“

„Freilich,“ entgegnete sie, „aber ich kann es gar nicht fassen, daß diese Ohrenbehandlung förmlich als Operation aufgeführt und angerechnet wird. Ich war damals nicht dabei, Marianne ist immer ohne mich beim Arzt gewesen und so schlimm haben sie es nie geschildert.“ Da sahen sich die Schwestern ernsthaft an und sagten: „Ja, einmal war's schlimm!“

Als Frau Pfäffling nach einer Weile wieder beim Bügeln stand, war ihr der Kummer über die sechzig Mark noch anzusehen, während Herr Pfäffling schon wieder guten Muts in sein Musikzimmer zurückkehrte und sich sagte: „Es ist doch viel, wenn man es dahin bringt, daß die Doktorsrechnung die einzige an Neujahr ist.“

Sie war aber doch nicht die einzige. Keine halbe Stunde war vergangen, als wieder so ein Stadtbrief an des Vaters Adresse abgegeben wurde, und die Kinder, die denselben in Empfang genommen hatten, flüsterten bedenklich untereinander: „Es wird doch nicht wieder eine Rechnung sein?“ Sie riefen Elschen herbei: „Trage du dem Vater den Brief hinüber.“ Das Kind übernahm arglos den Auftrag und blieb, an den Vater geschmiegt, zutraulich plaudernd bei ihm stehen. Er riß hastig den Umschlag auf, eine Rechnung fiel ihm entgegen. Vom Buchhändler war sie und lautete nur auf vier Mark, für eine Grammatik, aber sie empörte Herrn Pfäffling fast mehr als die große Rechnung. „Wenn die Buben das anfangen, daß sie auf Rechnung etwas holen, dann hört ja jegliche Ordnung und Sicherheit auf,“ sagte er, indem er das Blatt auf den Tisch warf und in der Stube hin und her lief: „Else, hole mir die drei Großen herüber,“ sagte er, „aber schnell.“ Die Kleine ging mit besorgter Miene, suchte Karl, Wilhelm und Otto auf und kam dann zur Mutter an den Bügeltisch. „Es ist wieder etwas passiert mit einer Rechnung,“ sagte sie, „und die Großen müssen alle zum Vater hinein. Sie sind gar nicht gern hinübergegangen,“ fügte sie bedenklich hinzu. „Es geschieht ihnen nichts, wenn sie nicht unartig waren,“ sagte die Mutter, aber nebenbei wischte sie sich doch den Schweiß von der Stirne, trotz der zwanzig Grad Kälte draußen und sagte zu Walburg: „Wieviel Kragen haben wir denn noch zu bügeln, heute nimmt es ja gar kein Ende!“ und Walburg entgegnete: „Es sind immer noch viele da.“ Frau Pfäffling bügelte weiter, sah müde aus und sagte sich im stillen: „Eine Wohltat müßte es freilich sein, wenn man einmal ein paar Wochen ausgespannt würde!“

Inzwischen hatte Herr Pfäffling ein Verhör mit seinen Söhnen angestellt, und Otto hatte gestanden, daß er bei Beginn des Schuljahrs die Grammatik geholt hatte. Er suchte sich zu rechtfertigen: „Ich hätte gerne die alte Ausgabe benützt,“ sagte er, „aber als sie der Professor nur sah, war er schon ärgerlich und sagte: „Die kenne ich, die habe ich schon bei deinem ältesten Bruder beanstandet, und er hat sie doch immer wieder gebracht, dann hat mich dein Bruder Wilhelm das ganze Schuljahr hindurch vertröstet, er bekomme bald eine neue Auflage, und es ist doch nie wahr geworden, aber zum drittenmal lasse ich mich nicht anschwindeln. Die alte Auflage muß wohl noch von deinem Großvater stammen?“ So hat der Professor zu mir gesprochen, was habe ich da machen können?“

„Mir hättest du das gleich sagen sollen, dann wäre sie bezahlt worden.“

„Du hast damals gar nichts davon hören wollen,“ sagte Otto kläglich.

„Dann hättest du es der Mutter sagen sollen.“

„Die Mutter schickt uns immer zu dir.“

„Ach was,“ entgegnet Herr Pfäffling ungeduldig, „du bist ein Streiter; wie du es hättest machen sollen, kann ich nicht sagen, jedenfalls nicht so. Denkt nur, wohin das führen würde, wenn ihr alle sieben auf Rechnung nehmen würdet. Wenn man so knapp daran ist wie wir, dann kann man durchaus keine Neujahrsrechnungen brauchen, die Mutter und ich bringen es immer zustande ohne solche, und ihr müßt es auch lernen. Darum zahle du nur selbst die vier Mark. Du hast ja an Weihnachten Geld geschickt bekommen?“

„Ich habe keine drei Mark mehr.“

„Dann helfen die Brüder. Ihr habt es doch wohl gewußt, daß Otto die Grammatik geholt hat? Also, dann könnt ihr auch zahlen helfen. Jeder eine Mark, oder meinetwegen eine halbe, und die vierte Mark will ich darauflegen. Aber springt nur gleich zum Buchhändler, zahlt und bringt mir die Quittung, und am nächsten Neujahr kommt keine Rechnung mehr, Kinder, nicht wahr?“ Sie versprachen es, nahmen des Vaters Beitrag dankbar entgegen und waren froh, daß die Sache gnädig abgelaufen war. Das Geld wurde zusammengesucht, Otto wollte es gleich zum Buchhändler tragen. Als er hinunterkam, hielt eben vor der Haustüre eine Droschke, eine kleine Dame stieg aus, hinter Pelzwerk und

Schleier hervor sah Fräulein Vernageldings Lockenköpfchen. Sie kam zur Stunde. „Armer Vater, auch das noch!“ mußte Otto denken. Aber das Fräulein sprach ihn freundlich an: „Es ist zu kalt heute, um zu Fuß zu gehen, wollen Sie nicht auch fahren? Da wäre eben eine Droschke frei!“

„Danke, nein, ich gehe zu Fuß,“ entgegnete Otto, lief davon und lachte vor sich hin über den Einfall, daß er zum Buchhändler fahren sollte. Aber das Lachen verging ihm bald, es lacht niemand auf der Straße bei zwanzig Grad Kälte!

10. Kapitel

Ein Künstlerkonzert

Der Vorabend des Konzertes war gekommen, die ganze Stadt sprach von dem bevorstehenden seltenen Kunstgenuß. Die schon früher Gelegenheit gehabt hatten, die Künstler zu hören, stritten darüber, ob die entzückende Stimme der Sängerin, die meisterhaften Leitungen des Klavierspielers die Menschen von nah und fern herbei lockten oder ob das kleine musikalische Wunderkind einen solchen Reiz ausübte.

Im Zentralhotel waren Zimmer bestellt für die Künstlerfamilie und ihre Begleitung. Herr Pfäffling wußte das nicht, als er dem Hotel zuging, um seine letzte Stunde bei der russischen Familie zu geben. Noch einmal musizierten sie zusammen, weit über die festgesetzte Zeit hinaus, dann nahm Herr Pfäffling Abschied. Der General und seine Gemahlin schienen ihm ernst und traurig. Schwer lag auf ihnen der Gedanke, sich von den Söhnen trennen zu sollen. Auf der Durchreise wollten sie die beiden jungen Leute in Berlin zurücklassen. Schwer bedrückte sie auch der jammervolle Zustand des Vaterlandes, in das sie zurückkehren mußten. Unordnung herrschte im ganzen russischen Reich.

Bei diesem letzten Zusammensein schwand jede Schranke, welche durch den großen Abstand der äußeren Stellung und Lebensverhältnisse zwischen den beiden Männern etwa noch bestanden hatte; in offener Mitteilsamkeit und warmer Teilnahme fanden und trennten sie sich.

„Unsere Söhne werden morgen noch zu Ihnen kommen,“ sagte der General, „um sich bei Ihnen zu verabschieden und auch unseren Dank zu überbringen. Übermorgen werden wir reisen. Das Konzert wollen wir noch anhören, vielleicht sehen wir uns im Saal!“

Vom General und seiner Gemahlin freundlich bis zur Treppe geleitet, verabschiedete sich Herr Pfäffling. Auf der Treppe mußte er Platz machen. Ein prächtiger Blumenkorb wurde eben herauf getragen. Er war für das Empfangszimmer des Künstlerpaares bestimmt. Eine gewisse Unruhe und Erregung herrschte in dem ganzen Hotel. Um so mehr war Herr Pfäffling verwundert, als ihn der Hotelbesitzer auf der Treppe einholte und ruhig anredete. „Haben Sie vielleicht einen Augenblick Zeit, mit mir hier herein zu kommen?“ fragte er, die Türe eines Zimmers aufmachend. „Ich wohl,“ sagte Herr Pfäffling, „aber Sie sind heute wieder vollauf in Anspruch genommen?“

„Allerdings, und man sollte meinen, ich hätte keinen anderen Gedanken als meine Gäste, aber auch uns Geschäftsleuten steht das eigene Fleisch und Blut doch am nächsten. Mir klingt heute in aller Unruhe immer nach, was mir mein Sohn diesen Morgen geschrieben hat. Sie wissen es vielleicht, daß er seit Weihnachten bei meiner verheirateten Schwester ist. Sie, Herr Pfäffling, haben mir ja damals, als ich blind war, den Star gestochen. Es war eine schmerzhafte, aber erfolgreiche Operation.“

„Wenn sie erfolgreich war, so freut mich das herzlich, denn ich bin mir sehr bewußt, daß ich sie mit plumper, ungeschickter Hand vorgenommen habe. Was schreibt Ihr Sohn?“

„Anfangs wollte er sich nicht recht in das einfache Familienleben finden, aber nun sollten Sie hören, wie er begeistert schreibt über seine Tante, obwohl diese ihn fest führt, wie wichtig es ihm ist, ob er ihr zum Quartalsabschluß ein gutes Zeugnis bringen wird und wiederum, wie vergnügt er die Schlittenfahrten, die Spiele mit den Kindern schildert.“ Herr Meier warf einen Blick in den Brief, den er ans seiner Tasche zog, und schien Lust zu haben, ihn vorzulesen, aber er steckte ihn rasch wieder ein, da ein Bursche eintrat und ihm eine ganze Anzahl Telegramme überreichte, die eben eingetroffen waren.

„Ich will Sie nicht länger aufhalten,“ sagte Herr Pfäffling. „Ihre Telegramme beunruhigen mich, auch höre ich unten immerfort das Telephon.“

„Für dieses sorgt der Portier, und die Telegramme enthalten vermutlich alle nur Zimmerbestellungen. Viele Fremde möchten da absteigen, wo sie wissen, daß die Künstler ihr Absteigequartier genommen haben, besonders auch die Berichterstatter für die Zeitungen, diese hoffen im gleichen Hause etwas mehr zu hören und zu sehen von den Künstlern, als was sich im Konzertsaal abspielt.“

Herr Meier hatte einen Blick in die Telegramme getan: „Nur Zimmerbestellungen,“ sagte er, „es ist aber schon alles bei mir besetzt oder vorausbestellt. Ich muß für Aufnahme in anderen Häusern sorgen. Mir ist es lieb, zu denken, daß Rudolf fern von dem allem an seiner Arbeit oder auch beim Kinderspiel sitzt. Ich werde Ihnen immer dankbar sein für Ihren Rat, Herr Pfäffling.“

Die beiden Männer trennten sich und als Herr Pfäffling das Zentralhotel verließ, dessen schöne Freitreppe er nun vielleicht zum letztenmal überschritten hatte, wandte er sich unwillkürlich und warf noch einmal einen Blick auf diesen Ort des Luxus und des Wohllebens zurück. Wie wenig Unterschied war doch im Grund bei aller äußeren Verschiedenheit zwischen dem, was hier und was im einfachen Hause die Herzen bewegte. Der russische General, der reiche Geschäftsmann und er, der schlichte Musiklehrer, schließlich hatten sie alle das gleiche Herzensanliegen. Geld und Gut allein befriedigte keinen, um ihre *Kinder* sorgten sie sich, tüchtige Söhne wollten sie alle, und das konnte ein armer Musiklehrer so gut oder leichter haben als die Reichen.

Am folgenden Morgen erschienen die beiden jungen Russen in der Frühlingsstraße, um ihren Abschiedsbesuch zu machen. Herr Pfäffling war in der Musikschule, seine Frau empfing mit Freundlichkeit diese beiden Schüler, die ihrem Lehrer seine Aufgabe immer leicht gemacht hatten. Die jungen Leute drückten sich nun schon gewandt in der deutschen Sprache aus, baten Frau Pfäffling, ihren Dank zu vermitteln und teilten ihr mit, daß die Eltern ihre Abreise noch um einige Tage verschoben hätten, selbst noch einen Gruß schreiben und diesem das Honorar für die Stunden beilegen wollten.

Unser Musiklehrer hätte sie noch in der Frühlingsstraße treffen müssen, wenn er zur gewohnten Zeit heim gekommen wäre. Aber es hatte heute in der Musikschule nach Schluß des Unterrichts eine sehr erregte Besprechung zwischen den Lehrern der Anstalt gegeben, und Herr Pfäffling kam später als sonst und nicht mit seiner gewohnten fröhlichen Miene heim. Heute war er nicht, wie gestern, der Ansicht, daß reich oder arm nicht viel zum Glück des Menschen ausmache! Der Direktor hatte mitgeteilt, daß zu dem abendlichen Konzert nur eine einzige Freikarte, auf seinen Namen lautend, für die Lehrer der Musikschule abgegeben worden sei. Darüber herrschte große Entrüstung unter den Kollegen. Manche konnten sich ja auf eigene Kosten noch Plätze verschaffen, für Herrn Pfäffling war solch eine Ausgabe ausgeschlossen. Seine Frau machte einen schwachen Versuch, ihn doch dazu zu überreden. „Nein,“

sagte er, „ich säße nur mit schlechtem Gewissen in dem Saal, habe ich doch noch nicht einmal die 60 Mark beisammen für den Arzt! Wenn die Russen heute das Geld geschickt hätten, das hätte mich vielleicht verführt. Die Leute sind auch so gedankenlos, sie tun, wie wenn unser einem das ganz gleich wäre, ob man auf das Stundenhonorar wochenlang warten muß oder nicht! Und die Künstler! Wie leicht hätten sie noch eine Freikarte mehr schicken können! Weißt du, daß Fräulein Vernagelding mit ihrer Mutter in das Konzert gehen wird? Ich habe bisher nicht gedacht, daß ich neidisch bin, aber: ich glaube wirklich, in diesem Fall bin ich es! Denke dir, das junge Gänschen, das nicht hört, was recht und was falsch klingt, soll diesen Kunstgenuß haben, und unsereines bleibt ausgeschlossen. Und warum geht sie hin? Weil Mama sagt: Bei solch hohem Eintrittspreis sei man sicher, nur die vornehmste Gesellschaft zu treffen! Und da soll man nicht bitter werden!"

„Bitter?" wiederholte Frau Pfäffling, „du und bitter? Das ist gar nicht zusammen zu denken."

Sie waren allein miteinander im Musikzimmer.

Frau Pfäffling sprach noch manches gute, beruhigende Wort, so lange bis Elschen als schüchterner Bote eintrat und fragte, wann denn heute zu Mittag gegessen würde? Mit dem schlechten Gewissen einer säumigen Hausfrau folgte die Mutter augenblicklich der Mahnung. Herr Pfäffling sah ihr nach; von Erbitterung war nichts mehr auf seinen Zügen zu lesen, aber er sagte vor sich hin: „Das gibt eine öde Zeit, wenn sie für vier Wochen verreist, ich wollte, es wäre schon überstanden."

Im Zentralhotel herrschte an diesem Tag Leben und Bewegung. Alle Zimmer waren besetzt, Kunstverständige waren von nah und fern herbei geeilt, alte Bekannte, neue Größen suchten das Künstlerpaar auf und das Künstlerkind wurde liebkost, mit Bonbons überschüttet, aber dennoch langweilte es sich heute und war verstimmt. Dem Fräulein, das für den kleinen Künstler zu sorgen hatte und ihn an Konzerttagen bei guter Laune erhalten sollte, wollte es heute nicht gelingen.

Am Nachmittag ließ die junge Mutter Herrn Meier zu sich bitten. Viele Fremde der Stadt hätten ihn wohl beneidet um diese Audienz bei der Künstlerin, um die Gelegenheit, die auch beim Sprechen so liebliche Stimme der Sängerin zu hören und ihre anmutige Erscheinung zu sehen. „Ich bin in Verzweiflung," sagte sie, „unser Edmund ist heute gar nicht in Stimmung, und es wird mir so bang vor dem Abend. Denken Sie nur, wenn das Kind sich weigern sollte, zu spielen, wenn es versagen würde in dem Augenblick, wo alle auf ihn blicken? Er war noch nie so verstimmt, sein Fräulein ist selbst ganz nervös von der Anstrengung, ihn aufzuheitern. Nun möchte ich Sie bitten, daß Sie mir ein paar muntere Kinder verschaffen, Knaben oder Mädchen, die mit ihm spielen und ihn zerstreuen, bis es Zeit wird, ihn anzukleiden. Bitte, bitte, sorgen Sie mir dafür, nicht wahr, und so bald wie möglich. Auch etwas Spielzeug wird zu bekommen sein, aber vor allem lustige Kameraden!“

„Ich werde dafür sorgen, gnädige Frau,“ versicherte Herr Meier, und verließ das Zimmer. Die Wünsche der Gäste mußten befriedigt werden, das stand ein für allemale fest bei dem Besitzer des Zentralhotels. Also auch dieser Wunsch. „Wo bringe ich schnell muntere Kinder her?“ fragte er sich und dachte an seinen Sohn Rudolf. In solchen Fällen hatte dieser ihm oft Rat gewußt, er kannte so viele Menschen. Ja, manchmal war Rudolf doch tatsächlich nützlich gewesen. Bei diesem Gedankengang sah Herr Meier wieder den Musiklehrer vor sich, und nun kam ihm in Erinnerung: Dieser Mann sollte ja Kinder haben in jedem Alter und munter, lebhaft, temperamentvoll mußten die Kinder *dieses* Mannes sicherlich sein. Er ging zum Portier: „Schicken Sie sofort eine Droschke zu Musiklehrer Pfäffling in die Frühlingsstraße. Lassen Sie ausrichten, der kleine Künstler habe Langeweile und ich ließe Herrn Pfäffling freundlich bitten, mir sofort zwei oder drei seiner Kinder, Knaben oder Mädchen, zur Unterhaltung des Jungen zu schicken. Auch Spielzeug dazu, aber rasch!“

So fuhr denn mitten am Nachmittag ein Wagen in der Frühlingsstraße vor, und der Kutscher richtete aus: „Herr Meier vom Zentralhotel lasse bitten um zwei bis drei Stück Kinder, Buben oder Mädel, das sei egal, sie sollten dem kleinen Künstler die Zeit vertreiben, weil er gar so zuwider sei.“

Diese Einladung erregte Heiterkeit bei den Eltern Pfäffling, und sie waren gleich bereit, die Bitte zu erfüllen. Wer paßte am besten dazu? Marianne war nicht zu Hause, Karl schon zu erwachsen, so konnten nur Wilhelm und Otto, Frieder und Elschen in Betracht kommen. Otto erklärte, er geniere sich. Wilhelm konnte das nicht begreifen. „Wie kann man sich genieren, wenn man mit einem kleinen Buben spielen soll? Dem wollte ich Purzelbäume vormachen und Spaß mit ihm treiben, daß er kreuzfidel würde!“

„Gut,“ sagte Herr Pfäffling, „wenn es dir so leicht erscheint, wirst du es auch zustande bringen. Und Frieder?“

„Der ist zu still," sagte die Mutter, „eher würde ich zu Elschen raten. Wo ist sie denn? Ein Künstlerkind hat vielleicht Freude an dem niedlichen Gestältchen."

„Meinst du?" sagte Herr Pfäffling zweifelnd, „ist sie nicht zu schüchtern? Wir wollen sie fragen."

Sie suchten nach dem Kind. Elschen stand allein im kalten Schlafzimmer, hatte in ihr eigenes Bett die Puppe gelegt, und als nun die Eltern und Brüder unvermutet herein kamen, hob sie abwehrend die Hand und sagte bittend: „Leise, leise, mein Kind ist krank!" Sie war herzig anzusehen. Frau Pfäffling beugte sich zu ihr und sagte: „Ein wirkliches, lebendiges Kind verlangt jetzt nach dir, Elschen. Der kleine Violinspieler, von dem wir dir erzählt haben, ist so traurig, weil er kein Kind in der Stadt kennt. Willst du zu ihm und mit ihm spielen?"

„Freilich," sagte Elschen mitleidig, „mein Kind schläft jetzt, da kann ich schon fort."

Schnell waren die beiden Geschwister gerichtet, auch einiges Spielzeug herbeigesucht und nun fuhren sie in der geschlossenen Droschke durch die ganze Stadt, voll Freude über das unverhoffte Vergnügen.

Der Hotelbesitzer trat selbst herzu, als der Wagen vorfuhr, etwas bange, ob entsprechendes herauskommen würde. Er öffnete den Schlag. Der Anblick von Elschens lieblichem kleinem Persönchen erfreute ihn. Behutsam hob er sie aus dem Wagen, stellte sie auf die Freitreppe und sagte sich: „Das entspricht, wird sicherlich Beifall finden." Inzwischen war Wilhelm mit Behendigkeit aus der Droschke gesprungen, hatte das Spielzeug zusammen gerafft und war schon unter der großen Haustüre. Lächelnd sah ihn Herr Meier an. „Ganz wie sein Vater, langbeinig, hager und flink," dachte er und sagte befriedigt: „Nun kommt mir, Kinder, ich will euch selbst einführen. Edmund heißt der Kleine. Er ist ein wenig müde von der Reise, aber wenn ihr mit ihm spielt, wird er schon lustig. Vom Konzert und von Musik müßt ihr nicht mit ihm reden, das mag er nicht, er will nur spielen, er ist ganz wie andere Kinder auch."

Oben am Zimmer angekommen, klopften sie an und horchten auf das „Herein", statt dessen hörten sie die Stimme eines Fräuleins. „Aber Edmund, wer wird denn die Fensterscheiben ablecken?" „Was soll ich denn sonst tun?" hörte man eine weinerliche Kinderstimme entgegnen. Da lachte Wilhelm und sagte zu seinem Begleiter: „Der muß freilich arg Langeweile haben! Ich will lieber gleich mit einem Purzelbaum herein kommen." Herr Meier wußte nicht recht, ob er das gut heißen sollte, aber er hatte inzwischen noch einmal angeklopft, das „herein“ war erfolgt und durch die geöffnete Türe kam Wilhelm auf dem Kopf herein und einen Purzelbaum nach dem andern schlagend, auf weichen Teppichen, die dazu sehr einladend waren, bis zu dem Kleinen am Fenster, der nun laut auflachte und sagte: „Wie macht man denn das?“

Das Fräulein atmete erleichtert auf bei dieser willkommenen Ablösung in ihrer Aufgabe, das Kind zu unterhalten. Die Sängerin, die aus dem nebenan liegenden Zimmer unter die Türe getreten war, lächelte freundlich und dankbar Herrn Meier zu, der sich sofort befriedigt entfernte, und kam Elschen entgegen, die auf sie zuging. Das Kind hatte ein Gefühl dafür, daß die Art, wie ihr Bruder sich einführte, ungewöhnlich und vielleicht nicht passend war, und in der mütterlichen Art, die sie von ihrer älteren Schwester überkommen hatte, sagte sie zu der jungen Frau: „Wilhelm kommt gewöhnlich nicht mit Purzelbäumen herein, bloß heute, weil er lustig sein will.“

„Ein süßes Kind,“ sagte die junge Mutter zu dem Fräulein. „nun ist Edmund versorgt und wir können ein wenig ausruhen. Lassen Sie die Kinder nur ganz gewähren, solange sie nicht gar zu wild werden.“ Das Fräulein schien dieser Aufforderung sehr gern nachzukommen, zog sich mit einem Buch zurück und die Kinder blieben sich selbst überlassen.

Die Freundschaft war bald geschlossen. Der kleine Künstler hatte etwas sehr Gewinnendes in seinem Wesen und ein anmutiges Äußeres. Weiche, blonde Locken umgaben das feine Gesicht, alles an ihm war schön und wohlgepflegt. Das ansprechendste waren seine großen, tiefblauen Augen, die mit ihrem träumerischen Ausdruck ahnen ließen, daß diese Kinderseele mehr als andere empfand. Während er mit den Kindern spielte, sah auch er kindlich-fröhlich aus, sobald er aber still war, lag ein ungewöhnlicher Ernst und eine Frühreife in seinem Gesicht, die ihn viel älter erscheinen ließen.

Eine gute Weile belustigte er sich an Wilhelms Spässen und ergötzte sich mit diesem, während Elschen zusah. Nun wandte er sich an sie. „Mit dir möchte ich gerne tanzen,“ sagte er, „kannst du tanzen?“

„Ja,“ sagte die Kleine zuversichtlich.

„Was willst du tanzen?“

„Was du willst,“ antwortete sie freundlich, zum Erstaunen ihres Bruders, der von der Tanzkunst seiner Schwester bisher noch nichts gewußt hatte.

„Also Walzer," entschied der kleine Kavalier und wollte sein Dämchen zum Tanz führen.

„Warte ein wenig," sagte Elschen, „Wilhelm muß mir das erst vormachen."

Dieser hatte zwar noch nie getanzt, aber ihm machte das keine Bedenken, für so kleine Tänzer traute er sich dennoch zu, den Tanzmeister zu machen.

„Bei Walzer zählt man drei," sagte er zur Schwester, „ich will dir einen Walzer vorpfeifen."

Und er fing an, die Melodie zu pfeifen, den Takt dazu zu schlagen und sich im Kreis zu drehen. Das Fräulein, im Hintergrund, verbarg hinter ihrem Buch das Lachen, das sie bei diesem Tanzunterricht schüttelte. Edmund fuhr die Tanzlust in die Füße, er ergriff seine kleine Tänzerin. Sie wäre ja keine Pfäffling gewesen, wenn sie den Rhythmus nicht erfaßt hätte; niedlich tanzte das kleine Paar hinter dem pfeifenden, mit den Fingern schnalzenden und sich drehenden Wilhelm einher. Das Fräulein rief unbemerkt die Mutter des Kleinen herbei, auch der Vater trat unter die Türe, sie sahen belustigt zu. „Eine solche Nummer sollten wir in unserem Programm heute Abend einschalten," sagte er scherzend zu seiner Frau, „das gäbe einen Jubel! Wem gehören denn diese Kinder?" fragte er das Fräulein. Sie wußte es nicht.

„Der langbeinige, bewegliche Kerl ist zu drollig und das Mädchen ist die Anmut selbst. Musikalisch sind sie offenbar alle beide."

Zwei Stunden waren den Kindern schnell verstrichen, nun mahnte das Fräulein, daß es Zeit für Edmund sei, sein Abendessen einzunehmen und sich umkleiden zu lassen für das Konzert. Als er das hörte, verschwand alle Fröhlichkeit aus seinem Gesicht, er erklärte, daß er nichts essen möge, sich nicht umkleiden und seine neuen Freunde nicht missen wolle. Die vernünftigen Vorstellungen des Fräuleins, die zärtlichen Worte der Mutter hatten nur Tränen zur Folge.

Wilhelm versuchte seinen Einfluß auf den kleinen Kameraden. „Du mußt doch vorspielen," sagte er, „viele Hunderte von Menschen hier freuen sich schon so lange auf das Konzert!"

„Geht ihr auch hin?" fragte der Kleine und ehe er noch Antwort hatte, sagte er eifrig zu seiner Mutter: „Die Beiden sollen zu mir in das Künstlerzimmer kommen, und den Abend bei mir bleiben, es ist immer so langweilig, während du singst und Papa spielt."

Aber Wilhelm ging auf diesen Vorschlag nicht ein. „Wir können nicht kommen," sagte er. „Elschen liegt um diese Zeit schon im Bett und ich habe jetzt den ganzen Nachmittag nichts gearbeitet und habe viele Aufgaben für morgen." Da flossen bei dem Kleinen wieder die Tränen, er drückte sein Köpfchen an die Mutter und schluchzte: „Wenn er nicht kommt, will ich auch nicht spielen, mir ist gar nicht gut." Es sah auch tatsächlich ein wenig elend aus, das kleine Bübchen. Seine Mutter rief den Vater zu Hilfe. „Sieh doch nur," sagte sie, „wie Edmund verweint und jämmerlich aussieht! Was hat er nur? Er ist doch sonst so verständig, aber heute will er nicht spielen. Ich werde Qualen durchmachen, heute abend."

Der Vater stampfte ungeduldig mit dem Fuß. Edmund ergriff Wilhelms Hand und hielt sie krampfhaft fest, um ihn nicht gehen zu lassen. Die beiden Eltern besprachen sich eifrig miteinander, aber die Kinder verstanden nichts davon, das Gespräch wurde in italienischer Sprache geführt. Endlich wandte sich der Vater an Wilhelm: „Wir wären sehr froh," sagte er, „wenn du zu unserem Kleinen in das Künstlerzimmer kommen und den Abend bei ihm bleiben wolltest. Du müßtest eben deine Aufgaben einmal bei Nacht machen. Ein frischer Junge, wie du bist, kann das doch wohl tun? Wir verlangen auch diese Gefälligkeit nicht umsonst, wir bieten dir dagegen ein Freibillet zu unserem Konzert an, das du gewiß jetzt noch leicht an irgend jemand in deiner Bekanntschaft verkaufen kannst."

Bei dem Wort „Freibillet" hatte Wilhelms Gesicht hell aufgeleuchtet. Ein Billet, für den Vater natürlich, welch ein herrlicher Gedanke! „Ja," rief er, „ja, ja, für ein Freibillet, wenn ich es meinem Vater geben darf, will ich gern zu Edmund kommen und gern die ganze Nacht durch arbeiten!" Und als er bemerkte, wie nun der Kleine plötzlich vom Weinen zum Lachen überging, sagte er zu diesem: „Könntest du nur dabei sein, wenn ich meinem Vater die Karte bringe und sehen, wie er sich freut! Mein Vater ist wohl so groß wie die Türe da, und wenn er einen Freudensprung macht, dann kommt er fast bis an unsere Decke. Weißt du so!" und Wilhelm fing an, Sprünge zu machen, daß der kleine Kamerad laut lachte und seine Mutter leise zu dem Fräulein sagte: „Nun führen Sie ihn rasch zum Umkleiden, so lange er noch vergnügt ist," und dem Kinde redete sie gütig zu: „Wenn du nun artig bist, Edmund, so kommt heute abend Wilhelm zu dir." Darauf hin folgte der Knabe willig dem Fräulein und sein Vater wandte sich an Wilhelm. „Das Konzert ist in der Musikschule; neben dem Saal ist das Zimmer, in dem wir uns aufhalten, so lange wir nicht spielen, du darfst nur nach dem Künstlerzimmer fragen."

„O, ich weiß es gut," sagte Wilhelm, „neben dem Garderobezimmer liegt es."

Der Künstler wunderte sich. „Du bist ja zu allem zu brauchen," sagte er, „woher weißt du das Zimmer?"

„Mein Vater ist Lehrer an der Musikschule, ich habe ihn schon oft dort abgeholt."

„Ah, Musiklehrer, und hat dennoch kein Billet genommen für unser Konzert?"

„Nein," sagte Wilhelm, „aber kein Mensch in der ganzen Stadt kann sich mehr darüber freuen, als mein Vater!"

Auch Elschen stimmte zu mit einem fröhlichen „ja, ja!" und dabei schlüpfte sie, so schnell sie konnte, in ihren Mantel und beiden Kindern war die Ungeduld, heimzukommen, an allen Gliedern anzumerken. Die Karte wurde ihnen denn auch wirklich eingehändigt und nachdem Wilhelm fest versprochen hatte, sich rechtzeitig im Künstlerzimmer einzufinden und Edmund zu unterhalten, ohne ihn aufzuregen, ihn zu belustigen, ohne Lärm zu machen, wurden die Kinder entlassen.

Wilhelm faßte die kleine Schwester bei der Hand; „Jetzt nur schnell, schnell, Elschen, wenn nur der Vater ganz gewiß zu Hause ist, es ist schon sechs Uhr, um halb acht Uhr geht das Konzert an!"

So rasch eilten sie am Portier vorüber, daß dieser sie kaum mehr erreichte, obwohl er aus seinem Zimmer ihnen nacheilte auf die Freitreppe vor dem Hotel.

„Halt," rief er, „wartet doch, Kinder, ihr dürft wieder heim fahren." Wilhelm wollte nicht. „Nein, nein," sagte er, „wir springen schnell und kommen viel früher heim, als wenn wir auf eine Droschke warten." Aber die Hand des großen, stattlichen Portiers lag fest auf der Schulter des Knaben und hielt ihn zurück. „Herr Meier hat Auftrag gegeben, daß eine Droschke geholt werden soll, es ist für dies kleine Mädchen ein weiter Weg und draußen ist's kalt und dunkel; aber wenn du so Eile hast, so kannst du ja selbst flink zum Droschkenplatz springen und einen Wagen holen." Wie ein Pfeil war Wilhelm davon; seiner Schwester wurde im Portierzimmer ein Sessel zurecht gerückt. Da saß sie neben zwei riesigen Reisekoffern, und betrachtete die glänzenden Metallbeschläge.

„Das sind große Koffer, nicht?“ sagte der Portier zu ihr, „die reisen bis nach Rußland.“

„Dann gehören sie dem General,“ sagte Elschen, „der in der nächsten Woche nach Berlin reist.“

„Weißt du davon? Du hast ganz recht, das heißt, er reist schon morgen.“

„Nein, die Reise ist um ein paar Tage verschoben.“ Der Portier sah erstaunt auf die Kleine. „Das wäre das neueste, wer hat denn das gesagt?“

„Die zwei jungen Russen, wie sie heute vormittag bei Mama waren.“

„Heute vormittag? Nun, dann ist's doch nicht wahr, denn der General selbst hat heute nach dem Diner zu mir gesagt, sie reisen morgen vormittag. Horch, nun kommt schon dein Bruder mit der Droschke.“

Wilhelm hätte mehr Lust gehabt, seine eigenen flinken Beine in Bewegung zu setzen als die eines müden Droschkengauls, Elschen hingegen war sehr einverstanden mit der Fahrt und fand sich schnell darein, daß der Wagenschlag für sie aufgerissen wurde wie für ein kleines Dämchen und sie selbst sorgsam hinaufgehoben, damit sie auf dem schmalen Tritt nicht ausgleite. Nun fuhren sie durch die schön beleuchteten Straßen, dann durch die stillen Gassen der Vorstadt und endlich bogen sie in die Frühlingsstraße ein. „Wenn der Vater nicht daheim ist, müssen alle auslaufen und ihn suchen,“ sagte Wilhelm, „Karl und Otto, Marianne und Frieder, vielleicht hat auch Walburg Zeit, der Vater muß das Billet zu rechter Zeit bekommen!“

In der Frühlingsstraße war abends kein großer Wagenverkehr, und Frau Pfäffling, die bei den Kindern am Tisch saß, horchte auf und sagte: „Sie kommen!“ Herr Pfäffling, der im Musikzimmer ein wenig unruhig hin und her wandelte, seine Musikzeitung lesen wollte und dabei immer durch den Gedanken gestört wurde, wie viel schöner es wäre, heute abend Musik, Musik erster Klasse, zu hören, als über Musik zu lesen, Herr Pfäffling hörte auch das Geräusch des Wagens: „Das können die Kinder sein, ob *sie* wenigstens etwas gehört haben in der Künstlerfamilie, singen, Klavier oder Violine?“ Das mußte er doch gleich fragen, also: die Treppe hinunter. Im untern Stock sagte Frau Hartwig zu ihrem Mann: „Es hält eine Droschke. Du wirst sehen, das ist mein Bruder, um die Zeit kommt ein Zug an.“ Sie ging hinaus in den Vorplatz. Herr Pfäffling stand inzwischen schon am Wagenschlag, machte ihn auf und wollte fragen, aber so flink er war, diesmal kam er nicht zu Wort vor den eifrigen

Ausrufen seiner Kinder: „Wie gut, daß du zu Hause bist, Vater, wir haben dir ja ein Billet, ein Konzertbillet, da, sieh nur, geschenkt vom Künstler selbst!“ Und wenn nun auch Herr Pfäffling nicht den Freudensprung machte, den der kleine Edmund von ihm erwartet hätte, enttäuscht wäre dieser doch nicht gewesen, denn dieser fröhliche Ausruf der Überraschung, dieses stürmische Stufenüberspringen, um möglichst schnell die Treppe hinauf zu kommen und dieser warme Ruf „Cäcilie!“ der durch die ganze Wohnung klang, war auch ergötzlich und herzerfreuend.

Wilhelm folgte dem Vater in gleicher Hast, der kleinen Else blieb es diesmal überlassen zuzusehen, wie sie allein aus dem Wagenschlag herauskam. Frau Hartwig, die ordentlich ausgewichen war, um nicht überrannt zu werden, wollte eben die Haustüre zumachen, als sie die Kleine, mit dem Spielzeug beladen, nachkommen sah. „Da hat es wieder so pressiert,“ sagte sie vor sich hin, „daß sich keines die Zeit genommen hat, auf das Kind zu warten,“ und sie reichte ihm die Hand und schloß für sie die Haustüre, während oben schon die Tritte der Hinauseilenden verhallten. Elschen fand es ganz natürlich, daß man sich nicht um sie gekümmert hatte, auf ihrem Gesichtchen lag noch der Abglanz der Freude, der Vater hatte ja sein Billet. Freundlich grüßte sie die Hausfrau und sagte, auf der Treppe zurückblickend: „Jetzt weiß ich es, Hausfrau, wie du das machen mußt, damit kein Gepolter ist und die Treppe geschont wird, du mußt nur dicke, dicke Teppiche legen; so ist es im Zentralhotel und es sieht auch viel schöner aus als das Holz da!“

„Wirklich?“ sagte Frau Hartwig, „dann bringe du mir nur bald die dicken Teppiche, damit ich sie legen kann.“

Bei Pfäfflings war große Bewegung, die Freude über das Konzertbillet hatte sich allen mitgeteilt, die Fragen und Antworten über die Erlebnisse im Zentralhotel überstürzten sich, zugleich wurden die Vorbereitungen für das Abendessen beschleunigt, damit Herr Pfäffling und Wilhelm rechtzeitig zum Beginn des Konzertes kommen konnten. Frau Pfäffling hörte mit besonderer Teilnahme und auch mit Besorgnis von dem kleinen Violinspieler. „Wenn das Kind sich unwohl fühlt,“ sagte sie zu Wilhelm, „so wirst du es auch nicht stundenlang mit Spässen bei guter Laune erhalten können!“ Aber Wilhelm war guter Zuversicht und war zu vergnügt über die Freikarte, als daß er von dem heutigen Abend irgend etwas anderes als Erfreuliches hätte erwarten können. Er strahlte mit dem ganzen Gesicht und sah nur immer zu seinem Vater hinüber, der ebenso strahlte, während sie beide das rasch erschienene Abendessen verzehrten und sich dann unter allgemeiner Teilnahme und Hilfsbereitschaft der Familie für das Konzert richteten. „Wenn der Kleine aufgeregt wird oder nicht mehr spielen will," sagte Frau Pfäffling zu Wilhelm, „so laß ihn sich zu dir setzen und erzähle ihm allerlei, etwa von Frieders Harmonika und Geige oder von unserem Weihnachtsfest; es wird besser sein, als wenn du ihn immer zum Lachen bringen willst. Weißt du, wenn man unwohl ist, mag man gar nicht lachen, aber über dem Erzählen vergessen die Kinder ihre kleinen Leiden." Da mischte sich Elschen ein: „Er ist ja gar nicht krank, er hat ja mit mir getanzt." „Freilich, und gelacht," sagte Wilhelm, „und unartig ist er auch, weiter ist gar nichts los mit ihm."

So gingen Vater und Sohn fröhlich und guter Dinge miteinander nach der Musikschule und trennten sich, Herr Pfäffling, um seinen Platz in dem schon dicht gefüllten Saal aufzusuchen, Wilhelm, um seines Vaters Billet nachträglich zu verdienen.

Er fand das Künstlerzimmer ziemlich besetzt, verschiedene Herrn begrüßten hier die Künstlerfamilie, erwiesen der gefeierten Sängerin allerlei Aufmerksamkeiten und umschmeichelten den Kleinen. Dieser stand in schneeweißem Anzug da und lehnte das Lockenköpfchen an seine Mutter, die in ihrem duftigen Seidenkleid reizend anzusehen war. „Sieh, da kommt dein kleiner Freund," sagte Edmunds Vater, der Wilhelms bescheidenes Eintreten bemerkt hatte. „Aber er macht ja keine Purzelbäume," entgegnete Edmund, ohne seine Mutter zu verlassen.

„Das wäre hier wohl auch nicht gut möglich," sagte der Vater. Im Hintergrund des kleinen Zimmers stand ein Tischchen, neben demselben hielt sich das Fräulein auf, das Wilhelm schon im Hotel kennen gelernt hatte. Zu ihr ging er hin und sagte: „Ich habe einen kleinen Kreisel für Edmund mitgebracht, soll ich ihn auf dem Tischchen tanzen lassen?" „Später, wenn wir allein sind und Edmund schwierig wird," sagte das Fräulein, „jetzt hat er noch seine Mama." Ein paar Augenblicke später kam geschäftig und ohne anzuklopfen ein Herr herein. „Ist es Zeit, Herr Weismann?" frug ihn der Künstler. „Ja, wenn ich bitten darf." Die anwesenden Herrn verließen nun rasch das Künstlerzimmer, um sich an ihre Plätze im Saal zu begeben, das Fräulein strich noch die Falten am Kleide der Sängerin glatt, der Vater löste mit einer gewissen Strenge die Hand des Kindes aus der der Mutter und sagte: „Du gehst hierhin, zu Wilhelm," die Mutter drückte rasch noch einen Kuß auf die Stirn des Kleinen, der sie betrübt, aber doch ohne Widerspruch losließ. Dann öffnete Weismann eine Seitentüre, von der aus ein paar Stufen nach dem erhöhten Teil des Saals führten, auf dem nun das Künstlerpaar auftreten sollte. Wilhelm konnte von dem tieferliegenden Künstlerzimmer aus nicht hinaufsehen, aber er hörte das mächtige Beifallklatschen, mit dem das junge Paar empfangen wurde, dann schloß Weismann hinter ihnen die Türe und von den wunderbaren Tönen, die nun im Saal die Menschenmenge entzückten, drangen nur einzelne Klänge herunter in das Nebenzimmer.

Weismann trat zu dem Kleinen heran: „Die dritte Nummer des Programms hat unser kleiner Künstler," sagte er, und auf die bereit gelegte Violine deutend, fragte er: „Ist dein Instrument schön im Stande?" Edmund antwortete nicht.

„Ich denke wohl," sagte statt seiner das Fräulein, „sein Vater hat vorhin darnach gesehen."

„Hast du dir auch den Platz auf dem Podium gut gemerkt, an dem du stehen sollst, wenn du spielst?" fragte der Herr, „du weißt doch noch, nicht ganz dicht am Flügel?" Es erfolgte wieder keine Antwort.

„Aber Edmund, wie bist du heute so unartig," sagte das Fräulein, „wenn dich Papa so sähe!" Da ließ der Kleine den Kopf hängen und fing au zu weinen. Erschrocken zog ihn das Fräulein an sich. „Sei nur zufrieden, Kind," tröstete sie, „du darfst doch nicht weinen? Wer wird dir Beifall klatschen, wenn du mit verweinten Augen kommst!" Sie trocknete ihm die Tränen, Weismann hielt es für klüger, sich zurück zu ziehen, Wilhelm ließ den Kreisel tanzen; halb widerwillig sah Edmund zu, dann versuchte er selbst die Kunst, die seinen geschickten Fingerchen bald gelang. Er vertiefte sich in das Spiel. Plötzlich horchte er auf. Ein Beifallssturm dröhnte aus dem Saal.

„Nun ist Mama fertig," sagte er und sah nach der Türe. „Nein, sie muß noch einmal wiederholen," fügte er nach einer Weile gespannten Horchens hinzu und kehrte wieder an sein Spiel zurück. „Bei mir ist das auch manchmal so, ich mag nicht gern wiederholen, aber man muß."

„Aber bei dir wird doch nicht so rasend geklatscht?" fragte Wilhelm, „so etwas habe ich noch gar nicht gehört."

„O ja, einmal ist bei mir am allermeisten Beifall gewesen, du wirst es nachher schon hören," sagte Edmund, war aber schon wieder bei dem Kreisel, und als nun die Sängerin, bis zu den Stufen von ihrem Gemahl geleitet, und dann von Weismann empfangen, wieder in das Künstlerzimmer zurückkam, rief er ihr fröhlich entgegen: „Sieh Mama, was ich kann?“ Die Mutter beugte sich zu ihm und sagte: „Gottlob, daß er vergnügt ist!“ und ein dankbarer Blick fiel auf Wilhelm.

Im Saal erklang der Konzertflügel.

„Nach Papa kommst du an die Reihe,“ sagte die junge Mutter und sich an das Fräulein wendend, fügte sie leise hinzu: „Wie mir immer angst ist, wenn das Kind auftritt, kann ich gar nicht sagen! Früher war es mir bange, wenn ich vorsingen mußte, aber seitdem das Kind öffentlich spielt, hat diese große Angst jede andere vertrieben. Wir hätten es nie anfangen sollen.“ Tröstend sprach das junge Mädchen der Mutter zu: „So sagen Sie vor jedem Konzert und nachher, wenn alle Welt begeistert ist von dem Kleinen, sind Sie doch glücklich und stolz, mehr als über Ihre eigenen Erfolge. Er ist nun schon fünfmal aufgetreten und hat seine Sache immer gut gemacht.“

„Aber heute wird es anders werden,“ flüsterte die Mutter, „hat er nicht auch trübe Augen? Edmund, gib mir deine Hände. Sie sind heiß, fühlen Sie, Fräulein!“

„Vom Kreiseln,“ sagte sie, „er sollte vielleicht die Hände jetzt ruhen lassen.“

„Ja, ja, Wilhelm, bitte, fange ein anderes Spiel an! Die Hände dürfen nicht müde sein vor dem Violinspiel.“

Es war doch nicht leicht, immer wieder eine Beschäftigung zu wissen. Eine gelernte Kindergärtnerin war unser Wilhelm denn doch nicht! Aber ihm war, als verlöre sein Vater das Recht auf den Konzertbesuch von dem Augenblick an, wo er aufhören würde, den Jungen zu unterhalten. Also *mußten* ihm Gedanken kommen, Einfälle, um die Zeit zu vertreiben, und sie kamen auch, und als der Klaviervirtuose, mit einem Lorbeerkranz in der Hand, unter lebhaftem Beifall den Saal verlassen hatte, fand er Edmund bei guter Laune und bereit, ihm mit der Violine zu folgen.

„Nun wirst du hören, ob sie mir ebenso klatschen wie Papa und Mama,“ sagte er munter zu Wilhelm. Er schien gar nicht aufgeregt, um so mehr war es seine Mutter. Sie flüsterte Wilhelm zu: „Sieh ein wenig durch den Türspalt, wie er seine Sache macht!“

Wilhelm folgte leise die Stufen hinauf den beiden Künstlern, sah, wie der Kleine, der mit freundlichem Beifall begrüßt worden war, in kindlicher Weise den Gruß erwiderte und, von seinem Vater auf dem Klavier begleitet, das Spiel begann. Wilhelm wurde durch den kleinen Violinspieler an Frieder erinnert und deshalb kam ihm diese Leistung nicht so wunderbar vor wie den Zuhörern im Saal. Mit denselben träumerischen Augen wie Edmund, ganz in seine Musik versenkt, hatte Frieder immer seine Harmonika gespielt und strich er seine Geige. Freilich war Frieder erst ein Anfänger auf diesem Instrument und dieser Kleine war ein Meister. Das Publikum lauschte in atemloser Stille; die Violine war ja klein und der Spieler hatte nicht den kräftigen Strich eines Mannes. Aber reine, zarte, tief empfundene Töne wußte er zu wecken und eine staunenswerte Gewandtheit zeigten die kleinen Hände. Unter den Zuhörerinnen war manche zu Tränen gerührt, und als der letzte Ton sanft verklungen war, rauschte ein Beifallssturm durch den Saal, Blumen flogen, und eine junge Dame trat auf das Podium, um dem kleinen Künstler ein Füllhorn zu überreichen, das auf sein kindliches Alter berechnet war, denn während es nur mit Rosen gefüllt schien, waren unter den Blumen Bonbons verborgen. Weismann kam dem Kleinen zur Hilfe, die Schätze zu sammeln. Man hörte die helle Kinderstimme ein schlichtes, freundliches „Danke!“ rufen.

In das Künstlerzimmer drangen einige Bekannte ein, den Eltern zu gratulieren, und es kam so, wie das junge Mädchen voraus gesagt hatte: die Mutter war über die Leistung ihres Kindes und seinen Erfolg glücklicher, als über den eigenen; auch war es ihr nun leichter um das Herz, Edmund hatte ja nur noch einmal vorzuspielen, freilich ein schwieriges und längeres Musikstück und ganz ohne Begleitung, aber sie war nun wieder guter Zuversicht und angeregt durch die begeisterten Schilderungen einiger Freunde, die in das Künstlerzimmer eindrangen und von dem bereits errungenen Erfolg berichteten. Fröhlich und siegesgewiß trat das Künstlerpaar auf's neue auf, Edmund blieb wieder allein zurück bei dem Fräulein und dem treuen Kameraden.

Aber so bald es still um ihn wurde, verfiel er wieder in seine weinerliche Stimmung und war nicht mehr heraus zu reißen, Wilhelm mochte sich buchstäblich auf den Kopf stellen, es war alles umsonst: Da dachte er an seiner Mutter Rat, setzte sich neben den Kleinen und fing an, ihm zu erzählen. Der lehnte sich an das Fräulein, und es dauerte gar nicht lange, so fielen ihm die Augen zu und er schlief ein. Sie ließen ihn ruhen, aber gegen den Schluß des Konzertabends, während sein Vater allein spielte und schon am Ende des Stückes war, auf das Edmunds Auftreten folgen sollte, mußte er doch geweckt werden. Die Mutter tat es mit schwerem Herzen und unter zärtlichen Liebkosungen. Es kam ihr grausam vor, und wieder versicherte sie, es sei das letzte Mal, daß sie das Kind vorspielen lasse. Sie bemühten sich zu dritt um das

Kind, boten ihm Erfrischungen an und hatten ihn, bis sein Vater erschien, wohl aus dem Schlaf gebracht, aber mit allen guten Worten nicht zu bestimmen vermocht, daß er noch einmal vorspiele.

Draußen, im Saal war nichts als Wonne und Begeisterung und ungeduldige Erwartung des kleinen Künstlers, auf dessen Wiedererscheinen die große Menge sich mehr freute als über die großartigen Kompositionen, die der Vater ihr soeben vorgetragen hatte. Innen, im Künstlerzimmer, herrschte Niedergeschlagenheit, Sorge und Kampf.

„Laß nun einmal die zärtlichen Worte," sagte der Künstler zu seiner Frau, „sie helfen nichts mehr, wie du siehst; laß mich allein mit Edmund reden." Er führte das Kind beiseite, und sah ihm fest und streng in die Augen.

„Du bist heute abend krank, Edmund," sagte er, „und möchtest lieber zu Bette gehen als vorspielen. Ich war auch schon einmal krank und habe doch dabei ein ganzes, langes Konzert allein gegeben, und du mußt nur ein einziges Stück spielen. Fest habe ich mich hingestellt und gedacht: Die vielen Menschen haben die teuern Karten gekauft, und ich habe ihnen dafür Musik versprochen und muß mein Versprechen halten. Du mußt das deinige auch halten, dann erst darfst du dich zu Bette legen. Aber eines will ich für dich tun, wenn du mir versprichst, daß du dich tapfer hältst, ich will dir erlauben, daß du anstatt des schwierigen Mendelssohn die leichte kleine Romanze von Beethoven spielst, die du so gut kannst. Ich will es den Zuhörern sagen; wenn du das Stück recht schön vorträgst, sind sie damit auch zufrieden. Nun komm, in einer Viertelstunde ist es überstanden. Sieh die Menschen freundlich an, dann verzeihen sie es dir, daß du so ein kurzes Stück spielst." Und er nahm das Kind fest an der Hand, machte der Mutter, die sich von ihm verabschieden wollte, ein abwehrendes Zeichen, gab dem Kleinen die Violine, die er folgsam nahm und führte ihn die Stufen hinauf. „Vater," fragte leise der Kleine, „haben vorhin bei dir die Bretter, der Boden, auf dem man steht, auch so geschwankt? Ich habe gemeint, ich falle um."

„Die Bretter sind jetzt alle festgenagelt," sagte ruhig und bestimmt der Vater.

Sie hatten schon den Saal erreicht und traten miteinander vor. Als das Klatschen sich gelegt hatte und Edmund eben zum Spiel ansetzte, wandte sich der Vater an das Publikum: „Ich bitte es dem zarten Alter des Künstlers zugute zu halten, daß er sein Programm nicht einhält. Er möchte Ihnen lieber eine Romanze von Beethoven als das Konzert von Mendelssohn vorspielen." Ein freundliches Klatschen bezeugte die Zustimmung, die wenigsten der

Anwesenden wußten, daß ihnen damit die Freude verkürzt wurde. „Nun mach es um so besser,“ flüsterte der Vater noch seinem Kind zu und stellte sich so, daß sie einander im Auge behielten. Ihm war es, als müßte er unablässig durch seinen Blick die Selbstbeherrschung des Kleinen aufrechterhalten.

„Wie er das Kind anschaut,“ dachten manche der Zuhörer, aber die meisten hatten keinen Blick für den Vater, sie waren wieder hingerissen von dem Knaben und seinem einschmeichelnden Spiel.

Es ging vorüber. Dem Vater war die Viertelstunde wie eine Ewigkeit erschienen, und diesmal kamen Beide wie träumend zurück zu der Mutter, die den Kleinen in zärtlichen Armen empfing.

„Fahren Sie gleich mit dem Jungen heim und bringen Sie ihn zu Bett,“ sagte der Vater zu dem Fräulein, „Wilhelm begleitet Sie hinüber zum Droschkenplatz, nicht wahr?“

Am Schluß des Konzerts sammelten sich viele der begeisterten Zuhörer vor dem Künstlerzimmer, sie hofften, auch das Künstlerkind noch einmal zu sehen. Umsonst. Es lag schon in dem Bett, das Herr Meier vom Zentralhotel sorgsam hatte erwärmen lassen.

Am nächsten Tag kam in den Zeitungen eine begeisterte Schilderung des Konzerts, und am übernächsten folgte eine Notiz: der kleine Geigenspieler sei an den Masern erkrankt.

Acht Tage später lag auch seine kleine Tänzerin Elschen masernkrank darnieder, und wenn Frau Pfäffling an ihrem Bettchen saß, dachte sie manchmal mit Teilnahme an das kleine Menschenkind, das schon öffentlich auftreten mußte, ehe es noch die Kinderkrankheiten durchgemacht hatte.

Über diesen Erlebnissen war der kalte Januar zu Ende gegangen.

11. Kapitel

Geld- und Geigennot

Seit dem Konzert waren mehrere Tage verstrichen. Herr Pfäffling hatte täglich und mit wachsender Ungeduld auf den verheißenen Abschiedsgruß des russischen Generals gewartet, dem das Honorar für die Stunden beigelegt sein sollte, aber es kam nichts. So mußte die russische Familie doch wohl ihre Abreise verschoben haben, ja, vielleicht dachte sie daran, den Winter noch hier zu bleiben und die Musikstunden wieder aufzunehmen. Immerhin konnte auch ein Brief verloren worden sein. Herr Pfäffling wollte sich endlich Gewißheit verschaffen und suchte Herrn Meier im Zentralhotel auf. Er erfuhr von diesem, daß der General mit Familie gleich am Morgen nach dem Konzert abgereist sei, zunächst nach Berlin, wo er eine Woche verweilen wolle.

Herr Pfäffling zögerte einen Augenblick, von dem ausgebliebenen Honorar zu sprechen, aber der Geschäftsmann erriet sofort, worum es sich handelte und sagte: „Der General hat vor seiner Abreise alle geschäftlichen Angelegenheiten aufs pünktlichste geregelt und großmütig jede Dienstleistung bezahlt. Er ist durch und durch ein Ehrenmann, so werden auch sie ihn kennen gelernt haben."

„Ja, aber wie erklären Sie sich das: er hat mir beim Abschied gesagt, seine Söhne würden mich noch besuchen und hat dabei angedeutet, daß sie das Honorar überbringen würden. Sie sind auch gekommen, aber ohne Honorar, und sagten, die Abreise sei verschoben worden, die Eltern würden deshalb noch schriftlich ihren Dank machen. Glauben Sie, daß es von Berlin aus geschehen werde?"

„Nein, nein, nein," erwiderte lebhaft Herr Meier. „Man reist nicht ab, ohne vorher seinen Verbindlichkeiten nachzukommen, da liegt etwas anderes vor. Von einer Verschiebung der Reise war auch gar nie die Rede, das haben die Söhne ganz aus der Luft gegriffen. Ich fürchte, das Geld ist in den Händen der jungen Herrn hängen geblieben, das geht aus allem hervor, was Sie mir erzählen. Sie sind etwas leichtsinnig, die Söhne, und werden vom Vater fast gar zu knapp und streng gehalten. Es scheint mir ganz klar, was sie dachten: Sie wollten sich noch etwas reichlich mit Taschengeld versehen, bevor sie der Berliner Anstalt übergeben wurden, und rechneten darauf, daß Sie, in der Meinung, die Abreise sei verschoben, sich erst um Ihr Geld melden würden, wenn die Eltern schon über der russischen Grenze wären. Es ist gut, daß Sie nicht noch ein paar Tage gezögert haben, diese Woche ist die Familie noch beisammen in Berlin. Ich habe die Adresse des Hotels und ich will sie Ihnen auch mitteilen, Herr Pfäffling. Wenn ich Ihnen raten darf, schreiben Sie unverzüglich. Sie brauchen ja durchaus keinen Verdacht gegen die jungen Herrn auszusprechen, es genügt, wenn Sie den Hergang erzählen, der General ergänzt sich das übrige und so wie ich ihn kenne, wird er Ihnen sofort das Geld schicken. Es war dann ein Versehen und alles ist gut."

In voller Entrüstung erzählte unser Musiklehrer daheim von dem offenbaren Betrug seiner jungen Schüler. „Es ist ein Glück," sagte er dann, „daß mein Brief die Eltern noch in Berlin erreichen kann. Ich schreibe gleich. Wir brauchen unser Geld, brauchen es zu Besserem und Nötigerem als diese leichtsinnigen Burschen."

Aber nach geraumer Weile kehrte Herr Pfäffling in ganz veränderter Stimmung, langsam und nachdenklich zu seiner Frau zurück. „Cäcilie," sagte er, „was meinst du zu der Sache? Meine Feder sträubt sich ordentlich gegen das, was sie schreiben soll. Was hilft es, wenn ich auch nicht den geringsten Verdacht ausspreche, meine Mitteilung bringt doch dem General die Nachricht von der verbrecherischen Handlung seiner Söhne. Daß er ihnen so etwas nie zugetraut hätte, sieht man ja, er hätte ihnen sonst das Geld nicht übergeben. Nun soll er das erfahren müssen, unmittelbar vor dem Abschied. Er wird seinen Kindern die ehrlose Handlung nicht verzeihen, er wird sie nie vergessen können. Sich so von seinen Kindern trennen müssen, das ist ein namenloser Schmerz für Eltern. Soll ich ihnen das Leid antun, um uns die hundert Mark zu retten, was sagst du, Cäcilie?"

„Wenn ich auch „ja" sagte, so glaube ich doch nicht, daß du es über dich bringst," entgegnete Frau Pfäffling.

„Und du? Würdest du es über dich bringen? Würdest du schreiben, trotz all dem Leid, was daraus entstehen muß?"

„Ich würde vielleicht denken, früher oder später werden die Eltern doch erfahren, wie ihre Söhne sind, und für die Jungen selbst wäre es heilsam, wenn der Betrug nicht ohne Strafe für sie hinginge. Überdies ist ja immerhin die Möglichkeit, daß wir einen falschen Verdacht haben und das Geld vergessen oder verloren wurde, obwohl ich mir dann die unwahre Aussage der Söhne über die verschobene Abreise nicht erklären könnte. Die hundert Mark sind uns auch gar so nötig."

„Also du würdest schreiben, Cäcilie?"

Sie besann sich einen Augenblick und sagte dann: „Ich weiß nicht, ich würde meinen Mann fragen." Darauf hin ging Herr Pfäffling noch eine Weile überlegend auf und ab. Die Augen seiner großen Kinder folgten ihm mit Spannung. Sie waren alle empört über den Betrug, der an ihrem Vater begangen war, hatten alle den Wunsch, der Vater möchte schreiben. Aber sie wagten nicht, darein zu reden. Nun machte der Vater halt, blieb vor der Mutter stehen und sagte bestimmt: „Hundert Mark lassen sich verschmerzen, nicht aber die Schande der Kinder. Wir wollen das kleinere Übel auf uns nehmen. Du machst ja auch sonst Ernst mit dem Wort: Den Nächsten lieben wie dich selbst." So blieb der Brief an den russischen General ungeschrieben.

Aber ein anderer Brief wurde in dieser Nacht abgefaßt. In ihrem kalten Schlafzimmer bei schwachem Kerzenlicht hockten Karl, Wilhelm und Otto beisammen und schrieben an die Söhne des Generals. Ihrer Entrüstung über die schnöde Handlungsweise gaben sie in kräftigen Worten Ausdruck, den Edelmut des Vaters, der aus Rücksicht auf den General diesem die Schandtat nicht verraten wollte, priesen sie in begeisterten Worten, schilderten dann die vielen Entbehrungen, die die Eltern sich auflegen mußten, wenn eine so große Summe wegfiel, und wandten sich am Schluß mit volltönenden Worten an das Ehrgefühl der jungen Leute mit der Aufforderung, das Geld zurückzuerstatten. Otto mußte mit seiner schönen, schulgemäßen Handschrift den Brief ins Reine schreiben und dann setzten alle drei ihre Unterschrift darunter. Sie adressierten an Feodor, den älteren der beiden Brüder, die Berliner Adresse hatten sie gelesen, es fehlte nichts mehr an dem Brief, morgen auf dem Weg zur Schule konnte er in den Schalter geworfen werden. Mit großer innerer Befriedigung legten sie sich nun in ihre Betten; auf diesen Ausruf hin mußte das Geld zurückkommen, an dem Erfolg war gar nicht zu zweifeln, und welche Überraschung, welche Freude mußte das geben!

Es ist aber merkwürdig, wie die Dinge bei nüchternem Tageslicht so ganz anders erscheinen als in der Abendbeleuchtung. Als die Brüder am nächsten Morgen auf dem Schulweg waren, warf Karl die Frage auf: „Warum lassen wir eigentlich den Vater unsern Brief nicht vorher lesen?" Wilhelm und Otto wußten Gründe genug. „Weil sonst keine Überraschung mehr dabei ist; weil die Eltern so ängstlich sind und keinen Verdacht äußern wollen, während doch alles so klar wie der Tag ist; weil der Vater die schönsten Sätze über seinen Edelmut streichen würde; weil dann wahrscheinlich aus dem ganzen Einfall nichts würde; nein, wenn man wollte, daß der Brief abging, so mußte man ihn heimlich abschicken, nicht lange vorher fragen."

Aber das Heimliche, das eben war Karl zuwider. Am ersten Schalter warf er den Brief nicht ein, es kamen ja noch mehrere auf dem Schulweg. Aber die Brüder drangen in ihn: „Jede Überraschung muß heimlich gemacht werden, sonst ist's ja keine; du bist immer so bedenklich und ängstlich, was kann denn der Brief schaden? Gar nichts, im schlimmsten Fall nützt er nichts, aber schaden kann er nichts, das mußt du selbst sagen.“ Karl wußte auch nicht, was er schaden sollte, und dennoch wollte er durchaus auch beim zweiten Schalter den Brief nicht herausgeben. „Die Eltern sind immer so sehr gegen alles Heimliche,“ sagte er, „und es ist wahr, daß schon oft etwas schlimm ausgegangen ist, was wir heimlich getan haben. Ihr habt gut reden: wenn die Sache schief geht, heißt es doch: Karl, du bist der Älteste, du hättest es nicht erlauben sollen.“ Allmählich brachte er mit seinem Bedenken Otto auf seine Seite, nur Wilhelm blieb dabei daß sie ganz übertrieben ängstlich seien, und machte bei dem dritten und letzten Schalter einen Versuch, Karl den Brief zu entreißen. Es gelang aber nicht, und da nun Schulkameraden sich anschlossen, mußte die Schlußberatung auf den Heimweg verschoben werden. Das Ende derselben war: sie wollten der Mutter von dem Brief erzählen, wie wenn dieser schon abgeschickt wäre. Hatte sie dann nur Freude darüber, dann konnte man ihn ruhig einwerfen, hatte sie Bedenken, so konnte man ihn vorzeigen. So wurde Frau Pfäffling zugeflüstert, sie möchte nach Tisch einen Augenblick in das Bubenzimmer kommen. Dort fand sie ihre drei Großen, die ihr nun ziemlich erregt und meist gleichzeitig von dem Brief erzählten, den sie gestern noch bei Nacht geschrieben, an den jungen Feodor adressiert und heute morgen auf dem Schulweg mitgenommen hätten. Die kräftigen Ausdrücke der Verachtung gegen die Handlungsweise der jungen Russen und die Beschwörung, das Geld zurückzuerstatten, wurden fast wörtlich angeführt.

Im ersten Augenblick hörte Frau Pfäffling mit Interesse zu, aber dann veränderte sich plötzlich ihr Ausdruck, sie sah angstvoll, ja fast entsetzt auf die drei Jungen und wurde ganz blaß. Sie erschraken über diese Wirkung und verstummten.

„Kinder, was habt ihr getan,“ rief die Mutter schmerzlich, „wenn ihr auch an Feodor adressiert habt, die Briefe bekommen doch die Eltern in die Hand, die Söhne sind wohl gar nicht mehr bei ihnen im Hotel, sondern in der Erziehungsanstalt und das könnt ihr glauben, der General übergibt keinen Brief mit fremder Handschrift an seine Söhne, ohne ihn zu lesen. Nun erfährt er durch euch auf die schroffste Weise eben das, was der Vater vor ihm verbergen wollte. Es ist unverantwortlich, euch so einzumischen in das, was euch nichts angeht!“

Die Kinder hatten der Mutter, als sie ihren Schrecken sahen, schon ins Wort fallen, sie beruhigen wollen, aber Frau Pfäffling war nicht begierig, Entschuldigungen zu hören, und anderes glaubte sie nicht erwarten zu können.

Da drückte ihr Karl den Brief in die Hand und rief: „Fort ist der Brief noch nicht, Mutter, da hast du ihn, erschrick doch nicht so!“

„Gott Lob und Dank,“ rief Frau Pfäffling, „habt ihr nicht gesagt, er sei schon abgesandt? O Kinder, wie bin ich so froh! Es wäre mir schrecklich gewesen für den Vater, für den General und auch für euch, denn wir hätten nie mehr etwas in eurer Gegenwart besprochen, hätten alles Vertrauen in euch verloren, wenn ihr euch heimlich in solche Dinge mischt!“ Sie standen beschämt, denn wie waren sie doch so nahe daran gewesen, das Heimliche zu vollbringen!

„Später, wenn ich Zeit habe, will ich den Brief lesen,“ sagte Frau Pfäffling, „ich kann mir ja denken, daß ihr empört seid über die jungen Leute, aber was nur ein Verdacht ist, darf man nicht aussprechen, wie wenn es Gewißheit wäre. Wißt ihr nicht, daß oft schon die klügsten Richter einen Menschen verurteilt haben, weil der schwerste Verdacht gegen ihn vorlag, und später stellte sich doch heraus, daß er unschuldig war? Man kann da gar nicht vorsichtig genug sein.“

Herr Pfäffling bekam den Brief zu lesen. Er wurde nachdenklich darüber. „So, wie die Kinder gerne geschrieben hätten,“ sagte er zu seiner Frau, „so kann man freilich nicht schreiben. Aber der Gedanke, sich an die Söhne zu wenden, ist vielleicht nicht schlecht. Bisher waren sie noch unter der steten Aufsicht der Eltern, ich wüßte nicht, wie sie in dieser Zeit das unterschlagene Geld hätte verausgaben sollen. Ich müßte an sie schreiben, sobald der General und seine Frau abgereist sind. Der Abschied wird den jungen Leuten gewiß einen tiefen Eindruck machen, der General wird ernste Worte mit ihnen reden. Wenn sie in dieser Stimmung einen Brief von mir erhalten und sehen, wie ich ihre Eltern gerne schonen möchte, ist es nicht unmöglich, daß sie ihr Unrecht wieder gut machen. Sie mögen ja schwach sein und leicht einer Versuchung unterliegen, aber sie sind auch weichen Gemüts und zum Guten zu bestimmen, ich will wenigstens den Versuch machen.“

Frau Pfäffling saß in dieser Zeit viel am Bett der kleinen Masernkranken. Ihr Mann mußte das Krankenzimmer meiden um seiner Schüler willen. Aber wie eine Erscheinung stand er eines Tages plötzlich vor ihr, warf ihr eine Handvoll Geld in den Schoß, rief vergnügt: „Das Russengeld“ und war in demselben Augenblick schon wieder verschwunden.

Seine drei großen Jungen rief er zu sich, las ihnen den reuevollen Brief der jungen Leute vor und gab in seiner Freude jedem der Drei ein kleines Geldstück, weil sie ihn durch ihren Brief auf einen guten Gedanken gebracht hatten. Aber

Wilhelm wollte es nicht annehmen. War er es doch gewesen, der darauf beharrt hatte, den Brief, ohne vorher zu fragen, einzuwerfen. „Vater," sagte er, „du weißt nicht so genau, wie die Sache zugegangen ist. Ich bin schon froh, daß nur kein Unheil entstanden ist aus unserm Brief, eine Belohnung will ich lieber nicht nehmen, die hat nur Karl verdient, gib sie nur ihm."

Noch am selben Abend erhielt der Ohrenarzt sein Geld, mit einer Entschuldigung über die Verzögerung und der aufrichtigen Bemerkung, daß es Herrn Pfäffling nicht früher möglich gewesen sei, die Summe zusammenzubringen.

Der Arzt saß schon mit seiner Gemahlin beim Abendessen. „Ist denn der Pfäffling nicht der Direktor der Musikschule, der neulich einen Ball gegeben hat?"

„Bewahre, du bringst auch alles durcheinander," sagte die Gattin, die sich nicht durch Liebenswürdigkeit auszeichnete. „Der Pfäffling ist ja bloß Musiklehrer. Es ist doch der, von dem man einmal erzählt hat, daß er seine zehn Kinder ausschickt, um Wohnungen zu suchen, weil niemand die große Familie aufnehmen wollte."

„O tausend!" rief der Doktor, „wenn ich das gewußt hätte, dem hätte ich keine so gesalzene Rechnung geschickt!"

„Du verwechselst auch alle Menschen!"

„Die Menschen nicht, bloß die Namen; der Direktor heißt ganz ähnlich."

„Gar nicht ähnlich."

„Nicht? Ich meine doch. Wie heißt er eigentlich?"

„Mir fällt der Name gerade nicht ein, aber ähnlich ist er gar nicht."

„Doch!"

„Nein!"

Nachdem sie noch eine Weile über die Ähnlichkeit eines Namens gestritten hatten, den sie beide nicht wußten, schob der Arzt das Geld ein mit einem bedauernden: „Ändern läßt sich da nichts mehr."

Elschens Krankheit war gnädig vorübergegangen. Sie war wieder außer Bett, hatte aber noch Hausarrest und viel Langeweile. So freute sie sich über den heutigen Lichtmeßfeiertag, an dem die Geschwister schulfrei waren. Am

Nachmittag machte sie sich an Frieder heran, der geigend in der Küche stand, und bat schmeichelnd, daß er nun endlich aufhöre und mit ihr spiele. Er nickte nur und spielte weiter. Sie wartete geduldig. Endlich mahnte ihn Walburg: „Frieder, hör auf, du hast schon zu lang gespielt. Frieder, der Vater wird zanken." Da gab er endlich nach, und Elschen folgte ihm fröhlich in das Musikzimmer, wo die Violine ihren Platz hatte. Als Frieder aber sah, daß der Vater gar nicht zu Hause war, nahm er schnell die Violine wieder zur Hand und spielte. „Du Böser!" rief die kleine Schwester und Tränen der Enttäuschung traten ihr in die Augen. Als aber nach einer Weile draußen die Klingel ertönte, sah man ihr schon wieder die Angst für den Bruder an: „Der Vater kommt!" rief sie und sah gespannt nach der Türe. Aber ehe diese aufging, war Frieder mit seiner Violine durch die andere Türe hinausgegangen und nun flüchtete er sich in das Bubenzimmer und spielte und spielte. Da holte sich Elschen den Bruder Karl zur Hilfe. „Frieder," sagte er, „ich rate dir, daß du jetzt augenblicklich aufhörst, du hast gewiß schon drei Stunden gespielt!" Da machte der leidenschaftliche Geiger ein finsteres Gesicht, wie es noch niemand an dem guten, kleinen Kerl gesehen hatte, und sagte trutzig zu Karl: „Ich kann jetzt nicht aufhören, ich spiele bis ich fertig bin."

In diesem Augenblick kam Frau Pfäffling herein, da stürzte sich Elschen weinend auf sie zu und rief: „Alle sagen ihm, er soll aufhören und er tut's doch nicht, vielleicht hört er gar nie mehr auf, sieh ihn nur an!"

Aber durch diesen verzweifelnden Ausruf der Kleinen und vielleicht noch mehr durch den Anblick der Mutter kam Frieder zu sich, ließ die Geige sinken, legte den Bogen aus der Hand und senkte schuldbewußt den Kopf.

„Hast du gewußt, daß es über die Zeit ist und hast dennoch weitergespielt?" fragte Frau Pfäffling. „Das hätte ich nicht von dir gedacht, Frieder, wenn du über deiner Violine allen Gehorsam vergißt, dann ist's wohl besser, das Geigenspiel hört ganz auf. Bleib hier, ich will hören, was der Vater meint."

Frau Pfäffling ging hinaus, Frieder blieb wie angewurzelt stehen. Die Geschwister sammelten sich allmählich um ihn, sie berieten, was geschehen würde, drangen in ihn, er solle gleich um Verzeihung bitten, und als nun die Eltern miteinander kamen, war eine schwüle Stimmung im Zimmer. Frieder wagte kaum aufzusehen, aber trotzig schien er nicht, denn er sagte deutlich: „Es ist mir leid."

„Das muß dir freilich leid sein, Frieder!" sagte der Vater. „Wenn du bloß im Eifer vergessen hättest, daß du über die Zeit spielst, dann könnte ich dir das leicht verzeihen, aber wenn du erinnert wirst, daß du aufhören solltest und magst nicht folgen, wenn du mit aller Absicht tust, was ich dir schon oft streng verboten habe, dann ist's aus mit dem Geigenspiel. Was meinst du, wenn ihr Kinder alle nicht folgen wolltet, wenn jeder täte, was ihm gut dünkt? Das wäre gerade, wie wenn bei dem Orchester keiner auf den Dirigenten sähe, sondern jeder spielte, wann und was er wollte. Nein, Frieder, meine Kinder müssen folgen, mit deinem Violinspiel ist's vorbei, ich will nicht sagen für immer, aber für Jahr und Tag. Gib sie her!"

Frieder, der die Violine leicht in der Hand gehalten hatte, drückte sie nun plötzlich an sich, verschränkte beide Arme darüber und wich einen Schritt vom Vater zurück. Sie waren alle über diesen Widerstand so bestürzt, daß es fast einstimmig über aller Lippen kam: „Aber Frieder!"

Herr Pfäffling sah mit maßlosem Erstaunen den Kleinen an, der immer der gutmütigste von allen gewesen war und der jetzt tat, was noch keines gewagt hatte, sich ihm widersetzte. Einen Moment besann er sich, und dann, ohne nur dem zurückweichenden nachzugehen, streckte er rasch seine langen Arme aus, hob den kleinen Burschen samt seiner Violine hoch in die Luft und rief, indem er ihn so schwebend hielt: „Mit Gewalt kommst du gegen mich nicht auf, merkst du das?" und ernst fügte er hinzu, als er ihn wieder auf den Boden setzte: „Nun gib du mir gutwillig deine Violine, Frieder!" Aber die Arme des Kindes lösten sich nicht. Von allen Seiten, laut und leise, wurde ihm von den Geschwistern zugeredet: „Gib sie her!" und als Frau Pfäffling sah, wie er das Instrument leidenschaftlich an sich preßte, fragte sie schmerzlich: „Frieder, ist dir deine Violine lieber als Vater und Mutter?" Der Kleine beharrte in seiner Stellung.

„So behalte du deine Violine," rief nun lebhaft der Vater, „hier hast du auch den Bogen dazu, du kannst spielen, solang du magst. Aber unser Kind bist du erst wieder, wenn du sie uns gibst," und indem er die Türe zum Vorplatz weit aufmachte, rief er laut und drohend: „Geh hinaus, du fremdes Kind!" Da verließ Frieder das Zimmer.

Draußen stand er regungslos in einer Ecke des Vorplatzes, innen schluchzten die Schwestern, ergriffen waren alle von dem Vorfall. Herr Pfäffling ging erregt hin und her und dann hinaus in den Vorplatz, wo er Walburg mit so lauter Stimme, daß es bis ins Zimmer drang, zurief: „Das Kind da soll gehalten werden wie ein armes Bettelkind. Es darf hier außen im Vorplatz bleiben, es kann da auch essen und man kann ihm nachts ein Kissen hinlegen zum Schlafen. Geben

Sie ihm den Küchenschemel, daß es sich setzen kann. Es dauert mich, weil es keinen Vater und keine Mutter mehr hat."

Hierauf ging er hinüber in sein Zimmer. Frau Pfäffling zog Elschen an sich, die sich nicht zu fassen vermochte. „Sei jetzt still, Kind," sagte sie, „Frieder wird bald einsehen, daß er folgen muß. Wir lassen ihn jetzt ganz allein, daß er sich besinnen kann. Er wird dem Vater die Violine bringen, dann ist alles wieder gut."

Als die Zeit des Nachtessens kam, deckten die Schwestern auch für Frieder. Sie rechneten alle, daß er kommen würde. Herr Pfäffling, der zum Essen gerufen war, ging zögernd, langsam an Frieder vorbei, der als ein jammervolles Häufchen auf dem Schemel saß und die Gelegenheit, die ihm der Vater geben wollte, vorübergehen ließ. Er kam nicht zu Tisch. „Tragt ihm zu essen hinaus, soviel er sonst bekommt," sagte Herr Pfäffling, „der Hunger soll ihn nichts zu uns treiben, die Liebe soll es tun und das Gewissen."

So aß der Kleine außen im Vorplatz und so oft die Zimmertüre aufging, kamen ihm Tränen, denn er sah die Seinen um die Lampe am Tisch sitzen und sein Platz war leer. Aber er hatte ja seine Violine, nach dem Essen wollte er spielen, immerzu spielen.

Im Zimmer horchten sie plötzlich auf. „Er spielt!" flüsterte eines der Kinder. Von draußen erklang ein leiser Geigenton. Sie lauschten alle. Drei Striche – dann verstummte die Musik. Die drei Töne hatten Frieder wehgetan, er wußte nicht warum. Der kleine Geiger hatte früher noch nie mit traurigem Herzen nach seinem Instrument gegriffen, darum hatte er auch keine Ahnung davon, wie schmerzlich die Musik das Menschenherz bewegen kann.

Nach einer Weile begann er noch einmal zu spielen, aber wieder brach er mitten darin ab. Denen, die ihm zuhörten, ging es nahe, vor allem den Schwestern.

„Die Marianne möchte hinaus zu Frieder," sagte die Mutter. Herr Pfäffling verwehrte es nicht. Sie fanden ihn auf dem Schemel kauernd, wie er die Geige auf seinen Knieen liegend mit schmerzlichem Blick ansah. Sie setzten sich zu ihm und flüsterten mit ihm. Eine Weile später, als Herr Pfäffling in seinem Musikzimmer war, kam ein sonderbarer Zug zu ihm herein: Voran kam Frieder und trug mit beiden Händen etwas, das eingehüllt war in Mariannens großen, schwarzgrauen Schal. Es war fast wie ein kleiner Sarg anzusehen; ernst genug sah auch der kleine Träger aus, die Schwestern folgten als Trauergeleite.

„Da drinnen ist die Violine," sagte Frieder zu seinem Vater, der fragend auf die merkwürdige Umhüllung sah. Da nahm ihm Herr Pfäffling rasch den Pack ab, legte ihn beiseite, ergriff seinen kleinen Jungen, zog ihn an sich und sagte in warmem Ton: „Nun ist alles gut, Frieder, und du bist wieder unser Kind!" Und Frieder weinte in des Vaters Armen seinen Schmerz aus.

Später erst vertrauten die Schwestern dem Vater an: „Solang Frieder seine Violine gesehen hat, war es ihm zu schwer, sie herzugeben, erst wie wir sie zugedeckt haben und ganz eingewickelt, hat er sie nimmer mit so traurigen Augen angesehen!"

Als Frieder längst schlief, sprachen seine Eltern noch über ihn. „Wie kann man nur so leidenschaftliche Liebe für die Musik haben," sagte Frau Pfäffling, „mir ist das ganz unverständlich."

„Von dir hat er es wohl auch nicht," entgegnete Herr Pfäffling und fügte nachdenklich hinzu: „Ganz ohne Musik kann ich ihn nicht lassen, das wäre, wie wenn ich einem Hungrigen die Speise versagen wollte. Ich denke, am besten ist, ich lehre ihn Klavierspielen. Danach hat er bis jetzt kein Verlangen und wird es leichter mit Maßen treiben."

„Ja, und lernen muß er es doch, denn daran wird man kaum zweifeln können, daß er einmal ein Musiker wird."

Unser Musiklehrer sagte schwermütig: „Es wird wohl so kommen."

12. Kapitel

Ein Haus ohne Mutter

So ganz allmählich und unmerklich war es gekommen, daß von Frau Pfäfflings Reise zur Großmutter gesprochen wurde als von einer ausgemachten Sache, obwohl niemand hätte sagen können, an welchem Tag sie die Ansicht aufgegeben hatte, daß die Reise ganz unmöglich sei.

Nur „auf alle Fälle" entschloß sie sich zum Einkauf eines Kleiderstoffs, und als die Schneiderin das Kleid anfertigte, hörte man Frau Pfäffling sagen: „Nicht zu lang, damit es nötigenfalls auch als Reisekleid praktisch ist."

„Auf alle Fälle" nahm sie eines Tages das Kursbuch zur Hand, um zu sehen, wie sich die Reise praktisch machen ließe, und was sie gesehen, trug sie „auf alle

Fälle“ in ihr Notizbuch ein. Wer wird aber nicht reisen, wenn das Reisekleid fertig im Schrank hängt und die besten Zugverbindungen herausgefunden sind? So war es denn wirklich soweit gekommen, daß sich Frau Pfäffling anfangs Februar für einen bestimmten Tag bei ihrer Mutter ansagte. Darauf erfolgte eine Karte, die mit herzlichem Willkommruf begann und mit der Anfrage schloß, ob Frau Pfäffling nicht mit leichterem Herzen reisen würde, wenn sie ihr Elschen mitnähme? Das Kind zahle ja nur den halben Fahrpreis.

Diese Karte, die Herr Pfäffling im Zimmer vorlas, brachte große Aufregung in die Kinderschar, und ungefragt gaben sie alle ihre Gefühle und Meinungen kund, bis der Vater die Türe weit aufmachte und den ganzen aufgeregten Schwarm hinausscheuchte.

„Du hättest es gar nicht vor den Kindern vorlesen sollen, ehe wir entschlossen sind,“ sagte Frau Pfäffling.

„Freilich, aber ich kann dich auch nicht bei jeder Gelegenheit zu mir herüberrufen, und wo du bist, sind immer ein paar Kinder.“

„Ja, ja,“ erwiderte Frau Pfäffling lächelnd, „und warten, bis sie in der Schule sind oder bis am Abend, warten kann man nicht, wenn man Pfäffling heißt!“

Sie berieten zusammen, waren sehr bald entschlossen und riefen die Kinder zurück. Frau Pfäffling sah den Blick der Kleinen gespannt auf sich gerichtet. Sie zog das Kind an sich. „Es kann nicht sein, Elschen,“ sagte sie, „und ich will dir auch erklären warum. Bei einer so weiten Reise ist auch der *halbe* Fahrpreis schon teuer und selbst, wenn ihn die gute Großmutter für dich zahlen wollte, könnte ich dich doch nicht mitnehmen, denn wer sollte denn daheim die Türe aufmachen, wenn es klingelt, während alle in der Schule sind? Walburg hört das ja nicht und sie versteht nicht, was die Leute sagen, die kommen. Du mußt unsere Pförtnerin sein, solange ich fort bin; wenn du nicht daheim wärest, könnte ich gar nicht reisen.“

Das kleine Jüngferchen war verständig, es sah ein, daß es zurückbleiben mußte. Der Traum hatte nur kurz gedauert und war undeutlich gewesen, denn was wußte Elschen von fremden Ländern und Menschen, von Reiselust und Erlebnissen? Für sie war die Heimat noch die Welt, die Neues und Merkwürdiges genug brachte. So kam es zur Verwunderung der großen Geschwister nicht einmal zu ein paar Tränen bei der kleinen Schwester, die doch heute nach Tisch geweint hatte, weil sie nicht mit hinunter gedurft hatte auf die Balken in dem nassen Hof!

Der letzte Tag vor der Abreise war gekommen, Frau Pfäffling war es schwer ums Herz. Gut, daß Tag und Stunde längst festgesetzt waren, sonst hätte sie ihren Koffer wohl wieder ausgepackt. Aber sie wußte, wie sehnlich sie erwartet wurde, es gab kein Zurück mehr, es mußte jetzt sein. Geschäftig ging sie heute, alles voraus bedenkend, hin und her im Haus. Aber überall, wo sie auch war, in Küche, Keller und Kammern, folgte ihr Frieder. Er störte sie nicht, wenn sie räumte, überlegte oder anordnete, er verlangte nichts, als bei ihr zu sein, nahe, so nahe wie möglich. Sie spürte sein Heimweh. Es war ein langes, stummes Abschiednehmen. Einmal kam es auch zur Aussprache, in einem Augenblick, wo sie oben, in der Bodenkammer, allein mit ihm war.

„Mutter, gelt, du glaubst das nimmer, was du neulich gesagt hast?"

„Was denn, Kind?"

Es wollte nicht über seine Lippen.

„Was, mein Kind, komm, sage es mir!"

„Daß ich die Violine lieber habe als dich und den Vater."

„Nein, Herzkind, das glaube ich schon lange nimmer, du hast ja dem Vater deine Violine gegeben. Ich weiß gut, wie lieb du uns hast. Darum tut dir ja auch der Abschied weh. Aber es muß doch auch einmal sein, daß ich zu meinem eigenen Mütterlein wieder gehe, eben weil man seine Mutter so lieb hat, das verstehst du ja. Und denke nur, das Freudenfest, wenn wir wieder zusammen kommen! Wie wird das köstlich werden!"

So tröstete die Mutter den Kleinen und tröstete sich selbst zugleich.

Und dann nahm sie die Gelegenheit wahr und sprach mit Karl allein ein Wort: „Nimm dich ein wenig um Frieder an, er ist immer noch traurig wegen seiner Violine, darum fällt ihm auch der Abschied besonders schwer."

„Ja, er geigt oft ohne Violine ganz in der Stille, Mutter, hast du es schon gesehen? Er stellt sich so hin, wie wenn er seine Geige hätte, neigt den Kopf nach links, biegt den Arm und streicht mit dem rechten, wie wenn er den Bogen führte, und dann hört er die Melodien, das sieht man ihm gut an. Da tut er mir oft leid."

„Ja, mir auch. Aber morgen, wenn ich fort bin, will ihm der Vater die erste Klavierstunde geben, darüber wird er die Violine vergessen. Und wenn nun der Schnee vollends geschmolzen ist und ihr wieder am Kasernenhof turnen könnt, dann nimm nur auch Frieder dazu und mache ihm Lust. Und noch etwas: ich meine, deine Mathematikstunden mit Wilhelm werden nimmer regelmäßig eingehalten."

„O doch, Mutter."

„Oder sie sind so kurz, daß man nicht viel davon bemerkt?"

„Das kann sein, auf die Uhr schauen wir gewöhnlich nicht."

„Ich glaube, eure Stunde hat manchmal nur fünfzehn Minuten; das ist aber nicht genug, ihr müßt eure Zeit einhalten; denke nur, wenn Wilhelm wieder eine so schlechte Note bekäme!"

„Die bekommt er nicht noch einmal, Mutter, du kannst dich darauf verlassen!"

Bald nachher rief Frau Pfäffling Wilhelm und Otto zu sich hinunter in die Holzkammer.

„Ihr habt ja gar keinen Vorrat gespaltenes Holz mehr," sagte sie, „daran dürft ihr es nicht fehlen lassen, solange ich fort bin. Walburg muß in dieser Zeit alle meine Arbeit tun, sie kann nicht auch für Holz und Kohlen sorgen."

Und nun ging's an die Mädchen. „Marianne, ihr müßt Walburg soviel wie möglich alle Gänge abnehmen, solange ich fort bin."

„Ja, ja, Mutter, das tun wir doch immer!"

„Manchmal sagt ihr doch: wir haben zuviel Aufgaben, oder: wir haben die Stiefel schon ausgezogen. Ihr müßt lieber die Stiefel dreimal aus- und anziehen, als es darauf ankommen lassen, daß Walburg mitten am Vormittag vom Kochen fortspringen muß."

So ging der letzte Tag mit Vorsorgen und Ermahnungen aller Art hin und am Morgen der Abreise, schon im Reisekleid, nahm Frau Pfäffling noch einmal Nadel und Fingerhut zur Hand, um einen eben entdeckten Schaden an einem Kinderkleid auszubessern. Sie sorgte noch auf dem Weg zur Bahn, ja aus dem Wagenfenster kamen noch hausmütterliche Ermahnungen, bis endlich der Zug durch eine kaum hörbare erste Bewegung zur fertigen Tatsache machte, daß Frau Pfäffling verreist war.

Sie konnte ihre Gedanken nicht gleich losmachen, die gingen noch eine Weile im alten Geleise. Dann kam die Einsicht, daß all dies Denken ihr selbst nur das Herz schwer machen und den Zurückgebliebenen nichts nützen konnte.

Zugleich verschwanden auch die letzten Häuser und Anlagen der Stadt, freie, noch mit Schnee bedeckte Äcker und Felder tauchten auf, eine stille, einförmige Natur. Da machte sie es sich bequem in dem Wagen, lehnte sich behaglich zurück, ergab sich darein, daß sie nicht sorgen und nichts leisten konnte, und empfand eine wohltuende Ruhe, ein Gefühl der Erholung, während sie der Stätte ihrer Tätigkeit mit gewaltiger Eile immer weiter entführt wurde.

Manches Dorf war schon an Frau Pfäffling vorübergesaust, bis ihr Mann mit den Kindern nur wieder in die Frühlingsstraße zurückgekehrt war. Sie machten sich an ihre Arbeit wie sonst und alles ging seinen geregelten Gang. Nur Elschen lief an diesem Vormittag mit Tränen durch die stillen Zimmer, die andern empfanden die Lücke erst so recht bei dem Mittagessen. Es verlief auffallend still. Eigentlich war ja Frau Pfäffling keine sehr gesprächige Frau, ihr Mann und ihre Kinder waren lebhaftere Naturen; heute hätte man das Gegenteil glauben können, eine so schweigsame Mahlzeit hatte es noch selten an diesem Tisch gegeben. Freilich war der Vater auch von der ihm ungewohnten Beschäftigung hingenommen, das Essen auszuteilen. Er merkte jetzt erst, wieviel das zu tun machte, und es dauerte gar nicht lange, so führte er den Brauch ein, daß Karl für Wilhelm die Suppe ausschöpfen mußte, Wilhelm für Otto und so nacheinander herunter, immer das ältere unter den Geschwistern dem jüngern. Anfangs machte es den Kindern Spaß, aber es ging nicht immer so friedlich und so säuberlich zu wie bei der Mutter, und Walburg wunderte sich, daß sie bald eine noch fast gefüllte, bald eine ganz leere Suppenschüssel abzutragen hatte; da war gar kein regelmäßiger Verbrauch mehr wie bisher.

Ganz kurios erschienen Herrn Pfäffling und Karl die späten Abendstunden, wo sie allein beisammen saßen. Sie waren sich so nahe gerückt und wußten doch nicht viel miteinander anzufangen, so glich das Zimmer oft einem Lesesaal, in dem die Vorschrift befolgt wird: Man bittet, nicht zu sprechen. Das wurde aber besser nach den ersten Tagen. Es kamen ja auch Briefe von der Mutter, und diese bildeten ein gemeinsames Interesse zwischen Vater und Sohn.

Die Briefe brachten gute Nachrichten. Es war ein beglückendes Wiedersehen zwischen Mutter, Tochter und Geschwistern, wenn auch nicht ganz ohne Wehmut. Was war es für ein gealtertes, pflegebedürftiges Großmütterlein, das da im Lehnstuhl saß, nicht mehr imstande, ohne Hilfe von einem Zimmer in das andere zu gehen! Und wiederum, wo war Frau Pfäfflings Jugendblüte geblieben? Welch deutliche Spuren hatte die Mühsal des Lebens auf ihren feinen Zügen eingegraben!

Aber dieser erste wehmütige Eindruck verwischte sich bald. Schon nach einigen Stunden hatten sie sich an die Veränderung gewöhnt und fanden wieder die geliebten, vertrauten Züge heraus. Es war auch kein Grund zu trauriger Empfindung da, denn die *alte* Frau hatte keine Schmerzen zu leiden, sie genoß dankbar ein friedliches Alter unter der treuen Pflege der unverheirateten Tochter, die bei ihr und für sie lebte. Und die *junge* Frau, wenn man Frau Pfäffling noch so nennen wollte, sprach mit solcher Liebe von ihrem großen Familienkreis und schien so gereift durch reiche Lebenserfahrung, daß es allen deutlich zum Bewußtsein kam, das Leben habe ihr mit all seiner Mühe und Arbeit Köstliches gebracht.

Am wenigsten verändert hatte sich Frau Pfäfflings Schwester, Mathilde, die noch ebenso frisch und kräftig erschien, wie vor Jahren. Sie führte die Schwester in das freundliche, sonnig gelegene und wohldurchwärmte Gastzimmer, zog sie an sich, küßte sie herzlich und sagte: „Cäcilie, nun soll dir's gut gehen! Du wirst sehen, wie ich dich pflege!“

„Ich bin ja gar nicht krank, Mathilde.“

„Nein, das ist ja eben das Gute, daß du nur überanstrengt bist. Nichts tue ich lieber als solche abgearbeitete Menschenkinder zur Ruhe bringen und herausfüttern. Es ist eine wahre Lust, zu sehen, wie rasch das anschlägt, da kann man viel erreichen in vier Wochen.“

Frau Pfäffling wurde nachdenklich. „Mathilde,“ sagte sie, „kannst du das nicht in *drei* Wochen erreichen?“

„Warum? Nein, das ist zu kurz, du hast doch vier Wochen Urlaub?“

„Ja, mein Mann und die Kinder denken auch gar nicht anders, als daß ich vier Wochen wegbleibe, aber ich selbst habe mir im stillen von Anfang an vorgenommen, nach drei Wochen zurückzukommen, und habe gehofft, daß du mich darin unterstützest, denn sieh, es ist zu lange, einen solchen Haushalt, Mann, sieben Kinder und ein fast taubes Mädchen zu verlassen. Es kommt so oft etwas vor bei uns!“

„Was soll denn vorkommen? Was fürchtest du?“

„Das kann ich dir nicht sagen, ich weiß es ja selbst nicht vorher, aber es ist so. Bald schreiben die Kinder einen Brief, der unangenehme Folgen haben könnte, bald hört einer nicht auf zu musizieren, wenn er einmal anfängt, und selbst, wenn nichts Besonderes vorkäme, das Alltägliche bringt schon Schwierigkeiten genug: Elschen muß vormittags immer allein die Türe aufmachen und Bescheid geben, das ist unheimlich in einer großen Stadt. Und wenn du immer noch nicht überzeugt bist, Mathilde, dann will ich dir noch etwas sagen: Ich meine, wenn mein Mann einundzwanzigmal mit Karl abends allein am Tisch gesessen ist, so ist das wirklich genug und es wäre an der Zeit, daß ich wieder käme!"

„So sollen wir dich ziehen lassen, ehe nur dein Urlaub abgelaufen ist?"

„Ich habe mir das so nett ausgedacht und freue mich darauf, Mathilde, wenn ich etwa nach zwei Wochen heimschreibe, daß ich schon in der nächsten Woche komme. Du kennst ja meinen Mann, er ist noch gerade so lebhaft wie früher und die meisten unserer Kinder haben sein Temperament. Da gibt es nun bei solch einer Nachricht immer gleich einen Jubel, das solltest du nur einmal mit ansehen und hören können!"

Frau Pfäffling sah im Geist ihre fröhliche Schar, und ein glückliches Leuchten ging über ihr Gesicht. In diesem Augenblick sah sie ganz jugendlich, gar nicht pflegebedürftig aus.

Als die Schwestern das Gastzimmer verließen, hatten sie sich auf drei Wochen geeinigt.

Die ersten Tage vergingen in stillem, glücklichem Beisammensein. Es war für Frau Pfäffling eine Wonne, so ganz ohne häusliche Sorgen bei der Mutter sitzen zu dürfen und zu erzählen. Teilnahme und volles Verständnis war da zu finden für alles, was ihr Leben erfüllte, und doch stand die Mutter selbst schon fast *über* dem Leben. Einen weiten Weg hatte sie in achtzig Jahren zurückgelegt und nun, nahe dem Ziel, überblickte sie das Ganze wie aus der Ferne. Da sieht sich manches anders an, als wenn man mitten darinsteht. Von der Höhe herab erkennt man, was Irrwege sind oder richtige Wege, und wer hören wollte, der konnte hier manch guten Rat für den eigenen Lebensweg bekommen. Frau Pfäffling war von denen, die hören wollten.

In die zweite Woche ihres Aufenthalts fiel der achtzigste Geburtstag. Zu diesem Familienfest fand sich unter andern Gästen auch Frau Pfäfflings einziger Bruder ein mit seiner Frau und einer fünfzehnjährigen Tochter, einem lieblichen, fein erzogenen Mädchen. Diesen Bruder, der Professor an einer norddeutschen Universität war, hatte Frau Pfäffling auch seit vielen Jahren nimmer gesehen, aber aus der Ferne hatte eines an des andern Schicksal und Entwicklung stets Anteil genommen, und so war es beiden eine besondere Freude, sich einmal wieder ins Auge zu sehen.

„Wir müssen auch ein Stündchen herausfinden, um allein miteinander zu plaudern," sagte der Bruder während des festlichen Mittagsmahls zu seiner Schwester. Und als nach Tisch, während die Geburtstägerin ruhte, eine Schlittenfahrt unternommen wurde, saßen Bruder und Schwester in einem kleinen Schlitten allein. Hier, im nördlichen Deutschland, lag in diesem Februar noch überall Schnee, die Bahn war glatt, die Kälte nicht streng, die Fahrt eine Lust. Frau Pfäffling sah nach dem Schlitten zurück, in dem mit andern Gästen ihre junge Nichte saß. „Wie reizend ist sie," sagte Frau Pfäffling, „und so wohlerzogen. Wenn du meine Kinder daneben sehen würdest, kämen sie dir ein wenig ungehobelt vor."

„Zum Abhobeln hast du wohl keine Zeit, meine Frau hat es leichter als du, sie gibt sich auch viel Mühe mit der Erziehung."

„Ja, bei sieben geht es immer nur so aus dem gröbsten, und man wird damit oft kaum fertig."

„Unsere drei haben trotzdem auch ihre Fehler. Sie streiten viel miteinander, wie ist das bei euch?"

„Es kommt auch vor, aber meistens sind sie doch vergnügt miteinander. Sie haben ihres Vaters frohe Natur und sind leicht zu erziehen, nur sollte man sich eben mehr mit dem einzelnen abgeben können."

„Hat man für die deinigen zu wenig Zeit, so für die unserigen zu viel. Ich fürchte, daß sie gar zu sorgfältig beachtet werden. Jederzeit ist das Fräulein zu ihrer Verfügung, außerdem haben wir noch zwei Dienstmädchen, und mit unserem Jungen werden sie oft alle drei nicht fertig."

So besprachen die Geschwister in alter Vertraulichkeit miteinander die häuslichen Verhältnisse, und dann wollte Frau Pfäffling Näheres hören über einen Reiseplan, den ihr Bruder schon bei Tisch erwähnt hatte. Er beabsichtigte in den Osterferien eine Reise nach Italien zu machen, dabei durch Süddeutschland zu kommen und die Familie Pfäffling zu besuchen.

An diesen Plan schloß sich noch ein weiterer an, den der Professor nach dieser Schlittenfahrt faßte und zunächst mit seiner Frau allein besprach. Wenn auf der einen Seite viele Kinder waren, auf der anderen wenig, auf der einen Seite Zeit, Bedienung und Geld knapp, auf der andern alles reichlich, warum sollte man nicht einen Ausgleich versuchen? Bruder und Schwägerin machten den Vorschlag, einen der jungen Pfäfflinge auf Jahr und Tag zu sich zu nehmen. Die

Sache wurde überlegt, und es sprach viel für den Plan. Frau Pfäffling wollte mit ihrem Mann darüber sprechen, und wenn er einverstanden wäre, sollte der Bruder auf der Osterreise sich selbst umsehen und wählen, welches der Kinder am besten zu den seinigen passen würde. Das Auserlesene sollte er dann auf der Heimreise gleich mit sich nehmen. Mit dieser Aussicht auf ein baldiges Wiedersehen reiste der Bruder mit seiner Familie wieder ab, und in der Umgebung der achtzigjährigen Mutter wurde es still wie vorher.

Frau Pfäffling erhielt treulich Berichte von den Ihrigen, aber sie erfuhr doch nicht alles, was daheim vor sich ging. Ihr Mann hatte die Losung ausgegeben: „Nur was erfreulich ist, wird brieflich berichtet, sonst ist der Mutter der Aufenthalt verdorben, alles andere wird erst mündlich erzählt." So gingen denn Nachrichten ab über gelungene Mathematikarbeiten und neue Klavierschüler, über einen Maskenzug und Fastnachtskrapfen, über Frieders regelmäßiges Klavierspiel und über der Hausfrau freundliche Teilnahme, aber worin sich zum Beispiel diese Teilnahme Frau Hartwigs gezeigt hatte, das und manches andere blieb verschwiegen.

Mit der Hausfrau hatte sich das so verhalten: Eines Mittags, als Herr Pfäffling von der Musikschule heimkam, sprach ihn Frau Hartwig an: „Haben Sie heute nacht nichts gehört, Herr Pfäffling, nicht ein Stöhnen oder dergleichen?"

„Nein," sagte Herr Pfäffling, „ich habe gar nichts Auffallendes gehört."

„Aber es muß doch aus Ihrer Wohnung gekommen sein. Nun ist es schon die zweite Nacht, daß ich daran aufgewacht bin. Kann es sein, daß eines der Kinder so Heimweh hat, daß es bei Nacht laut weint? Aus einem der Schlafzimmer kommt der schmerzliche Ton. Irgend etwas ist nicht in Ordnung, ich habe schon die Kinder danach gefragt, aber nichts erfahren können."

„Das will ich bald herausbringen," sagte Herr Pfäffling und ging hinauf. Er fragte zunächst nicht, sah sich aber bei Tisch aufmerksam die Tafelrunde an. Frische, fröhliche Gesichter waren es, die nichts verrieten von nächtlichem Kummer. Oder doch? Ja, eines sah allerdings blaß und überwacht aus, ernst und fast wie von Schmerz verzogen. Das war Anne. Ihr mußte etwas fehlen. Er beobachtete sie eine Weile und machte sich Vorwürfe, daß er das bisher übersehen hatte. Wenn die Mutter dagewesen wäre, die hätte es bemerkt, auch ohne der Hausfrau Mitteilung.

Nach Tisch, als sich die Kinder zerstreut hatten, hielt er die Schwestern zurück.

„Ist dir's nicht gut, Anne?“ fragte er.

„O doch!“ erwiderte sie rasch und wurde über und über rot.

„Du meinst wohl, in dem Punkt dürfe man lügen,“ entgegnete Herr Pfäffling, „weil ich lieber höre, daß du wohl bist. Aber ich möchte doch auch darüber gern die Wahrheit hören.“ Da senkte sie schon mit Tränen in den Augen den Kopf, und Herr Pfäffling wußte, woran er war.

„Warum hast du denn geweint heute nacht?“ fragte er, „wenn die Mutter nicht da ist, müßt ihr mir euren Kummer anvertrauen.“ Das geschah nun auch und er erfuhr, daß Anne wieder an Ohrenschmerzen litt. Diese waren bei Nacht heftig geworden. Marie hatte ihr ein Mittel eingeträufelt, das noch vom vergangenen Jahr dastand, und Umschläge gemacht, aber das hatte alles nichts geholfen und erst gegen Morgen waren die Schwestern eingeschlafen. So war es schon zwei Nächte gewesen. Sie hatten es dem Vater verschweigen wollen, denn Anne mochte nicht zum Ohrenarzt geschickt werden, sie fürchtete die Behandlung, fürchtete auch die große Neujahrsrechnung.

Am Nachmittag saßen aber doch die zwei Schwestern im Wartezimmer des Arztes. Der Vater hatte der Verzagten Mut gemacht und den Schwestern vorgehalten, daß Anne so schwerhörig wie Walburg werden könnte, wenn etwas versäumt würde.

Der Arzt erkannte das Zwillingspaar gleich wieder. Die zwei Unzertrennlichen rührten ihn. Die gesunde Schwester sah gerade so ängstlich aus wie die kranke, sie zuckte wie diese beim Schmerz, und doch kam sie immer als treue Begleiterin. Diesmal konnte er beide trösten. „Es ist nichts Schlimmes,“ sagte er, „das gibt keine so böse Geschichte wie voriges Jahr. Aber das alte Mittel schüttet weg, das macht die Sache nur schlimmer. Ich gebe euch ein anderes. Wenn eure Mutter verreist ist, so kommt lieber alle Tage zu mir, ich will es selbst einträufeln. Und sagt nur eurem Vater einen Gruß, und das gehe noch auf die Rechnung vom vorigen Jahr, das ist Nachbehandlung, die gehört dazu.“

Darüber wurden die Schwestern so vergnügt, daß sie anfingen, mit dem gefürchteten Arzt ganz vertraulich zu plaudern. So erfuhr er denn auch, daß Anne nicht so taub werden wollte wie Walburg. „Hört die denn gar nichts mehr?“ fragte er.

„Uns versteht sie schon noch, wenn wir ihr etwas recht laut ins Ohr sagen, aber es wird alle Jahre schlimmer.“

„Geht sie nie zum Arzt?"

Davon hatten die Schwestern nicht reden hören, aber sie wußten ganz gewiß, daß man ihr nicht helfen konnte.

„Manchmal kann man so ein Übel doch zum Stillstand bringen," sagte der Arzt, „schickt sie mir nur einmal her, ich will danach sehen und sagt daheim, das gehe auch noch in die alte Rechnung."

Die Schwestern konnten gar nicht schnell genug heimkommen, so freuten sie sich, den guten Bescheid dem Vater mitzuteilen. Unverdrossen riefen sie es auch Walburg ins Ohr, bis diese endlich verstand, daß es sich um sie handelte, und ihren Auftrag erteilte: „Sagt nur dem Arzt, wenn euere Mutter zurückkommt, werde ich so frei sein."

Das nächtliche Stöhnen war bald nimmer zu hören.

Die letzte Woche von Frau Pfäfflings Abwesenheit war angebrochen, zum gestrigen Sonntag hatte sie die fröhliche Botschaft gesandt, daß sie volle acht Tage früher heimkommen würde, als verabredet war.

In dieser Zeit wurde nie, wie sonst manchmal, vergessen, das Blättchen vom Kalender rechtzeitig abzureißen. Sie sollte nur schnell vergehen, diese letzte Februarwoche, zugleich die letzte Woche ohne die Mutter.

„Immer ist das Blatt schon weg, wenn ich zum Frühstück komme," sagte einmal Karl, „das ist doch bisher mein Geschäft gewesen, wer tut es denn so zeitig? Der Kalender gehört eigentlich mir." „Ich," sagte Frieder, „ich habe es manchmal getan." „Du bist doch gar nicht vor mir zum Frühstück gekommen?" Es wurde noch weiter nachgeforscht, und da stellte es sich heraus, daß Frieder immer schon abends den Kalenderzettel abzog und mit ins Bett nahm. „Du meinst wohl, es kommt dann schneller der 1. März und die Mutter mit ihm?" sagte Karl und wehrte dem kleinen Bruder nicht, dem war ja immer anzumerken, daß er Heimweh hatte. Aber an diesem Montag morgen ging er vergnügt seinen Schulweg mit den Geschwistern, die Heimkehr der Mutter war ja plötzlich so nahegerückt.

Nur Elschen wurde heute die Zeit besonders lang, so allein mit Walburg; ja im Augenblick war sie sogar ganz allein, denn am Samstag hatten die jungen Kohlenträger und Holzlieferanten nicht genügend für Vorrat gesorgt und Walburg mußte hinuntergehen, sich selbst welches zu holen. Während dieser Zeit wurde geklingelt und Elschen lief herzu, um aufzumachen. Ein Herr fragte nach Herrn Pfäffling, dann nach dessen Frau und nach den Geschwistern. Als er hörte, daß sie alle fort seien, bedauerte er das sehr und fragte, ob er wohl ein kleines Briefchen an Herrn Pfäffling schreiben könne, er sei ein guter Bekannter von ihm, und er wolle schriftlich ausmachen, wann er ihn wieder aussuchen würde. Elschen führte den Herrn freundlich in des Vaters Zimmer an den Schreibtisch, wo das Tintenzeug stand. „Es ist gut, liebes Kind," sagte der Herr, „du kannst nun hinausgehen, daß ich ungestört schreiben kann, den Brief für deinen Vater lasse ich hier liegen." Elschen verließ das Zimmer. Nach einer ganz kurzen Weile kam der Herr wieder heraus.

„Sind Sie schon fertig?" fragte die Kleine verwundert. Aber sie bekam keine Antwort, der Herr schien große Eile zu haben, ging rasch die Treppe hinunter und hielt sich auch gar nicht bei Walburg auf, die eben heraufkam.

„Wer war da?" fragte diese.

„Bloß ein Herr, der den Vater sprechen wollte," rief ihr Elschen ins Ohr; weiteres von diesem Besuch zu erzählen war dem kleinen Persönchen zu unbequem, Walburg verstand doch immer nicht recht. Aber beim Mittagessen fiel ihr die Sache wieder ein und sie erzählte sie dem Vater. Dem kam es verdächtig vor. „Wo ist denn der Brief?" fragte er. Ja, wo war der Brief? Nirgends war einer zu finden! Und wo war denn – ja, wo war denn das Geld, das in der kleinen Schublade jahraus, jahrein seinen Platz hatte? Sie standen zu acht herum, der Vater mit allen sieben, mit entsetzten Blicken stierten sie alle in den leeren Raum. Oft schon war er dünn besetzt gewesen, aber so öde hatte es noch nie in dieser Schublade ausgesehen, in die hinein, aus der heraus das kam, was die Familie Pfäffling am Leben erhielt.

Ein Dieb, ein Betrüger, ein schändlicher Mensch hatte sich eingeschlichen, hatte alles Geld genommen, nichts zurückgelassen, keinen Pfennig fürs tägliche Brot!

Walburg wurde hereingeholt und über den „Herrn" ausgefragt. Man brauchte ihr gar nichts ins Ohr zu rufen, die offenstehende leere Schublade, die bestürzten Gesichter sprachen auch für sie deutlich genug; sie wurde kreideweiß im Gesicht und fragte bloß: „Gestohlen?"

Und nun flogen Vorwürfe hin und her.

„Du bist die rechte Pförtnerin, führst den Dieb selbst an den Schreibtisch!" warfen die Brüder der kleinen Schwester vor. „Es war ja gar kein Dieb, es war ein freundlicher Herr," rief sie weinend. Marie nahm sie in Schutz. „Sie kann nichts dafür, aber ihr, weil ihr kein Holz getragen habt, wegen euch hat Walburg hinunter gemußt!"

„Hätte ich den Schlüssel abgezogen, o, hätte ich ihn doch nicht stecken lassen!" rief Herr Pfäffling immer wieder.

Die sich keinen Vorwurf zu machen hatten, waren am ruhigsten; Frieder wagte zuerst ein Trostwort: „Die Mutter wird schon Geld haben, wir wollen ihr schreiben," aber der Gedanke an die Mutter schien diesmal niemand zu beruhigen, es war so traurig, zu denken, daß man sie mit solch einer Botschaft empfangen sollte! Karl und Marie hatten leise miteinander gerechnet: „Vater," sagten sie jetzt, „wir alle zusammen haben doch noch genug für eine Woche, und am 1. März kommt wieder dein Gehalt. Wir sparen recht."

„Ja, ja," sagte Herr Pfäffling, „verhungern müssen wir nicht, ich habe auch noch etwas im Beutel, aber alles, was für die Miete und für die Steuer zurückgelegt war, ist weg, und wenn ich meinen Schlüssel abgezogen hätte, wäre vielleicht alles noch da!" Er rannte aufgeregt hin und wieder, bis ihn ein Wort Walburgs stillstehen machte, das Wort: Polizei. Es war ja eine Möglichkeit, daß der Dieb ausfindig gemacht werden und ihm das Geld wieder abgenommen werden konnte. Ja, sofort Anzeige auf der Polizei, das war das einzig richtige. Elschen sollte mit, um den Eindringling zu beschreiben. Nur schnell, nur schnell, schon waren viele Stunden verloren!

Kaum wollte sich der Vater gedulden, bis die Kleine gerichtet war. Sie setzten sie rasch auf den Stuhl, vor ihr knieten die Schwestern, jede knöpfte ihr einen Stiefel an, Walburg brachte Mantel und Häubchen, die Brüder wollten ihr die Handschuhe anziehen, machten es verkehrt, erklärten dann Handschuhe für ganz übertrieben und die Kleine sprang ohne solche dem Vater nach, der schon an der Treppe stand und nun mit so langen Schritten die Frühlingsstraße hinunterging, daß das Kind an seiner Hand immer halb springend neben ihm hertrippeln mußte.

Von der Polizei brachten sie günstigen Bescheid zurück. Ein junger Musiker, der angeblich Arbeit suchte, war am Tag vorher auf Bettel betroffen worden und mochte wohl der Missetäter sein. Man hoffte, ihn aufzufinden.

Es war gut, daß am gestrigen Sonntag ein Brief an Frau Pfäffling abgegangen war, denn heute und in den folgenden Tagen hätte niemand schreiben mögen. So aber kam es, daß sie gerade, während ihre Lieben in großer Trübsal waren, einen dicken Brief von ihrem Mann erhielt, aus dem ihr eine ganze Anzahl Briefblättchen entgegen flatterten, alle voll Jubel über das unerwartet nahe Wiedersehen. Jedes der Kinder hatte seine Freude selbst aussprechen wollen. Nicht die leiseste Ahnung sagte Frau Pfäffling, daß die Stimmung daheim inzwischen vollkommen umgeschlagen war.

Herr Pfäffling ging gleich am nächsten Morgen auf die Polizei, um sich zu erkundigen. Er erfuhr, daß bisher vergeblich nach dem jungen Musiker gefahndet worden war. Als er aber am Nachmittag nochmals kam und ebenso am nächsten Tag in frühester Morgenstunde auf der Polizei erschien, wurde ihm bedeutet, daß er sich nicht mehr bemühen möchte, es würde ihm Nachricht zukommen.

Darüber verstrich die halbe Woche und der Gedanke, daß man die Mutter mit einer so unangenehmen Botschaft empfangen sollte, ließ gar nicht die rechte Freude des Wiedersehens aufkommen. Herr Pfäffling war unschlüssig, ob er die Nachricht nicht doch vorher schriftlich mitteilen sollte, zögerte aber noch immer in der Hoffnung auf Festnahme des Diebes und fand endlich, als er sich zum Schreiben entschloß, daß der Termin doch schon verpaßt sei und der Brief erst nach der Abreise seiner Frau ankommen würde. So blieb denn nichts übrig, als der Heimkehrenden schonend die Hiobspost mitzuteilen.

Für Frau Pfäffling war die Abschiedsstunde gekommen. „Ich wundere mich," sagte sie zu Mutter und Schwester, „daß ich nicht noch einen letzten Gruß von daheim bekommen habe. Es wird doch alles in Ordnung sein?"

„Alles ist nie in Ordnung, wenn die Hausfrau fort war," sagte die Mutter, „auch dann nicht, wenn die daheim es meinen. Laß dir nur das Wiedersehen nicht verderben, wenn du nun siehst, daß manches in Unordnung geraten ist während deiner Abwesenheit. Unser Zusammensein hier war so schön, das ist doch auch eines Opfers wert."

„Ja," sagte die Schwester, „du hast ja selbst gesagt, daß jeden Tag irgend etwas Ungeschicktes vorkommt bei deinen Kindern, auch wenn du daheim bist. Einundzwanzig Tage warst du fort, also so lang du nicht mehr als einundzwanzig Dummheiten entdeckst, darfst du dich gar nicht beklagen, darfst nicht behaupten, daß dein Wegsein daran schuld ist, und nicht gleich erklären: ich reise nie mehr."

Frau Pfäffling lag freilich in dieser Abschiedsstunde der Gedanke sehr fern, nie mehr reisen zu wollen, nie mehr hieher zu kommen. Sie riß sich mit schwerem

Herzen los von dem geliebten Mütterlein, von der Schwester, die sie so treulich gepflegt hatte, und das Wort „auf Wiedersehen“ war ihr letzter Gruß aus dem abfahrenden Zug, als sie die weite Heimreise antrat.

Noch immer war es draußen in der Natur kahl und winterlich, die drei Wochen waren anscheinend spurlos vorübergegangen, noch war nirgends ein Keimen und Sprossen, eine Frühlingsandeutung zu bemerken. Und doch schien ihr die Zeit so weit zurück zu liegen, seitdem sie hieher gereist war! Jetzt war ihr Herz noch vom Abschiedsweh bewegt, und doch rührte sich schon und drängte gewaltig in den Vordergrund die Freude auf das Wiedersehen mit Mann und Kindern. Wohl dem, der so von Lieben zu Lieben kommt, der ungern entlassen und mit Wonne empfangen wird. Wer kann sich reicher fühlen als so eine Frau, die von daheim nach daheim reist?

Den Kindern hatte der Schrecken wegen des abhanden gekommenen Geldes doch nicht lange die Freude auf das Heimkommen der Mutter verderben können. Die Kleinen hatten das fatale Ereignis ohnedies von Montag bis Samstag schon halb vergessen. Die Großen dachten ja wohl noch daran, aber doch mit dem unbestimmten Gefühl, daß die Mutter um so mehr her gehöre, je schwieriger die Lage im Haus war.

Herr Pfäffling sah auch nicht aus wie einer, der sich nicht freut, als er am Samstagmittag, gleich von der Musikschule aus an den Bahnhof eilte. Er kam dort fast eine Viertelstunde zu frühe an, lief in ungeduldiger Erwartung der Kinder, die von der Schule aus kommen sollten, vor dem Bahnhofgebäude hin und her und winkte mit seinen langen Armen, als er in der Ferne zuerst Wilhelm, dann Karl und Otto auftauchen sah.

Er hatte angeordnet, daß nicht alle Kinder die Mutter am Bahnhof begrüßen sollten. „Sie ist den Tumult nicht mehr gewöhnt,“ sagte er, „und soll nicht gleich so überfallen werden. Marianne kann uns bis an den Marktplatz entgegenkommen, Frieder bis an die Ecke der Frühlingsstraße und Elschen soll die Mutter an der Treppe empfangen, denn etwas Liebes muß auch noch zu Hause sein.“

So war es denn festgesetzt worden, daß bloß die drei Großen mit dem Vater an die Bahn kommen sollten, aber bis zum Zug selbst durften auch sie nicht vordringen, das wahrte sich Herr Pfäffling als alleiniges Vorrecht. Sie standen alle drei spähend hinter dem eisernen Gitter, während der Zug einfuhr, entdeckten die Mutter schon, als sie noch aus dem Wagenfenster forschend nach ihren Lieben aussah, und bemerkten, wie sich dann plötzlich ihre Züge verklärten, als sie den Vater erblickte, der, dem Schaffner zuvorkommend, die Türe ausriß und mit froher Begrüßung seiner Frau aus dem Wagen half.

Mitten im Menschengewühl und Gedränge gab es ein glückliches Wiedersehen und Willkommenheißen und der kleine Trupp schob sich durch die Menge hinaus auf den Bahnhofsplatz. Schwester Mathilde hätte zufrieden sein können mit ihrem Erfolg, denn die Verwunderung über der Mutter frisches, rundliches Aussehen kam zu einstimmigem Ausdruck und hätte noch nicht so schnell ein Ende gefunden, wenn nicht Frau Pfäfflings ängstlich klingende Frage dazwischen gekommen wäre, ob die Kinder alle und auch Walburg gesund seien. Als sie die Versicherung erhielt, daß sich alle frisch und wohl befänden wie bei ihrer Abreise, da kam aus erleichtertem Herzen ein dankbares: Gottlob!

„Ich habe schon gefürchtet, da keine Karte kam, es möchte eines von euch krank sein," sagte sie. „Nein, das war nicht der Grund, warum ich nimmer geschrieben habe," entgegnete Herr Pfäffling und seine Antwort lautete ein wenig bedrückt. Sie bemerkte es. „Alles andere, was etwa vorgekommen ist, bekümmert mich gar nicht," sagte sie und drückte glücklich die Hand ihres Mannes. Das freute ihn. „Hört nur, Kinder," sagte er lachend, „die Mutter ist ordentlich leichtsinnig geworden auf der Reise." So kamen sie, fröhlich plaudernd, bis zum Marktplatz, wo ganz brav, der Verabredung gemäß, die zwei Schwestern gewartet hatten und jetzt der überraschten Mutter jubelnd in die Arme flogen.

Nun nahmen diese beiden der Mutter Hände in Beschlag, bis sie an der Ecke der Frühlingsstraße von einem andern verdrängt wurden. Dort hatte Frieder gewartet und ausgeschaut, schon eine gute Weile. Aber in dem Augenblick, als die Familie um die Ecke bog, sah er doch gerade in anderer Richtung.

„Frieder!" rief ihn die Mutter an. Da wandte er sich. „Mutter, o Mutter!" rief er, drückte sich an sie und schluchzte. Sie küßte ihn zärtlich und sagte ihm freundlich: „Warum weinst du denn, mein kleines Dummerle, wir sind ja jetzt wieder beisammen!"

„O, du bist so lang, so furchtbar lang fort geblieben!" sagte er, aber die Tränen versiegten schon, verklärt sah er mit noch nassen Augen zu ihr auf, ging dicht neben ihr her und ließ ihre Hand nicht los, bis sie, im Hausflur angekommen, wieder beide Arme frei haben mußte, um darin die Jüngste aufzufangen, die ihr in lauter Freude entgegensprang und schon auf der Treppe mit fröhlichem

Plappermäulchen erzählte, daß soeben zum Empfang eine Torte geschickt worden sei von Fräulein Vernagelding, und daß Frau Hartwig einen großen, großen Kaffeekuchen gebacken habe.

Unter ihrer Küchentüre stand Walburg und sah noch ernster aus als sonst. Sie hatte die ganze Woche bei Tag und Nacht den Verlust nicht vergessen können, an dem nach ihrer Überzeugung nur sie allein schuld war. Was konnte man von Kindern erwarten? Auf sie hatte sich Frau Pfäffling verlassen, ihr hatte sie das Haus übergeben, und wenn sie nicht die Kleine allein im Stockwerk gelassen hätte, so wäre kein Unglück geschehen.

Walburg hatte nicht an die Möglichkeit gedacht, daß Frau Pfäffling auf dem langen Weg von der Bahn bis zum Haus noch nichts von dem Ereignis erfahren hätte. Sie erwartete, daß Frau Pfäfflings erstes Wort ein Vorwurf sein würde. Den wollte sie hinnehmen, aber ein anderes Wort fürchtete sie zu hören, das sie schon einmal schwer getroffen hatte, das Wort: „ich will lieber eine, die hört!“ Darum stand sie so starr und stumm, daß Frau Pfäffling fast an ihr erschrak, als sie nun an der Küchentüre vorüber kam. Einen Augenblick durchzuckte sie der Gedanke: es ist *doch* etwas Schlimmes vorgefallen, aber im nächsten Moment sagte sie zu sich selbst: nein, du hast es nur vergessen, wie groß, wie ernst, wie stumm sie ist, und sie reichte dem Mädchen mit herzlichem Gruß die Hand. Walburg hörte den Gruß nicht, aber den Händedruck, den freundlichen Blick deutete sie sich als Verzeihung; es wurde ihr leicht ums Herz, die Dankbarkeit löste ihr die Zunge und ihr Gegengruß schloß mit den Worten: „einen Lohn nehme ich nicht für das Vierteljahr.“

Das waren freilich unverständliche Worte für Frau Pfäffling, aber ehe sie noch nach Erklärung fragen konnte, wurde sie von den Kindern angerufen: „Dein Koffer kommt, wohin soll er gestellt werden?“ Sie ließ ihn in das Schlafzimmer bringen und nahm aus ihrem Täschchen ein Geldstück für den Dienstmann. Frieder, der neben ihr stand, sah begierig in den offenen Geldbeutel. „Die Mutter hat noch viel Geld,“ rief er freudig den Geschwistern zu. „Seit wann fragt denn mein Frieder nach Geld?“ sagte Frau Pfäffling und bemerkte, als sie aufsah, daß die Großen ihm ein Zeichen machten, still zu sein. Einen Augenblick blieb sie nachdenklich, dann war es ihr klar: am Geld fehlte es. Man hatte zu viel verbraucht in ihrer Abwesenheit, und Walburg machte sich darüber Vorwürfe. Aber viel konnte das in drei Wochen nicht ausgemacht haben, dadurch sollte kein Schatten auf das Wiedersehen fallen.

„Ja, ich habe noch Geld," sagte sie heiter zu den Kindern, „aber nun kommt nur, der Vater wartet ja schon, und der Tisch ist so schön gedeckt, Walburg hat gewiß etwas Gutes gekocht."

Nun standen sie alle um den großen Eßtisch. „Heute betet die Mutter wieder," sagte der Vater, „wir wollen hören, was ihr erstes Tischgebet ist."

„Ich habe mich schon unterwegs auf diese Stunde gefreut," sagte Frau Pfäffling und sie sprach mit innerer Bewegung:

„Von Dank bewegt, o Gott, wir heute
Hier vor dir stehen!
Du schenkest uns die schönste Freude,
Das Wiedersehen.
Nun gehn wir wieder eng verbunden
Durch Lust und Leid,
In guten und in bösen Stunden
Gib uns Geleit!"

Zur Feier des Tages hatte Walburg nach Tisch für die Eltern Kaffee machen müssen, im Musikzimmer hatten die Kinder ein Tischchen dazu gedeckt. „Sollen wir den Kaffee gleich bringen?" fragte Marie. „Ja," sagte die Mutter. „Nein, erst wenn ich rufe," fiel Herr Pfäffling ein und schickte die Kinder hinaus. „Zuerst kommt etwas anderes," sagte er nun zu seiner Frau, „zuerst kommt meine Beichte," und er führte sie an den Schreibtisch und zog die kleine leere Schublade auf, deckte auch das leere Käßchen auf, in dem sonst das Ersparte lag. Dieser Stand der Dinge war schlimmer, als Frau Pfäffling gefürchtet hatte. „Ich habe schon geahnt, daß mit dem Geld etwas nicht in Richtigkeit ist," sagte sie, „aber daß *gar* nichts mehr da ist, hätte ich doch nicht für möglich gehalten, wie *kann* man denn nur so viel verbrauchen, das brächte ich ja gar nicht zustande!"

„Verbrauchen? Nein, verbraucht ist das Geld nicht, wir haben redlich gespart; gestohlen ist es, gestohlen!"

Herr Pfäffling erzählte den Hergang und auch, daß er gestern die Nachricht erhalten habe, der Dieb sei wegen mehrerer Schwindeleien festgenommen, aber das Geld habe er verspielt. Es war keine Hoffnung mehr, es zurück zu erhalten. Aber unentbehrlich war es und mußte auf irgend eine Weise wieder hereingebracht werden.

Eine lange Beratung folgte zwischen den beiden Gatten. Der Schluß derselben war, daß Herr Pfäffling lebhaft rief: „Ja, so kann es gelingen, das ist ein guter Plan!“ Und fröhlich klang sein Ruf hinaus: „Jetzt, Kinder, den Kaffee!“

13. Kapitel

Ein fremdes Element

Der gute Plan, den die Eltern ausgesonnen hatten, sollte am nächsten Tag auch den Kindern mitgeteilt werden.

„Marianne wird keine Freude daran haben,“ meinte Frau Pfäffling.

„Nein,“ entgegnete Herr Pfäffling, „aber man muß ihnen die Sache nur gleich im rechten Licht darstellen.“ Er rief die Kinder alle zusammen. „Hört einmal,“ sagte er, „wir haben ein Mittel ausfindig gemacht, durch das sich der Geldverlust wieder hereinbringen läßt. Zwei von euch können uns allen helfen. Wer sind wohl die zwei Glücklichen? Ratet einmal!“

Sie sahen sich fragend an „Wenn es gerade zwei sind, wird es Marianne sein,“ schlug Karl vor.

„Richtig geraten. Aber wie?“

„Wenn sie nicht immer so schöne Kleider und seidene Zopfbänder tragen,“ meinte Wilhelm. Die Zwillinge musterten sich gegenseitig, und auch die Blicke aller anderen ruhten auf ihnen. Die beiden Mädchen standen da in ihren vertragenen schottischen Kleidern, mit grauen Schürzen, und ihre blonden Zöpfe waren mit schmalen blauen Bändchen gebunden.

„Da werden wir keine großen Summen heraus sparen können,“ meinte Herr Pfäffling, „eher könntet ihr Buben in der Kleidung etwas sparen, wenn ihr eure Anzüge besser schonen würdet. Nein, das ist's nicht, wir wissen etwas anderes.“

„Etwas,“ setzte Frau Pfäffling hinzu, „das jeden Monat 20 Mark und noch mehr einbringt.“

Nun waren sie alle aufs äußerste gespannt. „Ihr erratet es nicht, ich will es euch sagen,“ und Herr Pfäffling wandte sich an die Mädchen: „Ihr Beiden zieht in die Bodenkammer hinauf, dann können wir euer Zimmer an einen Zimmerherrn vermieten und schweres Geld dafür einnehmen. Ist das nicht ein feiner Plan?

Das muß euch doch freuen? Die Mutter will alles Gerümpel aus der Kammer herausräumen und eure Betten hineinstellen und im übrigen dürft ihr alles ganz nach eurem Belieben einrichten; in eurem Reich da oben redet euch niemand darein; aus den alten Kisten könnt ihr Tische machen und Stühle und was ihr nur wollt."

Die Zwillinge hatten zuerst ein wenig bedenkliche Gesichter gemacht, aber zusehends hellten sich diese auf; jetzt nickten sie einander zu und betätigten: „Ja, es wird sein!"

Gleich darauf erbaten sie sich den Kammerschlüssel, der sollte in Zukunft auch ihr Eigentum sein und nun sprangen sie die Treppe hinauf in großer Begleitung. Auch der Vater ging mit, sie aber waren doch die Hauptpersonen. Sie schlossen ihr künftiges Revier auf. Es war ein kleines Kämmerchen mit schrägen Wänden und einem Dachfenster. „Kalt ist's da oben," meinte einer der Brüder. „Aber im Sommer ist's immer ganz warm, das weiß ich noch vom vorigen Jahr," entgegnete Marie. „Da hast du recht," bestätigte lächelnd der Vater, „und seht nur durch das Fenster, wenn man den Kopf weit hinausstreckt, so hat man die schönste Aussicht vom ganzen Haus. Und so gut vermacht ist die Kammer, nirgends kann Schnee oder Regen durch; wißt ihr noch, wie Frau von Falkenhausen in ihrer Lebensgeschichte erzählt, daß ihr in Afrika der Regen in ihr Häuschen gedrungen ist, und die Betten wie in einem Teich standen? Und wie eine dicke Schlange durch ein Loch am Fenster herein gekrochen ist? Wie wäre sie glücklich gewesen über ein so gutverwahrtes Kämmerlein! Ja, Kinder, da habt ihr es schon besser."

Als sie herunter kamen, waren alle ganz von den guten Eigenschaften der Kammer erfüllt.

Es galt nun einen Zimmerherrn zu suchen und sich der Hausleute Erlaubnis zu sichern. Frau Pfäffling besprach die Sache mit der Hausfrau und diese wiederum mit ihrem Mann. Da stieß die Sache auf Widerstand. Herr Hartwig wollte nichts davon wissen, durchaus nichts. Er meinte, es sei schon reichlich genug, wenn zehn Leute den obern Stock bewohnten und Zimmerherrn seien ihm ganz zuwider. Er habe nie welche gehabt und geduldet. Frau Hartwig legte viel gute Worte ein für die Familie Pfäffling und schilderte ganz ideale Zimmerherrn, aber ihr Mann blieb bei seinem entschiedenen „nein" und sie konnte nicht anders als dieses Frau Pfäffling mitteilen.

„Es tut mir so leid," sagte sie, „aber ich kann nichts machen; mein Mann sagt ja selten „nein", aber wenn er es einmal gesagt hat, dann bleibt er dabei. Er meint, wenn ein Mann „nein" gesagt hat, dürfe er nachher nicht mehr „ja" sagen, sogar wenn er's möchte."

Dieser Bescheid war eine große Enttäuschung für die Familie. Herr Pfäffling konnte wieder einmal den Hausherrn nicht begreifen. „Wenn ich sehe, daß jemand nicht auskommt, lasse ich ihn doch lieber sechs Zimmerherrn nehmen, als in Geldnot stecken," rief er, indem er lebhaft den Tisch umkreiste. „Nicht mehr „ja" sagen dürfen, weil man vorher „nein" gesagt hat? Soll sich darin die Männlichkeit zeigen? Dann wäre jedes eigensinnige Kind „männlich". Glaubt das nicht, ihr Buben," sagte er, vor Karl stehen bleibend, „ich will euch sagen, was männlich ist: Nicht nachgeben, wenn es gegen besseres Wissen und Gewissen geht; aber *nachgeben*, sobald man einsieht, daß man falsch oder unrecht geurteilt hat."

Als zwei Tage über die Sache hingegangen waren, ohne daß mit den Hausleuten weiter darüber gesprochen worden wäre, traf Frau Pfäffling zufällig oder vielleicht absichtlich mit Herrn Hartwig im Hausflur zusammen.

„Es war uns so leid," sagte sie zu ihm, „daß wir keinen Zimmerherrn nehmen durften, denn wir sind durch den Diebstahl ein wenig in die Enge geraten. Aber da Sie einmal „nein" gesagt haben, möchte ich Sie nicht plagen, und es ist ja wahr, daß manche Zimmerherrn spät in der Nacht heimkommen, Lärm machen und dergleichen. So müssen wir uns eben jetzt entschließen, eine ältere Dame als Zimmermieterin aufzunehmen, da fallen ja alle diese Schattenseiten weg. Es ist nur für uns unbequemer und auch schwerer zu finden als ein Zimmerherr. Wenn Sie uns ein wenig behilflich sein möchten, eine passende Hausgenossin zu finden, wären wir Ihnen recht dankbar. Meinen Sie, wir sollen es in die Zeitung setzen?"

„Ja," sagte Herr Hartwig, „das wird am schnellsten zum Ziel führen." Sie besprachen noch ein wenig die näheren Bedingungen und ohne recht zu wissen wie, war Herr Hartwig dazu gekommen, sich selbst um eine elfte Hausbewohnerin für den obern Stock zu bemühen.

Das seitherige Zimmer der beiden Mädchen wurde hübsch hergerichtet und sie bezogen ihre Bodenkammer. Ein Inserat in der Zeitung erschien, und nun kamen wieder einmal Tage, in denen sich die Kinder darum stritten, wer die Türe aufmachen durfte, um etwaigen Liebhaberinnen das Zimmer zu zeigen.

Allzuviele erschienen nicht und Frau Pfäffling mußte erfahren, daß die Frühlingsstraße „keine Lage“ sei. Ihr selbst war auch nicht jede von den wenigen, die sich meldeten, erwünscht; sie wollte nur das Zimmer vermieten, nicht eine Kostgängerin an ihrem einfachen Mittagstisch haben, kein fremdes Element in den vertrauten Familienkreis aufnehmen. Aber als auf wiederholte Ankündigung die Rechte sich nicht finden wollte, wurde Frau Pfäffling kleinmütig und sagte zu ihrem Mann: „Mir scheint, wir müssen froh sein, wenn überhaupt irgend jemand das Zimmer mietet, ich muß mich entschließen, auch die Kost zu geben. Aber niemand begnügt sich heutzutage mit so einfachem Mittagstisch, wie wir ihn haben.“

„So machst du eben immer besondere Leckerbissen für solch eine anspruchsvolle Dame und deckst für sie in ihrem eigenen Zimmer, dann stört sie uns nicht,“ lautete Herrn Pfäfflings Rat.

Drei Tage später bezog Fräulein Bergmann das Zimmer. Pfäfflings durften sich glücklich schätzen über diese Mieterin. Sie war eine fein gebildete Dame, etwa Mitte der Vierziger. Erzieherin war sie gewesen, meist im Ausland, hatte vorzügliche Stellen innegehabt und so viel zurückgelegt, daß sie sich jetzt, nach etwa fünfundzwanzig Jahren fleißiger Arbeit, zur Ruhe setzen und von ihrer Rente leben konnte. Sie war gesund und frisch und wollte nun ihre Freiheit genießen, sich Privatstudien und Liebhabereien widmen, zu denen ihr das Leben bis jetzt wenig Muße gelassen hatte. Was andere Mieter abschreckte, der Kinderreichtum der Familie Pfäffling, das war für sie ein Anziehungspunkt, denn in der Wohnung, die sie zuerst nach dem Austritt aus ihrer letzten Stelle bezogen hatte, war es ihr zu einsam gewesen. Sie hatte es nur kurze Zeit dort ausgehalten und suchte jetzt eine Familie, in der sie mehr Anschluß fände. Mit schwerem Herzen machte ihr Frau Pfäffling das Zugeständnis, daß sie am Mittagstisch der Familie teilnehmen dürfe.

„Ich konnte es ihr nicht verweigern,“ sagte sie zu ihrem Mann und fügte seufzend hinzu: „Ursprünglich wollten wir freilich einen Herrn, der den ganzen Tag fort wäre und nun haben wir eine Dame, die den ganzen Tag da ist, aber ich glaube, daß sie keine unangenehme Hausgenossin sein wird.“

Nach den ersten gemeinsamen Mahlzeiten war die ganze Familie für Fräulein Bergmann eingenommen. Sie war viel in der Welt herumgekommen, wußte in anregender Weise davon zu erzählen und interessierte sich doch auch für den Familienkreis, in den sie nun eingetreten war. Deutlich war zu bemerken, daß sie sich von Frau Pfäfflings sinnigem Wesen angezogen fühlte, daß sie Verständnis hatte für des Hausherrn originelle Lebhaftigkeit und Anerkennung für der Kinder Bescheidenheit. Freilich waren auch alle sieben voll Zuvorkommenheit gegen die neue Hausgenossin. Hatte diese doch das Zimmer gemietet trotz der vielen Kinder, und trotzdem die Frühlingsstraße „keine Lage" war. Überdies flößten ihnen die feinen Umgangsformen und das sichere Auftreten der ehemaligen Erzieherin Achtung ein. So ging anfangs alles aufs beste und wäre auch wohl so weiter gegangen, wenn Fräulein Bergmann nicht das Wort „ehemalig" vergessen hätte. Aber es dauerte gar nicht lange, so gewann es den Anschein, als ob sie die Erzieherin der Kinder wäre; sie ermahnte und tadelte sie, fragte nach den Schularbeiten, rief die Schwestern zu sich in ihr Zimmer und ließ sie unter ihrer Anleitung die Aufgaben machen. Die Mädchen, um deren Arbeiten sich bisher niemand bekümmert hatte, fanden das vorteilhaft und kamen gerne, auch Frau Pfäffling war anfangs dankbar dafür, aber die neue Einrichtung paßte doch nicht zum Ganzen.

So waren auch eines Nachmittags die beiden Schwestern schon geraume Zeit in Fräulein Bergmanns Zimmer, als Elschen bescheiden anklopfte. „Marianne soll herüber kommen," richtete sie aus, „es gibt Ausgänge zu machen." Die Mädchen standen augenblicklich auf, aber Fräulein Bergmann hielt sie zurück: „Das eilt doch nicht so," sagte sie, „die Schularbeit geht allem vor, das habe ich allen meinen Zöglingen eingeprägt. Die Ausgänge könnten doch auch von dem Dienstmädchen gemacht werden."

„Walburg hat keine Zeit," entgegnete Elschen altklug, „und sie hört auch nicht genug für manche Besorgungen."

„Dies taube Mädchen ist in jeder Hinsicht eine ungenügende Hilfe," sagte Fräulein Bergmann. „Nun geh nur, Elschen, und bitte deine Mama, sie möchte den Schwestern noch ein halb Stündchen Zeit gönnen."

Es dauerte aber noch eine ganze Stunde, bis die Kinder herüberkamen.

„Ihr braucht länger zu den Aufgaben, als wenn ihr allein arbeitet," sagte Frau Pfäffling ärgerlich, „woher kommt denn das?"

„Weil Fräulein Bergmann immer zuerst das alte wiederholt und das neue voraus erklärt. Sie sagt, so könnten wir bald alle Mitschülerinnen überflügeln, und in der Schule würde jedermann staunen über unsere Fortschritte."

„Das kann sein," entgegnete Frau Pfäffling, „aber dann hätte ich gar keine Hilfe von euch und das geht nicht an, auch ist die Schule zum lernen da und nicht zum prahlen. Nun eilt euch nur, daß ihr nicht in die Dunkelheit kommt mit den Ausgängen." Sie kamen aber doch erst heim, als es finster war. „Finden Sie das passend?" fragte Fräulein Bergmann die Mutter, „sollten Sie nicht das Dienstmädchen schicken?"

„Walburg kann nicht alles besorgen."

„Nun ja, mit dieser Walburg kann es nicht mehr lange gut tun, wenn sie vollends ganz taub ist, muß sie doch fort."

Diese Worte hörte auch Frieder, und sie gingen ihm zu Herzen. Er suchte Walburg in der Küche auf und wollte sie sich daraufhin ansehen, ob sie wohl bald ganz taub würde? Sie bemerkte seinen forschenden, teilnehmenden Blick. „Willst du mir was?" fragte sie und beugte sich zu ihm. Er zog ihren Kopf ganz zu sich und sagte ihr ins Ohr: „Ich mag Fräulein Bergmann nicht, magst du sie?" Walburg antwortete ausweichend: „Man muß froh sein, daß man sie hat."

Ja, man war froh, daß man sie hatte, und nahm geduldig manche Einmischung hin. Da und dort zeigte sich bald eine kleine Veränderung im Pfäffling'schen Haushalt. So am Mittagstisch. Dieser war bisher immer mit einem hellen Wachstuch bedeckt worden.

„Ich habe noch überall, wo ich war, weiße Tischtücher getroffen," bemerkte Fräulein Bergmann.

„Vielleicht waren Sie noch nie in einem so einfachen und kinderreichen Haus," entgegnete Frau Pfäffling, „wir müssen jede unnötige Arbeit vermeiden und die großen Tischtücher machen viel Arbeit in der Wäsche."

„Aber das Essen mundet besser auf solchen."

„Dann will ich ein Tischtuch ausbreiten, es soll Ihnen gut schmecken an unserem Tisch."

Kurz darauf beanstandete Fräulein Bergmann, daß die Türe zum Nebenzimmer regelmäßig offen stand. „Wir können dadurch beide Zimmer mit *einem* Ofen heizen," erklärte Frau Pfäffling.

„Aber dann sollten Sie die Türe aushängen und eine Portiere anbringen, das würde sich sehr fein machen."

„Ja gewiß, aber ich habe keine Portiere und auf solche Einkäufe kann ich mich nicht einlassen. Sie müssen bedenken, daß Sie nun nicht mehr bei reichen Leuten leben, sondern bei solchen, die recht dankbar sind, wenn es nur immer zum täglichen Brot reicht.“

„Sie haben recht, ich merke jetzt selbst erst, wie ich verwöhnt bin, und ich habe mich schon oft gewundert, daß Sie so heitern Sinnes auf vieles verzichten, woran Sie gewiß zu Hause gewöhnt waren. Ich weiß, daß Sie aus fein gebildeter Familie stammen.“

„Vielleicht kann ich mich gerade deshalb leicht in andere Verhältnisse schicken. Die äußere Einfachheit macht mir wirklich nichts aus, mein Glück ruht auf ganz anderem Grund, Portieren und dergleichen haben damit gar nichts zu tun.“

Ein paar Tage später brachte Fräulein Bergmann als Geschenk den Stoff zu einer Portiere, auch den Tapezierer hatte sie bestellt. Die Türöffnung wurde nun elegant verkleidet und sah in der Tat hübsch aus, die Kinder standen voll Bewunderung. Aber der schöne Stoff paßte nicht so recht zum Ganzen, Fräulein Bergmann selbst war die erste, die das bemerkte. „Es sehen nun allerdings die Möbelbezüge verblichen aus,“ sagte sie, „aber über kurz oder lang müßten diese doch erneuert werden.“

Herr Pfäffling war sehr überrascht, als er zum erstenmal durch die Portiere schritt. Sie streifte dem großen Mann das Haar. Er sah sie mißliebig an.

„Es ist ein Geschenk von Fräulein Bergmann,“ sagte Frau Pfäffling, „du solltest ihr auch ein Wort des Dankes sagen, wenn sie zu Tisch kommt.“

„Auch noch danken?“ entgegnete Herr Pfäffling, „ich habe ja gar keinen Sinn für so etwas, es fängt nur den Staub auf und stimmt auch nicht zu unserer übrigen Einfachheit. Fräulein Bergmann mag sich Portieren in ihr Zimmer hängen so viel sie will, aber unsere Zimmer müssen ihr schön genug sein, so wie sie sind.“

Bei Tisch saß er gerade der Portiere gegenüber; sie kam ihm wie etwas Zudringliches, Fremdes vor. Er wollte aber die Höflichkeit wahren und sich nichts anmerken lassen. Da kam noch ein kleiner Ärger zum ersten hinzu. Walburg hatte eben die Suppe abgetragen und drei Teller gewechselt. Die Kinder bekamen immer nur *einen* Teller.

„Finden Sie nicht, daß es gegen den Schönheitssinn verstößt, wenn die Kinder alles auf einem und demselben Teller essen?“ wandte sich Fräulein Bergmann fragend an Frau Pfäffling.

„Es geschieht eben, um Arbeit zu sparen,“ antwortete sie, „sieben Teller mehr aufzudecken, abzuwaschen und aufzuräumen ist schon ein Geschäft.“

„So viel könnte diese Walburg wohl noch leisten,“ entgegnen das Fräulein, „das ist doch solch eine Kleinigkeit.“

Da fiel ihr Herr Pfäffling ungeduldig in die Rede: „Aber ich bitte Sie, geehrtes Fräulein, meine Frau als Hausfrau muß doch am besten wissen, was in unsere Haushaltung paßt oder nicht, und wenn Sie bei uns sind, müssen Sie mit unserer Art vorlieb nehmen.“

„Gewiß, das tue ich ja auch, es ist mir nur wegen der Kinder leid, zu sehen, wie der Schönheitssinn so ganz vernachlässigt wird. Aber ich werde gewiß nicht mehr darein reden, kein Wort mehr.“

„Ja, darum möchte ich Sie recht freundlich bitten,“ sagte Herr Pfäffling, „und übrigens ist an meiner Frau und ihrem Tun alles ordentlich, schön und rein und ich möchte durchaus nicht, daß sie sich noch mehr Arbeit macht, und wenn meine Kinder ihr nachschlagen, wird man sie überall gern sehen.“

„Aber bitte, wer bestreitet denn das?“ sagte das Fräulein und fügte gekränkt hinzu: „Ich schweige ja schon!“ Der Schluß der Mahlzeit verlief in unbehaglicher Stille, und sobald das Essen vorüber war, zog sich Fräulein Bergmann zurück.

„Sie ist beleidigt,“ flüsterte bekümmert eines der Mädchen dem andern zu.

„Das ist nur ihre eigene Schuld,“ behaupteten die Brüder, „warum mischt sie sich ein!“

„Aber es ist doch wahr, daß Teller schnell abgewaschen sind!“

„Nein, es ist nicht wahr. Ihr glaubt alles, was Fräulein Bergmann sagt und haltet gar nicht zur Mutter!“

Dieser Vorwurf kränkte die Schwestern tief, sie weinten beide. Herr Pfäffling bemerkte es: „Sie macht uns auch noch die Kinder uneins,“ sagte er zu seiner Frau. Die beruhigte ihn: „Fräulein Bergmann wird sich jetzt schon besser in acht nehmen, wenigstens in deiner Gegenwart, und mir ist ihr Dareinreden nicht so unangenehm, man macht doch seine Sache nicht vollkommen und da ist es gar nicht übel, einmal zu erfahren, wie andere darüber urteilen. Sie hat auch viel mehr von der Welt gesehen als ich."

Mit Frau Pfäffling verstand sich Fräulein Bergmann am besten. Die beiden Frauen standen eines Morgens vor dem Bücherschrank, Fräulein Bergmann machte von der Erlaubnis Gebrauch, sich ein Buch auszuwählen.

„Es ist merkwürdig," sagte sie, „wie langsam der Tag vergeht, wenn man keinen eigentlichen Beruf hat! Seit Jahren habe ich mich gefreut auf diese Zeit der Freiheit, habe mich in meinen Stellen gesehnt, so recht nach Herzenslust lesen, zeichnen, studieren zu können, und nun, seitdem ich Muße dazu habe, so viel ich nur will, hat es seinen Reiz verloren."

Frau Pfäffling sagte nach einigem Besinnen:

„Ob es Sie wohl befriedigen würde, wenn Sie sich an gemeinnütziger Arbeit beteiligten? Es gibt hier manche wirklich nützliche Vereine."

„Nein, nein," wehrte Fräulein Bergmann lebhaft ab, „dazu passe ich gar nicht. Ich werde mich schon allmählich zurecht finden in meiner veränderten Lebenslage. Haben Sie ein wenig Geduld mit mir, ich fühle selbst, daß ich unausstehlich bin."

Frau Pfäffling übte Geduld, aber manchmal hatte sie den Eindruck, daß Fräulein Bergmann im Vertrauen auf diese Nachsicht sich immer mehr Kritik und Einmischung gestattete.

Es war kein schöner Monat, dieser März! Draußen in der Natur wollte sich kein Frühlingslüftchen regen, ein kalter Ostwind hielt alles zurück und brachte Erkältungen mancherlei Art in die Familie. Nach Fräulein Bergmanns Ansicht waren all diese kleinen Übelbefinden selbst verschuldet, sie behauptete, solches bei ihren Zöglingen durch sorgfältige Aufsicht immer verhütet zu haben.

„Heute steht Frühlingsanfang im Kalender," sagte Karl am 21. März, „weißt du noch, Vater, heute vor einem Jahr bist du mit uns allen sieben ausgezogen, Veilchen zu suchen und Palmkätzchen heim zu bringen. Aber dieses Jahr ist es so kalt."

„Ja, voriges Jahr war es viel schöner," darin stimmten alle überein, schöner war es draußen gewesen, schöner auch im friedlich geschlossenen Familienkreis.

Sie saßen wieder einmal an dem weiß gedeckten Mittagstisch, nachdem Herr Pfäffling sich die Fransen der Portiere hatte durch die Haare streichen lassen, und seine Frau ein Tischgebet gesprochen hatte.

„Wie wunderlich," begann Fräulein Bergmann, „daß Sie nicht ein feststehendes Tischgebet haben! Das ist mir noch in keinem Haus vorgekommen. Das heutige hat kein gutes Versmaß. Wie vielerlei haben Sie eigentlich?"

„Eine ganze Sammlung," sagte Frau Pfäffling. „Ich denke, daß man leichter mit dem Herzen und den Gedanken bei dem Tischgebet ist, wenn es nicht jeden Tag das gleiche ist, und mir tut es immer leid, wenn ein Gebet gedankenlos gesprochen wird."

„Ach, das können Sie doch nicht ändern. Ich bin nicht für solche Neuerungen. Das Tischgebet ist eben eine Form, weiter nichts." Nun war es mit Herrn Pfäfflings Geduld schon wieder zu Ende. „Aber meiner Frau liegt daran, in diese Form einen Inhalt zu gießen," sagte er lebhaft, „und wenn Sie lieber die leere Form haben, so brauchen Sie ja auf den Inhalt nicht zu horchen."

„Aber, lieber Mann," sagte Frau Pfäffling und legte beschwichtigend ihre Hand auf seine trommelnde, „Fräulein Bergmann hat das gar nicht schlimm gemeint!"

„Dann meine ich es auch nicht schlimm," sagte Herr Pfäffling begütigend. Im Weiteren verlief die Mahlzeit friedlich, wenn auch einsilbig. Aber nach Tisch rief Herr Pfäffling seine Frau zu sich in das Musikzimmer. „Das ist ein unleidlicher Zustand," begann er, „dieses Frauenzimmer ist die verkörperte Dissonanz und stört jegliche Harmonie im Hause. So etwas kann ich nicht vertragen. Tu mir's zuliebe und mache der Sache ein Ende. Wir finden wohl auch wieder eine andere Mieterin."

„Aber nach so kurzer Zeit ihr schon die Türe weisen, das tut mir doch leid für sie, wie soll ich denn das machen?"

„Ganz wie du willst, du bringst das schon zustande, ohne sie zu kränken. Aber je eher, je lieber, nicht wahr? Kannst du nicht gleich hinüber und mit ihr reden? Vielleicht ginge sie dann schon morgen!"

„Nein, so plötzlich läßt sich das doch nicht machen, bis zum 1. April mußt du dich schon noch gedulden!" sagte Frau Pfäffling, und während sie ihrer Arbeit nachging, überlegte sie, wie sie die Kündigung schonend begründen könnte.

Fräulein Bergmann tat ihr leid, aber die Rücksicht auf ihren Mann, auf Harmonie und Frieden im Hause mußte doch vorgehen.

Noch am selben Nachmittag kam ihr ein Umstand zu Hilfe. Fräulein Bergmann suchte sie auf und bat sie, in ihr Zimmer zu kommen. Auf dem Tisch lagen Papiere ausgebreitet. „Ich möchte Ihnen etwas zeigen," sagte das Fräulein, „hier habe ich die Zeugnisse von meinen letzten Stellen hervorgesucht, möchten Sie diese nicht lesen? Ich muß Ihnen sagen, daß ich mich ordentlich schäme über die Zurechtweisung, die ich heute mittag erfahren habe; so etwas ist mir nicht vorgekommen in den vielen Jahren, die ich in Stellung war. Aber ich fühle ja selbst, daß ich unleidlich bin; was ist es denn nur? Ich war doch sonst nicht so, bitte, lesen Sie!"

Fräulein Bergmann hatte als stellvertretende Hausfrau und Mutter viele Jahre in ein und demselben Haus zugebracht und neben ihrer Tüchtigkeit war in den Zeugnissen ausdrücklich ihre Liebenswürdigkeit, ihr Takt hervorgehoben.

Indem Frau Pfäffling dieses las und überdachte, kam ihr plötzlich die Erklärung dieses Widerspruches und der Gedanke, wie Fräulein Bergmann wieder in das richtige Geleise zu bringen wäre.

„Ich glaube, Sie haben sich viel zu frühe in den Ruhestand begeben, und das ist wohl der Grund für Ihre „Unausstehlichkeit", wie Sie es nennen. Sie stehen im gleichen Alter wie mein Mann; wie käme es Ihnen vor, wenn er schon aufhören wollte, in seinem Beruf zu wirken? Er will erst noch sein Bestes leisten, und so stehen auch Sie noch in der vollen Kraft, und haben eine reiche Lebenserfahrung dazu. Sie könnten ein ganzes Hauswesen leiten, eine Schar Kinder erziehen, und wollen hier in einem Stübchen hinter den Büchern sitzen! Das ertragen Sie einfach nicht und das wird wohl der Grund sein, warum Sie nun in unser Hauswesen unberufen eingreifen. Ihre besten Kräfte liegen brach! Wenn ich Ihnen einen Rat geben darf, so ist es der: Suchen Sie wieder eine Stelle, und zwar eine solche, die Sie vollauf in Anspruch nimmt!"

Fräulein Bergmann hatte nachdenklich zugehört. „Ja," sagte sie jetzt, „so wird es wohl sein. Ich kann die Untätigkeit nicht ertragen. Daß Sie mir noch solch eine Leistungsfähigkeit zutrauen, das freut mich. Nur schäme ich mich vor all meinen Bekannten, denen ich mit Stolz meinen Entschluß mitgeteilt habe, zu privatisieren. Es war mir damals eine verlockende Stelle als Hausdame angetragen, ich habe sie abgelehnt."

„Ist sie wohl schon besetzt?"

„Vielleicht nicht. Es hieß, der Eintritt könne auch erst später erfolgen."

„Wollen Sie sich nicht darnach erkundigen?"

„Nachdem ich die Stelle so stolz abgewiesen habe? Allerdings hätte ich keine passendere finden können. Meinen Sie, ich soll schreiben?"

„überlegen Sie es sich noch, lassen Sie eine Nacht darüber hingehen."

Eine halbe Stunde später hörte man Fräulein Bergmann mit eiligen, elastischen Schritten die Treppe hinuntergehen, nach der Post.

„Ich bin Fräulein Bergmann begegnet," sagte Wilhelm, der eben heimkam, „sie ist gesprungen wie ein Wiesel und hat mir ganz fidel zugenickt; warum sie wohl gerade heute so vergnügt ist?"

Mit der Stelle kam es nach einigem Hin- und Herschreiben in Richtigkeit. Schon zum 1. April sollte Fräulein Bergmann sie antreten. Das letzte gemeinsame Mittagsmahl war vorüber, die Kinder freuten sich unten, im Freien, der langersehnten warmen Frühlingsluft, Frau Pfäffling war mit der Sorge um das Gepäck der Reisenden beschäftigt, diese saß allein noch mit Herrn Pfäffling am Eßtisch.

„Wenn ich einmal alt und pflegebedürftig bin," begann Fräulein Bergmann, „dann frage ich wieder an, ob Sie mich aufnehmen möchten in Ihr Haus. Ich kenne niemand, dem ich mich in hilfloser Lage so gern anvertrauen möchte, als Ihrer lieben Frau und den seelenguten Zwillingsschwestern. Dann dürften Sie ja keine Angst mehr haben vor meiner kritischen Art." Herr Pfäffling, der nach seiner Gewohnheit um den Tisch gewandelt war, machte jetzt Halt und sagte: „Die Kritik ist ja sehr viel wert, wenn sie nicht bloß aus schlechter Laune entspringt. Solange Sie *alles* tadelten, wehrte ich mich dagegen, aber jetzt, wo wir in friedlicher Stimmung auseinandergehen, jetzt würde ich auf Ihr Urteil viel geben. Sie sagten neulich, es sei alles unschön und unfein bei uns – „

„Nein," fiel sie ihm ins Wort, „so sagte ich doch nicht und überdies wissen Sie wohl, daß alles nur aus einer gewissen Streitlust gesprochen war."

„Aber etwas Wahres lag doch wohl Ihren Äußerungen zugrunde. Möchten Sie mir nicht sagen, was Ihnen unschön erscheint in unserem Hauswesen, unseren Gewohnheiten?"

Fräulein Bergmann überlegte. „Ich kann meine Behauptung wirklich nicht aufrecht erhalten," und mit einem gutmütigen, aber doch ein wenig spöttischen Lächeln fügte sie hinzu: „Unschön ist eigentlich nur *eines*."

„Und zwar?"

„Darf ich es sagen? Nun denn: unschön kommt mir vor, wenn Sie so wie jetzt eben im Laufschritt den Tisch umkreisen, an dem man sitzt."

Herr Pfäffling hielt betroffen mitten in seinem Lauf inne.

„Ihr Wilhelm fängt das nämlich auch schon an," fuhr sie fort, „haben Sie es noch nicht bemerkt? Neulich lief er ganz in Ihrem Schritt hinter Ihnen, immer die gleiche Entfernung einhaltend, wahrscheinlich um einen Zusammenstoß zu vermeiden, da Sie oft mit einem plötzlichen Ruck stehenbleiben. Es war sehr drollig anzusehen, nur wurde mir schwindelig dabei."

„Das begreife ich!" sagte Herr Pfäffling, „und wenn mir schließlich alle Kinder folgen würden wie ein Kometenschweif, so ginge das zu weit. Ich werde es mir abgewöhnen, sofort und mit aller Energie. Wie man nur zu solchen übeln Gewohnheiten kommt?" Er versank in Gedanken darüber – und nahm seinen Lauf um den Tisch wieder auf.

Fräulein Bergmann verließ lächelnd das Zimmer.

Im Vorplatz übergab Frau Pfäffling den vollgepackten Handkoffer an Walburg. „Ist er nicht zu schwer?" fragte sie.

„O nein," entgegnete Walburg in ungewöhnlich lebhaftem Ton, „ich trage ihn *gern* fort."

Hatte sie auch nie die unfreundlichen Äußerungen gehört, die Fräulein Bergmann über sie tat, so hatte sie doch in ihr eine Feindin gewittert und war froh, daß diese so unerwartet schnell abzog. Warum, wußte sie nicht, fragte auch nicht darnach, es genügte ihr, daß offenbar niemand unglücklich darüber war, Marianne vielleicht ausgenommen, aber die würde sich bald trösten, und eine neue Mieterin konnte sich nach Ostern finden.

Frau Pfäffling begleitete die Reifende und Elschen durfte diesmal mit zur Bahn. Die kleine Reisegesellschaft war kaum zur Haustüre hinaus, als Herr Pfäffling seine drei Großen herbeirief: „Nun helft mir die Portiere abnehmen, daß man wieder Luft und Licht hat und frei durch die Türe kann. Aber vorsichtig, die Mutter sagt, sie könne den schönen Stoff gut verwenden!"

So standen sie bald zu viert auf Tisch und Stühlen und hantierten lustig darauf los, als heftig geklingelt wurde und gleichzeitig durch das offene Fenster von der Straße herauf Elschens Stimme ertönte, die nach den Brüdern rief. Otto sah durchs Fenster und fuhr blitzschnell wieder herein: „Fräulein Bergmann hat ihren Schirm vergessen, sie kommt selbst herauf!"

„Geht hinaus, laßt sie nicht herein," rief Herr Pfäffling, „den schmerzlichen Anblick soll sie nicht erleben!" Draußen hörte man auch schon ihre Stimme: „Ich muß den Schirm im Eßzimmer abgestellt haben." Richtig, da stand er in der Ecke! Wilhelm erfaßte ihn, blitzschnell rannte er durch die Türe und konnte diese gerade noch hinter sich schließen und Fräulein Bergmann den Schirm hinreichen. Sie hatte nichts gesehen und eilte davon.

„Wenn sie nun zu spät zum Zug kommt und wieder umkehrt!" sagte Herr Pfäffling überlegend und sah nach der Portiere, die, halb oben, halb unten, einen traurigen Anblick bot. „Wir hätten eigentlich warten können bis morgen."

Nun blieb aber keine Wahl mehr, das Werk mußte vollendet werden; bald sah alles im Haus Pfäffling wieder aus wie vorher; Fräulein Bergmann kam nicht wieder, das fremde Element war ausgeschieden, Frau Pfäffling kehrte mit Elschen allein zurück. „Sie läßt euch alle noch grüßen," berichtete sie, „ihr letztes Wort war: „Vielleicht kann ich Ihnen auch einmal ein schönes Tischgebet schicken!""

Herr Pfäffling war in fröhlicher Stimmung. „Kommt, Kinder," rief er, „wir singen einmal wieder zusammen, wie lange sind wir nimmer dazu gekommen." Er stimmte ein Frühlingslied an, und daß es so besonders frisch und fröhlich klang, das war Fräulein Bergmann zu danken!

14. Kapitel

Wir nehmen Abschied

Frau Pfäfflings Bruder wurde noch vor Beginn der Osterferien erwartet, und das leere Zimmer war für ihn als Gastzimmer gerichtet. Keines der Kinder ahnte etwas davon, daß der Onkel bei seinem Besuch sie kennen lernen und darnach beschließen wolle, welches von ihnen er heimwärts mit sich nehmen würde. Sie wußten nur, daß die Mutter ihren einzigen, innig geliebten Bruder erwartete, und freuten sich alle auf den seltenen Gast. Die drei Großen hatten auch noch aus ihrer frühesten Kindheit eine schöne Erinnerung daran, wie Onkel und Tante gekommen waren und durch schöne Geschenke ihre Herzen gewonnen hatten.

Herr Pfäffling billigte den Plan, der am achtzigsten Geburtstag gefaßt worden war. Er kannte die Verwandten seiner Frau und schätzte sie hoch, auch war es ihm klar, daß in dem Haushalt seines Schwagers dem einzelnen Kind mehr Aufmerksamkeit zuteil werden konnte als in der eigenen Familie. Doch wollte er den Aufenthalt nur für ein oder höchstens zwei Jahre festsetzen, damit keines der Kinder dem Geist des Elternhauses entfremdet würde.

Einstweilen war das Wintersemester zu Ende gegangen, und was während desselben geleistet worden, sollte sich heute in den Osterzeugnissen zeigen.

In einem der großen Gänge des Gymnasiums wartete Karl auf seinen Bruder Wilhelm, dessen Zeugnis war ihm diesmal so wichtig wie sein eigenes. Doch nur für die Mathematiknote interessierte er sich. Wenn diese nicht besser ausfiel als das letzte Mal, dann stund es schlimm um Wilhelm, schlimm auch um die Ferienfreude. Nachhilfestunden zu geben war nicht Karls Liebhaberei, der junge Lehrer und der Schüler hätten sie gleich gerne los gehabt. Darum strebten die Brüder gleich aufeinander zu, als die Klassentüre sich auftat und die Schüler herausdrängten. Über der andern Köpfe weg reichte Wilhelm schon von der Ferne Karl sein Zeugnis hin und dieser las: Mathematik III. Über diese Note, die wohl schon manchem Schüler Kummer bereitet hat, waren unsere beiden hochbefriedigt und beschlossen, rasch nach der Musikschule zu rennen, um den Vater noch zu erreichen und mit ihm heimzugehen. Das gelang ihnen auch. Als er die Jungen mit den bekannten blauen Heftchen auf sich zuspringen sah, wußte er schon, daß es Gutes bedeute. „Diesmal ist wohl keine Durchschnittsnote nötig?“ fragte er und überblickte das Zeugnis, und war zufrieden. Aber eben nur zufrieden. Die Brüder waren enttäuscht, nach ihrer Meinung hätte der Vater viel vergnügter sein müssen. „Hast du noch etwas Besseres erwartet, Vater?“ fragten sie.

„Nein, aber ich traue noch nicht recht. Nach drei kommt vier, da sind wir noch in gefährlicher Nachbarschaft. Ich weiß wohl, warum ihr so vergnügt seid, ihr meint, die Nachhilfstunden seien nun überflüssig, aber ganz kann ich euch noch nicht davon entbinden, Wilhelm könnte sonst gleich wieder rückfällig werden. Sagen wir *einmal* statt zweimal in der Woche.“ Sie machten lange Gesichter. „Und in den Osterferien gar keine, zum Lohn für den Erfolg,“ fügte der Vater hinzu. Da heiterten sich die Gesichter auf. Wenn man nur wenigstens in den

Ferien frei war, im Schuljahr wurde doch immer gelernt, da ging das mehr in einem hin. Und übermorgen war ja der erste Ferientag! Sie waren schon wieder vergnügt und kamen in glücklicher Ferienstimmung nach Hause, wo die Schwestern begierig auf die Zeugnisse warteten und diesmal mit Lust sämtliche Heftchen auf des Vaters Tisch ausbreiteten.

„Was wohl unsere Kleine einmal heim bringt?“ sagte Karl, als ersah, wie Elschen ernsthaft die Zeugnisse betrachtete und sich bemühte, die geheimnisvollen Ziffern zu deuten.

„Ich bringe lauter Einser,“ antwortete sie zuversichtlich. Aber diesen Übermut hatte sie zu bereuen. „So?“ rief Otto, „so sage einmal, was a plus b ist? Das weißt du nicht einmal? Da bekommst du unbedingt einen Vierer.“ Von allen Seiten kamen nun solch verfängliche Fragen und es wurden ihr lauter Vierer prophezeit, bis ihr angst und bang wurde, sie sich zu Frieder flüchtete und sagte: „Du gibst mir dann jeden Tag Mathematikstunden!“

Die Noten der Schwestern waren gut ausgefallen. Drei Wochen lang hatten sie eine richtige Hauslehrerin gehabt, dadurch waren sie in guten Zug gekommen. Sie schrieben an Fräulein Bergmann eine schöne Karte.

Herr Pfäffling unterschrieb die Zeugnisse, und als er das von Frieder in Händen hatte und sah, daß es besser war als die früheren, trat ihm wieder das Bild vor die Seele, wie der Kleine ihm die verhüllte Violine mit dem Ausdruck tiefsten Schmerzes übergeben hatte. Er war seitdem ein gewissenhafter und geschickter Klavierspieler geworden, aber die Liebe, die er zu seiner Violine und auch zu der Harmonika gehabt hatte, die brachte er dem Klavier nicht entgegen, mit dem Herzen war er nicht dabei. Mit keinem Wort hatte das Kind je wieder die Violine erwähnt. Ob sie ihm wohl noch immer ein schmerzliches Entbehren war? Der Vater hätte es gerne gewußt, und als am Abend, nach der Klavierstunde, der kleine Spieler seine Musikhefte beiseite räumte, redete er ihn darauf an.

„Frieder, macht dir das Klavierspielen jetzt auch Freude? Tut es dir nicht mehr so leid, daß du deine Geige nimmer hast?“ Ein tiefernstes Gesicht machte das Kind, als diese Wunde berührt wurde, dann antwortete er leise: „Ich möchte sie gar nicht mehr haben.“

„Warum nicht, Frieder? Komm, sage du mir das!“ „Weil ich nicht aufhören kann, wenn ich angefangen habe, zu spielen.“ „Du *kannst* nicht, Frieder? Du *willst* nur nicht, weil es dir schwer fällt; aber siehst du nicht, daß wir alle aufhören, wenn wir müssen? Meinst du, ich möchte nicht lieber selbst weiter spielen, als Fräulein Vernagelding Stunde geben, wenn sie jetzt kommt? Meinst du, die Mutter möchte, wenn sie nach Tisch in ihren schönen Büchern liest, nicht lieber weiterlesen als schon nach einer halben Stunde wieder das Buch aus der Hand legen und die Strümpfe stopfen? Und die großen Brüder möchten nicht lieber auf den Balken turnen als ihre Aufgaben machen? Und die Schwalben unter unserem Dach möchten nicht lieber für sich selbst Futter aufpicken als ausfliegen und ihre Jungen füttern, wie es der liebe Gott angeordnet hat? Und der Frieder Pfäffling will allein dastehen auf der Welt und sagen: „Ich kann nicht aufhören"? Nein, der müßte sich ja schämen vor den Tierlein, vor den Menschen, vor dem lieben Gott müßte er sich schämen!"

„Ich kann auch aufhören," sagte Frieder, „bei allem andern, nur beim Geigen nicht."

„Da gibt es keine Ausnahmen, Frieder, wer einen festen Willen hat, kann mitten im Geigenstrich aufhören und das mußt du auch lernen. Gib dir Mühe, und wenn du dann fühlst, daß du einen festen Willen hast, so sage es mir, dann will ich dir jeden Sonntag für eine Stunde deine Geige geben."

Da leuchtete es in Frieders Gesicht, und nach dem großen Schrank deutend, der in der Ecke des Musikzimmers stand, sagte er mit zärtlichem Ton: „Da innen ist sie!"

„Ja, da ist sie und wartet, ob ihr kleiner Freund bald einen festen Willen bekommt und sie erlöst aus der Einsamkeit. Aber nun geh, Kind; Fräulein Vernagelding ist im Vorplatz, ich höre sie schon lange plaudern mit Marianne, ich weiß nicht, warum sie nicht herein kommt."

Unser Musiklehrer öffnete die Türe nach dem Vorplatz, die drei plaudernden Mädchen fuhren auseinander, Fräulein Vernagelding kam zur Stunde. Noch rosiger und lächelnder erschien sie als sonst, und hatte solch eine wichtige Neuigkeit unter vielem Erröten mitzuteilen! Die Karten waren ja schon in der Druckerei, auf denen zu lesen stand, daß Fräulein Vernagelding Braut war! Solch einen schönen, jungen, reichen, blonden Bankier hatte sie zum Bräutigam! Aber unmusikalisch war er leider sehr, denn obwohl sie ihm vorgespielt hatte, war er doch der Meinung, sie solle nicht mehr Klavier spielen.

„Grämen Sie sich darüber nicht," sagte Herr Pfäffling zu seiner Schülerin, „vielleicht ist er sogar sehr musikalisch."

„Meinen Sie?“ fragte Fräulein Vernagelding, „das wäre schön! Und nicht wahr, wenn ich auch nicht mehr zur Stunde komme, bleiben wir doch gute Freunde und Ihre Fräulein Töchter müssen zu meiner Hochzeit kommen. Das gibt zwei süße Brautfräulein!“

„Meine Töchter?“ fragte Herr Pfäffling verwundert. „Sie meinen die Marianne? Das sind doch keine Brautfräulein? Da müssen Sie mit meiner Frau sprechen.“ –

Der Tag war gekommen, an dem Frau Pfäfflings Bruder eintreffen sollte. Alle Hände hatten sich fleißig gerührt, um für das Osterfest und zugleich für den Gast das Haus festlich zu bereiten. Die letzten Spuren des langen Winters waren mit den trüben Doppelfenstern, mit Kohleneimern und Ofenruß aus den Zimmern verschwunden, die Frühlingssonne durfte die hintersten Winkel bestrahlen, Walburg brauchte die Prüfung nicht zu fürchten, alles war blank und rein. Eine mühevolle Zeit war das gewesen, aber nun war sie glücklich überstanden, Feststimmung breitete sich schon über das Haus und heute sollte der Gast ankommen.

„Die Mutter sieht so aus wie am heiligen Abend vor der Bescherung,“ sagte Karl, als die beiden Eltern miteinander zum Bahnhof gingen. Ja, Frau Pfäffling freute sich innig. War das Zusammensein mit dem Bruder in der alten Heimat schön gewesen, so mußte es doch noch viel beglückender sein, ihn im eigenen Familienkreis zu haben.

Die Kinder daheim berieten, wie sie den Onkel empfangen, ob sie ihm alle miteinander entgegenkommen sollten? Sie entschieden sich aber dagegen, er war nicht an so viele Kinder gewöhnt, sie wollten sich verteilen und nur allmählich erscheinen, damit es keinen Lärm und kein Gedränge gäbe.

Als es Zeit war, standen sie alle an den Fenstern des Wohnzimmers und sahen begierig die Straße hinunter. Da tauchten schon die drei Gestalten auf, und jetzt waren sie deutlich zu erkennen. Der Onkel, fast einen Kopf kleiner als der Vater, ganz ähnlich der Mutter, nur nicht so schmal. Fein sah er aus im eleganten Reiseanzug und daß er eine voll gepackte Ledertasche in der Hand hatte, wurde von Elschen besonders hervorgehoben. Nun mußten auch die Kinder bemerkt worden sein, denn der Onkel winkte mit der Hand herauf, ja er schwenkte sogar den Hut als Gruß. Das machte einen gewinnenden Eindruck. „Wir springen doch entgegen, der ist gar nicht so!“ sagte Wilhelm. „Nein, der ist nicht so,“ entschied der ganze Chor. Die sieben Kinderköpfe verschwanden vom Fenster, und vierzehn Füße trabten die Treppe hinunter. „Die Treppe ist frisch geölt," rief Marie, „geht an der Seite, daß sie in der Mitte schön bleibt!"

Nun kam die Begrüßung. Man war sich unbekannt und doch nicht fremd. Die Kinder berührte es merkwürdig, daß der Onkel der Mutter so ähnlich war, in den Zügen, in der Stimme und der Aussprache. Zutraulich begrüßten sie ihn, und auch er fand in ihnen lauter verwandte Gesichter, die einen seiner Schwester, die andern seinem Schwager ähnlich.

„Nun gebt die Treppe frei, Kinder," drängte Herr Pfäffling, „wir wollen den Onkel doch auch hinauf lassen." Sie machten Platz, und ließen den Gast voran gehen. Auf halber Treppe sah er zurück nach dem jungen Gefolge. „Wie komisch sie alle an der Seite gehen," bemerkte er zu der Mutter.

„Damit die Treppe in der Mitte geschont wird."

„Ah so!" sagte der Professor und sah sichtlich belustigt zurück. „Cäcilie, nun kenne ich deine Kinder schon. Die heißt du ungehobelt?"

Droben, im Wohnzimmer, war der Mittagstisch gedeckt. „Was für eine stattliche Tafel!" rief der Gast, und dann sah er erstaunt auf die ungewöhnlich große Gestalt Walburgs, die stumm die Suppe auftrug. „Ihr habt euch wohl eine besonders kräftige Magd ausgesucht für eure großen Schüsseln?" sagte er spassend zu den Kindern, „ist das die treue, stumme Dienerin? Wie schade um das Mädchen!"

„Es wird aber nicht mehr schlimmer bei ihr, Onkel," versicherte Marie, „ich war mit ihr beim Arzt, er sagt, es kann sogar eher ein wenig besser werden."

Sie sammelten sich um den Tisch. „Mutter," bat Wilhelm, „du hast einmal ein Tischgebet gewußt, das müßte heute gut passen und dem Onkel gefallen, es kommt etwas vom vielverheißenden Tisch vor, weißt du nicht, welches ich meine?"

Frau Pfäffling wußte es wohl und sprach es:

In größerem Kreise stehen wir heute
Am Gutes verheißenden festlichen Tisch.
Aber die richtige fröhliche Stimmung
Die mußt auch heute Du, Herr, uns geben.
Nahe dich freundlich jedem von uns.

Drei Tage blieb der Onkel im Haus und beobachtete oft im stillen seine Neffen und Nichten. Er hatte ihnen ein Spiel mitgebracht, an dem sich alle beteiligen konnten. „Ich will es den Kindern lehren," sagte er, „die meinigen haben es auch, es ist ein Tischcroquet, ein nettes Spiel, bei dem es nur leider gar zu leicht Streit gibt unter den Spielern." Sie machten sich mit Eifer daran und trieben es täglich fast mit Leidenschaft. Sie achteten dabei nicht auf den Onkel, der, hinter der Zeitung sitzend, seine Beobachtungen machte. „Wir müssen die zwei Parteien so einteilen, daß die guten und schlechten Spieler gleichmäßig verteilt sind," sagte Karl. „Nimm du Frieder auf deine Seite, Wilhelm, der ist am ungeschicktesten, und ich will Anne auf meine Partei nehmen, sonst können die nie gewinnen." So war es allen recht und das Spiel auf seinem Höhepunkt, als Frau Pfäffling hereinkam.

„Kinder," sagte sie, „Walburg hat wieder kein Holz, laßt euch doch nicht immer mahnen." Schuldbewußt legten zwei der Spieler ihre Schläger aus der Hand und gingen hinaus. Der Onkel sah aufmerksam hinter seiner Zeitung hervor. Das Wort: „Laßt euch doch nicht mahnen" schien noch weiter zu wirken. „Hat jemand des Vaters Brief auf die Post getragen?" fragte Marie. Niemand meldete sich. „Das könntest du besorgen, Frieder," sagte die Schwester, „Elschen geht mit dir." So entfernten sich auch diese Beiden. Die andern spielten weiter, Frau Pfäffling setzte sich ein wenig zu ihrem Bruder. Sie sprachen halblaut zusammen. „Es ist rührend," sagte der Bruder, „wie sich diese Lateinschüler so selbstverständlich zum Holztragen verpflichtet fühlen und ohne Widerspruch das Spiel aufgeben. Das täte meiner nie, wie hast du ihnen das beigebracht?"

„Das bringen die einfachen Verhältnisse ganz von selbst mit sich. Die Kinder sehen, wie Walburg und ich uns plagen und doch nicht fertig werden, so helfen sie mit."

„Mir, als dem Juristen, ist wirklich euer kleiner Staat interessant und ich sehe ordentlich, wie aus solcher Familie tüchtige Staatsbürger hervorgehen. Wie die Starken sich da um die Schwachen annehmen, wie sie ihr eigenes Ich dem allgemeinen Ganzen unterordnen und welche Liebe und widerspruchslosen Gehorsam sie den Eltern als dem Staatsoberhaupt entgegenbringen, wohl in dem Gefühl, daß sonst das ganze System in Unordnung geriete. Dazu kommt auch noch, daß dein Mann ein so leutseliger Herrscher ist und du bist sein verantwortlicher Minister. Das muß ich dir sagen, wenn ich nun eines eurer Kinder zu mir nehme, in ein so geordnetes Staatswesen kann ich es nicht versetzen."

Die Kinder hatten nicht auf das leise geführte Gespräch gehorcht; was kümmerte sie, wenn vom Staat die Rede war? Aber die letzte Bemerkung des Onkels, die traf Maries Ohr, die erfaßte sie. „Wenn ich eines eurer Kinder zu mir nehme," hatte er gesagt. Sie hätte es offenbar nicht hören sollen, es war nur halblaut gesprochen. Zunächst ließ sie sich nichts anmerken, aber lange konnte sie diese Neuigkeit nicht bei sich behalten. Nach Tisch fanden sich die Geschwister alle unten am Balkenplatz zusammen. Dort konnte man sich aussprechen und Marie vertraute ihnen an, was sie gehört hatte. Das ganze Trüppchen stand dicht zusammengedrängt und besprach in lebhafter Erregung die Möglichkeit, fortzukommen. Verlockend war das Neue, lieb war das Alte. Wer ginge gern, wer ungern? Sie waren zweifelhaft. Wen würde der Onkel wählen? Ein jedes meinte: „Sicherlich nicht gerade mich." Das war die Bescheidenheit. Aber einer, der doch auch nicht unbescheiden war, der Frieder, sagte: „Ganz gewiß will er *mich* mitnehmen." Das war die Angst, denn Frieder wollte nicht fort, für ihn gab es da nichts Zweifelhaftes, er wollte daheim bleiben, er fürchtete die fremde Welt. Und da er so bestimmt aussprach: mich will er mitnehmen, so glaubten ihm die Geschwister. Schon einmal war er das fremde Kind gewesen, vor die Türe gewiesen mit der Violine. Von jeher war er ein wenig allein gestanden. Nun schauten ihn alle darauf hin an, daß er fort von ihnen sollte. Sie sahen das gute Gesichtchen, die seelenvollen Augen, die angsterfüllt von einem zum andern blickten, und da wurden sich alle bewußt, daß sie doch den Frieder nicht missen mochten. Karl war es, der aussprach, was alle empfanden: „Unser Dummerle geben wir nicht her!"

Oben, am Fenster des Musikzimmers, stand der Professor im Gespräch mit Herrn Pfäffling und seiner Frau. Nun trat er an das Fenster und sah hinunter, „Dort steht ja das ganze Trüppchen beisammen," sagte er, „eines dicht beim andern, keinen Stecken könnte man dazwischen schieben! Es ist köstlich anzusehen! Und wie sie eifrig sprechen!"

„Ja," sagte Frau Pfäffling, „irgend etwas muß sie sehr beschäftigen."

„Das haben eure Kinder doch vor andern voraus, daß jedes sechs treue Freunde mit fürs Leben bekommt, denn die einmal so warm beieinander im Nest gesessen waren, die fühlen sich für immer zusammengehörig. Daß ich nun aber die Hand ausstrecken soll und ein Vögelein aus diesem Nest herausnehmen, dazu kann ich mich immer schwerer entschließen. Geben wir doch den Plan auf! Lassen wir das fröhliche Völklein beisammen, es kann nirgends besser gedeihen als daheim!"

„Ich glaube, du siehst bei uns alles in zu günstigem Licht, wir sind oft unbefriedigt und haben allen Grund dazu!“

„Das mag sein, an Unvollkommenheiten fehlt es gewiß auch bei euch nicht. Aber den guten Grund fühle ich heraus, auf dem alles im Haus aufgebaut ist, die Wahrhaftigkeit, die Religion, die bei euch Herzenssache ist.“

„Das hast du doch kaum in so kurzer Zeit beobachten können,“ meinte Frau Pfäffling.

„Aber doch habe ich diesen Eindruck gewonnen, so zum Beispiel von Wilhelm. Du kannst weit suchen, bis du wieder einen solch lustigen Lateinschüler findest, der um ein bestimmtes Tischgebet bittet, wie er neulich tat bei unserem ersten Mittagessen. Ich wollte, es wäre bei meinen Kindern auch etwas von diesem Geist zu spüren! Kehren wir doch die Sache um! Ich schicke euch lieber meinen Jungen einmal. In euren einfachen Verhältnissen würde er ganz von selbst seine Ansprüche fallen lassen, er wäre zufrieden und glücklich mit euren Kindern.“

Es blieb bei dieser Verabredung.

Draußen im Freien hatte sich inzwischen alles verändert. Die Sonne war von schweren Wolken verdeckt worden, in echter Aprillaune wirbelten plötzlich Schneeflocken herunter und die jungen Pfäfflinge flüchteten herauf.

„Da kommen sie ja wieder alle miteinander,“ sagte der Onkel, „wißt ihr auch, Kinder, mit was für Gedanken ich hieher gekommen bin? Eines von euch wollte ich mir rauben, weil bei mir noch so schön Platz wäre für ein viertes, und eure Eltern hätten es dann leichter gehabt. Aber ich tue es nicht. Wollt ihr hören warum? Weil ihr es so schön und so gut habt, daß ihr es nirgends auf der ganzen Welt besser haben könnet. Ihr lacht? Es ist mein Ernst.“

Nun glaubten sie es ihm. Der Onkel, der weitgereiste, mußte es ja wissen.

Elschen drückte sich schmeichelnd an den Onkel. „Wen von uns hättest du denn mitgenommen?“ fragte sie.

„Mußt du das wissen, kleine Neugier? Vielleicht den da,“ sagte er und deutete auf Frieder. Der nickte zustimmend. Er hatte es ja gewußt!

Einige Tage später war Frau Pfäfflings Bruder wieder abgereist. Sie stand mit wehmütigem Gefühl im Gastzimmer und war beschäftigt, es wieder für eine fremde Mieterin zu richten, nach der man sich nun bald umsehen mußte. In ihren Gedanken verloren, hörte sie doch mit halbem Ohr einen Mann die Treppe heraufkommen, hörte klingeln, öffnen, wieder schließen, hörte Marie zum Vater hinübergehen. An all dem war nichts besonderes, es brachte sie nicht aus ihrem Gedankengang.

Aber jetzt?

Sie horchte. „Cäcilie, Cäcilie!" tönte es durch die ganze Wohnung. Sie wollte dem Ruf folgen, aber da kam schon ihr Mann zu ihr herein, da stand er vor ihr mit glückstrahlendem Angesicht und rief frohlockend:

„Cäcilie, ich bin Musikdirektor in Marstadt!" und als sie es nicht fassen und glauben wollte, da reichte er ihr einen Brief, und sie las es selbst schwarz auf weiß, daß die Marstadter vorläufig in einem gemieteten Lokal die Musikschule eröffnen wollten und den Musiklehrer Pfäffling zum Direktor ernannt hätten. Es fehlte nichts mehr als seine Einwilligung, und auf diese brauchten die Marstadter nicht lange zu warten!

Der jubelnde Ruf: „Cäcilie!" hatte die Kinder aus allen Zimmern herbeigelockt. Zu verschweigen war da nichts mehr. Vom Vater hörten sie die gute Kunde, sie sahen, wie die Mutter bewegt am Vater lehnte und immer wieder sagte: „Wie mag ich dir das gönnen!"

Und das Glück war immer größer, weil es von so vielen Gesichtern widerstrahlte.

Nur einer war davon ausgeschlossen, einer hatte alles überhört, weil er mit seinen eigenen Gedanken vollauf beschäftigt war.

„Wo ist denn der Frieder?" fragte Elschen, „dem muß man es doch auch sagen!"

Man suchte nach ihm und fand ihn ganz allein im Musikzimmer, vor dem Schrank stehend, in dem seine Violine aufbewahrt war.

„Was tust du denn da?" fragte Herr Pfäffling.

„Ich warte auf dich, Vater, schon so lange!"

Dabei drängte er sich dicht an den Vater und fragte schüchtern: „Gibst du mir am Sonntag meine Geige auf eine Stunde? Ich kann jetzt mitten darin aufhören, ich habe es probiert."

„Wie hast du das probiert, Frieder?"

„Beim Essen. Dreimal. Aufgehört im ärgsten Hunger, auch bei den Pfannenkuchen. Die andern wissen es."

„Ja, es ist wahr," betätigten ihm die Geschwister, die als seine Tischnachbarn Vorteil aus diesen Proben gezogen hatten. Herr Pfäffling schloß den Schrank auf. „Wenn es so steht, Frieder," rief er fröhlich, „dann warten wir gar nicht bis zum Sonntag, denn heute ist ohnedies Festtag bei uns, du weißt wohl noch gar nichts davon? Da hast du deine Violine, kleiner Direktorssohn!"

Ja, das war ein seliger Tag!

Frau Pfäffling suchte Walburg auf; diese hatte von den Kindern schon die Neuigkeit gehört, und da sie dem Leben nicht viel Gutes zutraute, so fürchtete sie auch diese Veränderung. Aber da kam auch ihre Frau selbst, sah sie mit herzlicher Freundlichkeit an und rief ihr ins Ohr: „Der Herr Direktor will auch deinen Lohn erhöhen."

Nun war Walburg getrost, ihr Bleiben war besiegelt, und als sie wieder allein in ihrer Küche stand, da legte sie einen Augenblick die fleißigen Hände ineinander und sagte: „Lobe den Herrn!"

Frau Pfäffling ging hinunter zur Hausfrau. Diese sollte nicht durch Fremde die Nachricht erfahren. Lange sprachen die beiden Frauen zusammen, und während sie sprachen, tönte von oben Klavier und Gesang herunter und Frau Pfäffling erkannte die frohlockende Melodie: ihr Mann übte mit den Kindern den Chor mit dem Endreim:

> „Drum rufen wir mit frohem Sinn:
> Es lebe die Direktorin!"

Als Frau Hartwig wieder allein war, mußte ihr Mann sie trösten: „Leicht bekommen wir eine bessere Mietspartei, sie haben doch recht viel Unruhe im Haus gemacht und bedenke nur die Abnützung der Treppe!" Dabei suchte er eine kleine Tafel hervor und gab sie seiner Frau. Sie ging hinaus und befestigte an der Haustüre die Aufschrift:

Wohnung zu vermieten.

Und als sie die Türe wieder hinter sich schloß, fiel ihr eine Träne auf die Hand und sie sagte vor sich hin: „Das weiß gar niemand, wie lieb mir die Familie Pfäffling war!"